D1725757

LE MARIDA

MYRIAM ANISSIMOV

LE MARIDA

roman

JULLIARD
8, rue Garancière
PARIS

Pour Gérard Wilgowicz

*Toute ressemblance avec des personnages existant
ou ayant existé serait purement fortuite.*

Les Montagnol sont-ils les créatures d'un autre monde ? Malgré leur apparence commune, les Montagnol appartiennent-ils à l'espèce humaine dont je crois également être le produit ?

Moi, Hanah Rosenfeld, aujourd'hui âgée de dix-sept ans, suis sidérée que des Montagnol d'un pareil acabit puissent exister. Durant les années de mon enfance, j'ai bien soupçonné qu'une différence sournoise existait entre moi et ces innombrables petits enfants que je rencontrais à l'école. Je n'ignorais pas que Guitel, ma tante, n'aurait pas hésité à affirmer que cette bruyante marmaille faisait partie d'une horde qu'elle dénommait les goyim avec terreur et dégoût. Ce détail me paraît assez important pour ne pas l'abandonner. J'y reviendrai donc, et tenterai d'élucider le mystère qui m'obsède : Les Montagnol sont-ils, oui ou non, faits d'une matière noble, aérienne, impalpable ? En d'autres termes, Hanah Rosenfeld, domiciliée à Lyon, Croix-Rousse, quatrième arrondissement, serait-elle indigne, comme l'affirment certains Montagnol de s'unir conjugalement au produit des entrailles très catholiques, des étreintes paradoxalement chastes de Léone-Marie Dussardier et de Albert Montagnol ?

Il peut paraître étrange qu'une jeune dévergondée, sensuelle et vulgaire comme Hanah Rosenfeld, se pose une pareille question à la veille de son union éternelle avec un homme né ailleurs. Venu la ramasser, pour ainsi dire, dans le ruisseau. Elle n'a cependant pas l'esprit aussi perverti qu'un pur Montagnol, ou tout autre personne de sa qualité pourrait l'imaginer.

J'en suis venue à formuler mes questions de cette manière à la suite d'incidents qualifiés regrettables par la partie adverse, mais qui m'ont profondément troublée. Je précise que les injures proférées par Mme Dussardier et sa progéniture n'étaient pas les premières du genre que j'avais entendues.

Léone-Marie Dussardier, épouse Montagnol, est une Montagnol d'un genre très courant. J'en ai connu bien d'autres. J'en ai rencontré. Pourtant, je ne puis m'habituer à l'idée qu'on me remettra dans quelques jours un livret de famille dans lequel sera officiellement notifié mon droit d'usurper, malgré la répugnance de la partie adverse, le patronyme de Montagnol. Je ne sais si ce changement d'identité administratif préludera à d'autres bouleversements, aujourd'hui inimaginables, de ma personne. Vais-je muer, devenir une Montagnol pur sang, donner naissance à une portée de petits Montagnol absolument identiques, respectables et ... catholiques ?

S'ils l'apprenaient, « *Oï vaï, oï vaï, oï vaï !* Une telle catastrophe est-elle possible ?! » s'écrieraient de concert Moïche Froucht, mon grand-père qui vient de mourir et Guitel Blumenfeld, ma tante toujours présente. Sœur du regretté éternellement, magnifié Papa Yankel.

Mais laissons ici Papa Yankel. Je ne le liquiderai pas en quelques lignes, pas plus que Rivka-maman, Dinah, ma sœur et Gratchok ma cousine. Chers visages !... J'ai senti pousser des verrues sur le mien en présence des Montagnol et de leurs semblables.

Les maîtresses d'école appartenaient, selon moi, à une race privilégiée qui échappait aux contingences du corps. J'étais persuadée que les miasmes qui empuantissaient notre gluant escalier nous revenaient personnellement, comme bien d'autres calamités. Les goyim de Tatan Guitel, les maîtresses d'école, n'avaient certainement jamais mis les pieds dans un cabinet.

Oï vaï, Oï vaï, Gevalt !

Tatan Guitel n'approuvera pas ce mariage, mais je ne suis pas la première à avoir péché. « Les cousines » ont commencé longtemps avant moi. Sur les chagrins innombrables de Guitel, je reviendrai souvent. Ils ont toujours eu-oh là là ! le don de me rendre gaie. *Oï vaï, Oï vaï, Gevalt !*

Ce n'est pas dans ces termes que doit se lamenter Léone-Marie Dussardier, épouse Montagnol. Ses imprécations, ses insultes ne ressemblent pas aux nôtres. Elle est si délicate et son visage poudré s'émeut, se plisse de façon douloureuse à la moindre alerte. Oui, une Montagnol souffre des plus infimes manquements aux règles de la bienséance, des innocentes et triviales entorses à la pureté de la langue française. Elle se croit pourtant autorisée à déroger, dans certains cas, à sa stricte observance de la grammaire. Dans ces circonstances exceptionnelles, elle s'abandonne et crie ce qu'elle a sur le cœur sans aucune gêne, car elle se considère grandement offensée et par avance pardonnée de son péché. L'énergie qu'elle déploie pour sauver la civilisation occidentale de l'invasion juive —

dont je suis une tête de pont — suffit, pense-t-elle, à la rapprocher du Seigneur très juif, qu'elle affirme adorer chrétiennement. Me voilà perplexe, pourquoi m'accuse-t-elle publiquement d'être « une sale youpine » et pas lui ?

Le Seigneur, aussi dénommé « Petit Jésus » ou « Sauveur » par ceux qui adorent ses plaies et l'instrument de torture dont il fut la victime, Léone-Marie Dussardier l'invoque lorsque son époux l'honore de ses honteux désirs de fornication. Je les ai entendus se livrer à d'obscènes parties de jambes en l'air. « Albert, gémissait-elle, entrez ou sortez, mais cessez ce va-et-vient ridicule », et, pour finir, « Jésus mon Dieu pardonnez-lui ! » Ainsi, « Jésus son Dieu » devrait se mêler des ridicules allées et venues d'Albert Montagnol. Pourquoi demander pardon à un très antique et défunt Juif ? La reproduction n'est-elle pas chaleureusement recommandée par la hiérarchie ecclésiastique ? Croissez et multipliez !

D'accord, il va sans dire que la Montagnol est d'accord, mais pas dans n'importe quelles conditions. Les partenaires doivent être rigoureusement sélectionnés. Autrement dit, ne s'accouple pas qui veut avec Antoine Montagnol. Sur ce point, Tatan Guitel et Léone-Marie Dussardier épousent le même point de vue. Aucun doute pour Guitel, Antoine-Lucien Montagnol et sa maman ne sont que « des goyim puants ».

Mme Montagnol, en apprenant la nouvelle, a pris le deuil. Voile de crêpe et bas noirs, Guitel s'est contentée de ses *oï vaï* habituels, assaisonnés de quelques « goyim puants…, si mon pauvre frère Yankel voyait cela, il s'arracherait les cheveux ». Léone-Marie Dussardier, parée de ses sombres oripeaux, a couru annoncer la nouvelle au voisinage. Les rombières, autour d'une tasse de thé, plissaient leurs bouches, en écoutant la frigide éplorée qui s'épanchait…

Une youpine de la pire engeance, dépravée déjà-à-son âge, elle a pris ses renseignements — pas vierge, vous voyez ce que je veux dire — sans éducation, ils sont tous pareils d'ailleurs — sans fortune, si elle avait au moins de l'argent, pourtant ils l'aiment l'argent ces gens-là — et rebelle, pas question de se convertir.

— Une catastrophe quoi !

La Montagnol trépigne frénétiquement sous son voile, joue les Cassandre.

— Je ne survivrai pas longtemps à une pareille humiliation !

Le chœur des sales youpines, une douzaine de Hanah comme moi, répond alors :

« Hélas, hélas, nous en doutons. Dieu l'entende ! Si ele défunctait, nous chanterions Hosanna ! Kyrie eleison ! »

Elle est robuste, elle ne trépassera pas de si tôt. Elle a connu tous les régimes et s'en est trouvée bien.

L'amour pour le Maréchal, une France Judenrein, une admiration inconditionnelle pour l'élégance et la politesse germaniques poussèrent Albert et Léone-Marie à se pavaner en bonne compagnie sous les paisibles tilleuls (*unter den Linden*) des boulevards de Vichy, pendant l'Occupation, tandis qu'Antoine, charmant baigneur, se laissait béatement bercer par un jeune âne docile. On ne leur a pas vraiment demandé de comptes après tout ça. Moïche Froucht n'a jamais désespéré de voir revenir son violoniste de fils disparu. Papa Yankel s'est lui-même administré la mort. Nous laisser comme ça. Un acte que Rivka-maman ne pardonne pas. Même à un mort.

Le mariage sera une guignolerie grandiose et je l'attends. Les pitreries me conviennent, de toute évidence.

Antoine-Lucien, mon futur conjoint, n'est pas un mauvais garçon. Il a distribué les beignes sans ménagement en apprenant le regrettable incident mentionné plus haut. La famille entière y est passée. La mère et ses poussins horrifiés regroupés sous ses ailes trop étroites pour les abriter tous.

Il est parti la tête haute, après son acte, se réfugier chez Rivka.

Malgré tout le respect que je lui dois, je n'appelle pas mon futur époux Antoine-Lucien, mais prosaïquement Vieux Bicot, ce qui dénote de ma part une certaine affection.

Un goy puant, Vieux Bicot ? Tatan Guitel exagère. Tous des assassins, des complices au moins. Les adorateurs du Petit Jésus nous ont fait beaucoup d'autodafé, de ghettos et de chambres à gaz. Elle a dit ça, Tatan Guitel. Papa Yankel aussi, mais il croyait que tout était arrivé à cause du manque de marxisme dans le monde.

« Quand les hommes auront confiance dans le camarade Staline, il n'y aura plus de guerres, plus de misère, plus d'antisémitisme. »

Donc, plus de « goyim puants ». Tatan Guitel pourra dormir tranquille.

Antoine-Lucien Montagnol, mon futur époux, tient à des principes en vigueur sur son territoire. Pour cette raison, il m'a fallu lui mentir. Montrer de la souplesse, le berner. Sinon, il n'aurait pas compris. Heureusement, Maman Rivka m'avait prévenue.

« Avec des gens pareils, moins on parle et mieux ça vaut. »

Antoine croit fermement à la virginité de la fiancée. *No second hand stuff. Oh yes, I am! But I did not talk about that.*

Maman Rivka! Je me suis bien conduite, je n'ai rien avoué du tout. Muette comme une tombe que j'étais.

Les Montagnol ne sauront jamais rien de mon honteux passé.

I

Il n'y avait pas que les chats appelant dans la fosse noire de la cour, les ivrognes chantant dans le café d'en face, il n'y avait pas que les rares voitures s'aventurant dans une ruelle aussi sombre, il n'y avait pas que les allées et venues du coupeur derrière sa table, le vrombissement des machines, il n'y avait pas que le crissement de la vapeur, lorsque le fer effleurait la pattemouille, que les errements de maman ficelant les paquets, les éclats de rire étouffés des finisseuses, en pleine saison. Il y avait aussi moi. Moi, écoutant craquer les parquets, l'infini travail des vers du bois, moi attendant le retour des buveurs au bercail dans l'immeuble surmontant le café, le départ du presseur, des finisseuses, des mécaniciennes, l'arrêt des machines, l'inlassable appel des chats jusqu'à l'aube, le pas dans l'escalier de maman arrivant de la gare au milieu de la nuit, après avoir expédié les paquets. Il y avait aussi moi face à ce long silence, durant lequel j'espérais qu'ils reviendraient enfin à la maison.

J'écoutais palpiter les murs et grogner ma petite sœur sur son matelas, tout près du mien. Ses soupirs

réguliers me révoltaient. Pourquoi dormait-elle ainsi ?
Elle et pas moi, qui avais peur de mourir en m'abandonnant au sommeil. L'atelier demeurait muet quelques heures. Dans la nuit jamais noire de l'atelier,
j'imaginais les machines, la table du presseur et celle
de papa le coupeur, les patrons pendus au mur, les
pièces de tissus entassées partout, jusqu'à nos lits.
Ombres silencieuses et menaçantes. Travail des vers
du bois. Pas dans l'escalier.

Etaient-ce enfin eux, ou bien des étrangers venant
nous chercher ? Nous chercher pour nous emmener
où, vers quel train hurlant et plein de larmes ?

Je les attendais et ils revenaient. Toujours, ils revenaient et toujours j'avais peur et guettais l'avènement
merveilleux de mes revenus, en yddish.

J'allais en titubant vers la porte qui les dérobait à
ma vue pour mieux les écouter. S'ils parlaient si bas,
était-ce pour échanger des secrets inouïs dans la langue
magique ?

Pas d'inouïs secrets. Venait enfin le sommeil, les
jambes repliées sur les mains. Sommeil enfin, toujours
trop loin d'eux couchés près des machines, de la table
de coupe, des mannequins dressés dans la nuit jamais
totale de l'atelier. Sommeil enfin, à l'aube. Le concierge
traînait ses poubelles sur le trottoir. Je croyais reconnaître les pas de ceux qui auraient pu venir nous chercher pour nous traîner vers je ne sais quel train, je
ne sais quelle mort.

C'étaient les bruits des jours de travail. Le dimanche, l'atelier désert m'effrayait plus encore. J'attendais
le retour de la nuit pour les entendre murmurer dans
la langue des imaginaires secrets. Je prenais leurs mots
pour des prières, des prières que j'avais furtivement
entendues et dont j'ignorais le sens caché. Je priais
seule avec leurs mots nocturnes. Petites litanies, mots
égrenés et absurdes, incohérents. Prières.

Ils auraient sans doute eu honte de prononcer les miennes. Les authentiques aussi.

Car pour eux, les mots du culte étaient tout autres.

Un pauvre schlemazel[1], Hanah. Papa Yankel l'en avait convaincue. Traîner son cartable lourd de livres et de méticuleux cahiers, tandis que son dos chétif s'effondrait misérablement vers la droite, constituait sa mission principale. Elle en devinait l'importance, mais se sentait écrasée par son ampleur et incapable d'atteindre son but. Malgré sa récente intimité avec « la grande culture française », elle n'échappait jamais à sa condition de schlemazel. Chaque matin, son cœur commençait à battre quand, débouchant du passage du Bon-Pasteur, sa sacoche au bout du bras, elle apercevait le collège Morel — temple de la culture, selon Papa Yankel — trônant sur sa petite place circulaire. Elle devait aller se présenter. On l'attendait.

Les Français avaient fait la révolution, produit des écrivains comme Victor Hugo, Emile Zola, Romain Rolland. Des données fondamentales qui permettaient à Yankel de conclure qu'en matière de génie, de liberté, d'éducation, la France n'avait pas son pareil. C'était le seul pays où il avait décidé d'étrenner la première paire de chaussures que Dinah, sa mère polonaise, lui avait achetée pour le grand voyage. Dinah ne se souciait pas de culture, qui passait la semaine à réunir quelques sous pour le Saint Shabbāt, quant aux

---

1. Schlemazel : malchanceux, malingre, qui provoque la compassion.

19

pogroms, si le Saint, Béni soit-Il, permettait cela, il avait certainement ses raisons.

Comme ses ancêtres, comme ses parents, Papa Yankel avait la tête bourrée d'idées rédemptrices sur les progrès de l'homme et de la morale. Avec ses camarades socialistes du Bund [1], il était, à sa manière, convaincu que le Mochiakh — le Messie — viendrait un jour. Seulement pour lui, le Messie avait le visage de la sainte Trinité : Karl Marx, un Juif — Léon Trotsky, un autre Juif — et le génial petit père des peuples, Joseph Staline qui avait, de ses mains géantes, abattu la bête nazie et antisémite. Bien d'autres miracles encore plus stupéfiants n'allaient pas tarder à suivre. Les sceptiques seraient sidérés et confondus, notamment ces deux idiots — *stik ferd* — morceau de cheval — d'Yzy et de Guitel.

Ses premières chaussures blessaient les pieds de Yankel, tandis qu'il arpentait, indemne mais épuisé, les quais de la gare Lyon-Perrache à la recherche de sa sœur Guitel qui venait d'épouser, sans l'avoir jamais vu, ce crétin d'Yzy aux yeux de velours. Depuis ce jour mémorable, Yankel s'agrippait à sa Terre d'Asile en se demandant si toutefois il n'en existait pas de meilleure. Il poursuivait ses chimères, luttait pour l'avènement de la société sans classes, pour les lendemains qui chantent. Aucun doute ne troublait le cerveau de Yankel et de son épouse, redoutable orateur de la misérable cellule du parti communiste du quatrième arrondissement de Lyon. Les contradicteurs, les semeurs de mauvaises nouvelles n'étaient que de dangereux réactionnaires stipendiés par l'abominable *dibbouk* de la CIA. Rien n'empêcherait jamais la classe ouvrière, engagée dans son héroïque combat libérateur, de triompher de ses démoniaques ennemis.

---

1. Bund : Organisation juive socialiste non sioniste.

En France, tout était encore possible, surtout la révolution prolétarienne. Yankel et Rivka analysaient sans fin la situation devant une tasse de thé, pour conclure que oui, sans aucun doute, les conditions objectives du processus historique étaient réunies. L'affaire Dreyfus ne prouvait pas l'antisémitisme des Français, mais celui des patrons, perfides instigateurs de l'infâme calomnie. Le peuple était bon par essence aussi vrai que Hanah n'était qu'un pauvre schlemazel désespérant et pleurnicheur.

Yankel ne laissait pas de prodiguer son immense sagesse à ses ouvriers depuis la tribune permanente de sa table de coupe, temple de la demeure familiale pour Hanah, qui s'en approchait toujours tête baissée et tremblante, vaincue d'avance par l'inquisition paternelle.

Lorsqu'elle quittait l'antre culturel du lycée, Hanah s'imaginait déjà bafouillante devant son terrifiant géniteur. Elle pousserait péniblement la porte blindée de l'atelier — à cause des marchandises — et trottinerait, les yeux rivés à ses chaussures vers celles, robustes, de Papa Yankel. Quels pieds il avait avec ses godasses à trépointes et à semelles de crêpe ! Quels yeux aussi, derrière ses lunettes cerclées d'écaille !

Elle avançait, comptant ses pas et se répétant la phrase qui ne manquait pas de tomber :

— Alors, on ne dit pas bonjour en entrant dans l'atelier ? Dis bonjour à tout le monde, ma fille !

Elle s'exécutait d'une voix éteinte, mais Papa Yankel l'engageait aussitôt à recommencer un peu plus fort. Quand on disait bonjour aux prolétaires, il fallait qu'ils vous entendissent.

Elle s'exécutait, lamentable, Papa Yankel ne la lâchait pas pour autant. Le bonjour et sa répétition n'étaient que le prélude à une série de désastres quotidiens. Suivait la question rituelle à laquelle elle ne pouvait donner qu'une réponse imprécise, voire mensongère :

— Alors, tu es sur le table de « honnaire » aujourd'hui ?... N'oublie pas Hanah, tous les jours tu dois vouloir monter sur le table de « honnaire ». Sinon, tu finiras exploitée par un patron dans un atelier de confection. Finisseuse, tu seras. Tu comprends ce que ton père te dit ? Tu comprends ou tu ne comprends pas ?

Elle comprenait et hochait la tête en signe d'approbation. Elle consentait à tout, vaincue d'avance.

— On répond à son père mieux que ça ! Tu entends Hanah ?

Elle entendait et murmurait, terrorisée :

— Ben oui...

— Tu as entendu. Très bien, alors ça suffit. Monte tout de suite travailler dans ta chambre et n'oublie pas ce que je t'ai demandé hier.

Elle n'avait pas oublié, n'oubliait jamais un mot des oukazes de Papa Yankel. Le dernier, insensé, la remplissait de dégoût pour elle-même. Son dos ploya un peu plus vers la droite, tandis qu'elle évoquait cette nouvelle calamité. Rien n'échappait à Yankel qui lui fit remarquer qu'elle marchait comme une tordue.

— Je ne veux pas voir une bossue sous mon toit ! Remets-toi droite.

Elle tenta de se redresser, trembla sur ses jambes squelettiques et tortilla, l'air idiot, ses pieds dans ses chaussures.

Elle voulait bien exécuter tous les commandements de Papa Yankel, mais celui-ci, justement, dépassait ses petits moyens. Eructant un inintelligible « mais » de résignation, elle commença à « pisser avec ses yeux ». Furieux, l'intraitable rabbin laïque Yankel fondit sur sa proie.

— Alors, qu'est-ce qu'il y a, *du pichst mit die oïgn,* tu pisses avec tes yeux ! Quelqu'un t'a battue ? Non ! Tu ne veux pas comprendre ce que ton père te dit, tu veux seulement pleurer, faire une tragédie. Tant pis pour toi. Débrouille-toi. Pleure toute seule ! C'est mal.

Un sanglot étouffait sa petite poitrine, elle gueula, désespérée :

— Mais je sais pas faire ! Je sais pas quoi mettre !

— Tu ne sais pas quoi mettre. Réfléchis bien. C'est tout ce que tu as à dire à ton père, Hanah ?

— Oui.

— Hanah, écoute. Regarde ton père dans les yeux.

A travers les larmes, elle esquivait l'éclat menaçant des lunettes.

— On ne pleure pas sans raison. Ton père sait que tu n'as pas de raison, ton père sait. Hanah, dis-moi, est-ce que tu aimes ta mère ?

— Bien sûr...

— Bien sûr. On aime sa mère et son père mieux que ça. Bien sûr ne veut rien dire.

— Je l'aime.

— Tu l'aimes, alors prends un papier et viens t'asseoir à côté de moi. Tu vas écrire à ta mère que tu l'aimes pour son anniversaire. Tu vas me faire ça comme il faut.

— C'est ça, comme il faut... Et si on lui achetait des fleurs ça serait aussi joli.

Elle comprit que Yankel la méprisait. La chose écrite était sacrée. Hanah n'était qu'une barbare.

— Hanah, écoute-moi bien. Ecoute. Les fleurs s'abîment et pourrissent dans les poubelles, mais pas un poème. Ton poème, Rivka le gardera toute sa vie, elle le fera même lire à tout le monde, tu comprends ?

Un poème. Compris. Hanah allait s'évanouir.

Yankel exigeait un poème. Elle se balança lentement d'avant en arrière, songeant aux balafres qui ornaient sa dernière rédaction. Elle oscillait en priant Dieu de la laisser mourir en paix. Elle n'ignorait pas que Victor Hugo et Baudelaire avaient illuminé la littérature française de leur talent précoce. Yankel Rosenfeld, son père, qui avait appris seul à lire et à écrire, poursuivait ses exploits d'autodidacte en griffonnant sur ses patrons d'hilarantes nouvelles sur la condition de tailleur pour dames. Hanah, elle, ne savait pas quoi mettre. Yankel n'en avait rien à foutre. Qu'elle se débrouille, il ne voulait pas abaisser ses yeux sur une page blanche. Il n'avait rien d'autre à lui dire, il l'abandonnait à ses pleurs et au désert de la page blanche.

Elle n'en continuait pas moins d'inonder son cahier de la souillure de ses larmes. Elle le contemplait en reniflant sa morve, tout moche, gondolé et répugnant. Elle rêva soudain qu'elle devenait idiote et qu'on la livrait à ses songes incohérents. Papa Yankel l'oublierait enfin, retournerait à sa littérature, à ses matelas de lodens anthracite. Elle pourrait béatement écouter la radio qui braillait sans fin dans l'atelier. Charles Aznavour la ravissait, lui qui parlait d'amour, hurlait d'amour, sanglotait d'amour. Avant, après, pendant. Que d'amour !

Après l'amour quand nos corps se détendent
Après l'amour quand nos souffles sont courts
Nous restons éperdus, tous les deux étendus
Après l'amour quand nos souffles sont lou-ourds !

Après l'amour ?

Quel amour ? s'inquiétait Hanah, rassérénée par la voix brisée du chanteur. L'amour se passait-il vraiment dans la culotte, comme le lui avait laissé entendre « une-fille-à-l'école ». A cette idée, elle frétilla d'aise et ses larmes séchèrent.

24

Alors, avant, ils sont tendus les corps ? A quoi peuvent bien ressembler des corps tendus, je vous le demande !

Dans l'immeuble d'en face, le canut fit taire sa machine qui cessa de dévorer un interminable ruban rose de papier perforé. Kotouche, la finisseuse préférée de Hanah, étala ses énormes seins sur un nouveau manteau à doubler, Hanah glissa au bas de sa chaise et rampa jusqu'à elle.

— Kotouche, pourquoi tu as de si gros nénés ? murmura-t-elle.

— C'est le Bon Dieu qui me les a faits ainsi, ma fille.

— Je veux bien les toucher.

— Eh bien, monte sur mes genoux, tu les toucheras.

— Je les toucherai pour de vrai ?

— Et comment !

Mais Papa Yankel n'était pas d'accord. Hanah porterait sa main sur les nénés de Kotouche lorsqu'elle aurait terminé son poème pour Rivka. Ce serait justement sa récompense. Hanah sentit s'éloigner d'elle le paradis mœlleux des seins de Kotouche, car elle n'avait pas encore pondu une seule ligne.

Yankel tonna soudain.

— Une fille qui aime sa mère, écrit naturellement un poème pour elle. Voilà ! Alors, si tu aimes ta mère prouve-le, écris tout de suite, promptement, sans larmes sur le cahier !

— Je ne sais pas quoi mettre !

— Ecoute, Hanah, dis simplement à ta mère que tu l'aimes, qu'elle est comme une étoile dans le ciel, que tu lui souhaites un bon anniversaire... tu vois ?

Elle voyait tout à fait et tâchait de ne pas oublier l'histoire d'étoile en grimpant sur sa chaise. Elle la savait déjà par cœur cette poésie pleine d'amour et de ciel. Elle saisit son stylo. Ne pas oublier l'anniversaire, surtout ne rien oublier. Elle traça d'une main scrupuleuse sur la page propre :

Maman, je t'aime comme une étoile dans le ciel
Bon anniversaire.

Elle posa sa plume et imagina sa tête roulant entre les seins de Kotouche. Elle courut porter son chef-d'œuvre à Papa Yankel, son JUGE qui ne se laissa pas berner comme ça. Les deux vers de sa fille le remplirent de fureur. Il hurlait :

— Est-ce que tu te moques de moi, Hanah — schlemazel ? Est-ce que l'on se moque ainsi de son père ! Tu as recopié ce que je t'ai dit, ce n'est pas du tout un poème pour ta mère. Tu me fais honte, va te cacher. Va-t'en je te dis !

Hanah pissa de nouveau avec ses yeux, sans espoir d'attendrir l'homme aux semelles de crêpe. Kotouche eut pitié d'elle et entama une âpre négociation avec son patron, qui céda devant le complot des femmes. Elle put enfin escalader Kotouche et pisser avec ses yeux dans la fente divine de ses seins.

— Arrête de pleurer, tu vas tacher la doublure et tu te feras encore gronder.

Puis elle déposa un baiser tiède et rouge sur son front.

Kotouche, Kotouche, avec tes gros nénés, Kotouche je ne vivrai pas comme toi. Je te regarde trimer dans l'atelier. Le presseur, les mécaniciennes, papa, maman,

Gratchok je ne vivrai pas comme vous. Je quitterai, un jour, la rue Duviard, numéro 1, troisième étage, le Vêtement Parisien. Robes, manteaux, tailleurs. Je quitterai, un jour, un immeuble crasseux qui pue, suinte l'humidité. Un jour, je ne vivrai pas comme vous. Autre chose existe certainement. Où ? Je ne sais pas, mais j'irai.

Je reconnais l'immonde odeur dès que j'entre dans le couloir de l'immeuble. Je suis cernée par les intestins de la maison qui se vident lentement sur les marches de l'escalier. Maman dit : « Prends garde de ne pas glisser, de ne pas tomber. » Je prends garde. J'évite les flaques, les ruisseaux brunâtres qui croupissent dans l'ombre en compagnie des mouches, l'été. Tout est noir, tout est sale et la cour pue où logent les ivrognes et leurs enfants dans la cabane devant laquelle s'accroupissent les chiens, pour chier eux aussi.

Un jour, je m'en irai, j'échapperai à ce complot merdeux de la CIA de papa.

Toutes les maisons de la rue ressemblent à la nôtre.

Des poivrots habitent ici, montent les étages, leur litre de Cep Vermeil sous le bras, arrivent vers la lumière, ouvrent les fenêtres, se mettent à gueuler, à picoler. Mme Alain, la mère Alain est la poivrote qui crie le mieux. Mère Alain, parce que son fils s'appelle Alain. Aalain ? Aalain ! elle meugle comme ça tous les soirs attablée à la fenêtre avec sa bouteille posée sur le rebord et qui ne tombe jamais. Aalain ! Alain s'en fout que sa mère s'exprime tous les soirs à la fenêtre.

« Alain ! Alain ! quand tu seras là-haut, je vais te cogner la tête contre les murs, et tu finiras bien par monter, et je finirai bien par t'avoir. »

Quand la nuit tombe, Alain grimpe se faire battre. Après, il me regarde, on se fait des signes. Rendez-vous demain matin pour partir à l'école. Très gentil avec moi, Alain. Il m'a même proposé de l'épouser plus tard. Moi, je n'y pense pas du tout, mais je ne lui fais pas connaître mes intentions. Je négocie. Je lui réponds : « Oui, bien sûr Alain, on va se marier un jour avec des voiles, comme les communiantes. »

On dit les communiantes, mais je préfère prononcer les comminiantes, comme Gratchok. Les comminiantes de Gratchok sont très liées aux comminisses de Papa Yankel. Gratchok dit les comminiantes et les comminisses.

— Gratchok, on dit les communiantes et les communistes !

Rivka la corrige chaque fois. Moi, je répète derrière elle, comme ça, mes parents ne savent plus que penser de moi. Est-ce que je suis une idiote, *a stik ferd*, comme Guitel, ou est-ce que je suis une « vieille mauvaise » qui se moque du monde ?

— Ecoute Tatan Rivka, j'ai toujours dit comme ça et tout le monde comprend. Je ne vois vraiment pas pourquoi je changerais. Chez moi, on parle comme ça, les comminiantes et les comminisses. Tatan, tu ne sais pas quoi ? Le Papa, il ne peut pas les voir les comminisses de Tonton Yankel. Il dit qu'ils font du tort aux sionisses et à Israël. Il dit ça, le Papa.

Alors moi, les communiantes, j'aime surtout leur robe et leur voile et l'aumônière, parce qu'autrement, elles ne sont pas gentilles.

Je me voyais très bien avec une belle robe à voile, à aumônière et j'ai demandé qu'on m'en achète une pour me promener déguisée dans la rue. Chez moi, on a roulé des yeux tout ronds.

— Pourquoi tu veux une robe de communiante, hein ! Tu n'as rien d'autre à te mettre sur les fesses ? Ton père, ta mère ne travaillent pas assez dur pour toi. Tu veux encore plus ?

— Mais c'est joli, j'en voudrais une !

— Rivka, ta fille veut jouer avec des rideaux. Donne-lui quelque chose.

Elle ne m'a rien donné du tout.

Alors, Rivka s'est énervée et s'est mise à *crier sur* Gratchok.

— On ne dit pas les sionisses, mais les sionistes. Fais attention une fois pour toutes.

Gratchok a braillé.

— Tatan Rivka, il n'y a pas de raison que tu me *cries dessus* comme ça. La Maman, elle dit les sionisses, comme moi. Je continuerai à faire comme la Maman, voilà !

— Fais comme la Maman. On ne crie pas dessus, on crie après. Tu es indécrottable, Gratchok. Si tu continues, dans dix ans tu seras encore finisseuse à l'atelier, fais un effort, Bon Dieu !

Gratchok a chounié pendant une heure sur son manteau. En pensant que Rivka avait peut-être raison, qu'elle ne sortirait jamais de l'atelier de Papa Yankel.

La rue est étroite, noire avec trois cafés remplis de gens très chanteurs, surtout la nuit avec les parents d'Alain. Le soir, j'entends aussi des bébés qui pleurent. Rivka prétend que ce ne sont pas des bébés, mais des chats amoureux qui miaulent. C'est certainement vrai, pourtant, je ne peux pas m'empêcher d'avoir du chagrin pour tous ces petits bébés qui pleureraient comme les chats. Si on les abandonnait.

Si on les abandonnait dans l'atelier, les chats feraient leur vie sur les pièces de tissu entassées jusqu'au plafond, autour de mon lit. Quand je suis couchée, j'écoute les petits bébés abandonnés qui miaulent comme des chats amoureux, je regarde la laine des lodens, le grain de poudre des tailleurs, le poil de chameau des manteaux, la machine qui fabrique les boutons, les ciseaux de coupe sans la main de Papa Yankel, qui décime des matelas en pensant à des choses beaucoup plus importantes que des paletots écossais. Des choses littéraires qu'il faut lire dans des livres quand on est grande et qu'on a une jupe serrée sur les fesses qui fait poule, comme Gratchok. Quand je serai grande, je pourrai lire de la littérature comme Yankel et porter des jupes de poule comme Gratchok, comme maman qui court avec des talons aiguilles qui font toc toc toc. Une maman doit-elle porter des jupes de poule en grain-de-poudre anthracite de chez Schmoll, rue d'Hauteville à Paris, au travers desquelles on voit ses fesses rebondies ? Une maman doit-elle se promener avec un paletot écossais jaune et vert — je n'aime pas — en pure laine peignée de chez Union Lainière rue Poissonnière à Paris ? A-t-elle le droit de faire tout cela devant sa fille qui ne grandira jamais ? Je vous le demande, je me le demande. Yankel demande. Papa Yankel demande toujours et répond. Une fille doit absolument écrire proprement, parfaitement les adresses sur les enveloppes qui contiennent les lettres urgentes de son père aux meilleurs écrivains yddish de la capitale. Une bonne fille exécute, écrit, et comprend. Si Yankel dicte Kaganovski 34 ri di rva tsitsil, j'écris 34, rue du Roi-de-Sicile. Il ne supporterait pas que j'écrive exactement ce qu'il dit. Il est comme ça.

Il aime la perfection pour les lettres, pas pour les manteaux, les tailleurs, les lodens. Pas pour la maison. Une maison sale comme la nôtre, qui est aussi un atelier, il la trouve très très bien. Il dit exactement « très très bien, en Pologne, nous n'avions pas de maison du tout, nous vivions comme des chiens, cette maison est très bonne pour nous. Très très bien. »

Les filles de l'école qui ont des yeux bleus n'aiment pas les yeux marron, elles chantent « yeux marron yeux de cochons, yeux bleus yeux d'amoureux », n'habitent pas dans une maison dégoûtante qui est aussi un atelier. Chez Monique Favette, chez Nicole Curtil on ne trouve aucune pièce de tissu, pas de machines à coudre, pas de presseur et de finisseuses, de bobines de fil et de mannequins. Rien. Des parquets cirés avec des patins, des buffets cirés, des « Petit Jésus » avec des feuilles, au-dessus des lits.

Une maison doit-elle également être un atelier ? Rarement. Seulement chez nous, parce que Papa Yankel est d'accord. Pas Rivka. Elle rêve. Elle prétend qu'un jour, elle aura sa propre maison comme Monique Dufour avec des trucs cirés partout, des patins, sauf le Petit Jésus avec une branche au-dessus des lits. Elle rêve, nous n'aurons jamais cela. Jamais. Mais elle s'obstine.

— Yankel, si nous faisons une bonne saison de manteaux cette année, nous pourrons installer une vraie douche au fond de la cuisine avec de l'eau chaude et même un évier en porcelaine.

De pareilles folies font tressauter les épaules de Yankel. On aura tout vu !

— Rivka, nous avons déjà de l'eau dans la maison, ça ne te suffit pas ?

Ça lui suffit pour toujours. Ce n'est pas lui qui baigne les gosses dans un petit baquet posé sur deux chaises. Ce n'est pas lui qui fait chauffer les casseroles d'eau. Ce n'est pas lui. Il s'en moque. Rivka en a assez. Normal.

— Mais alors, qu'est-ce que tu lui reproches à ce baquet ? Oui, tu le poses sur deux chaises et tu le remplis avec des casseroles. C'est très bien ; qu'est-ce que tu veux de plus ? Nous ne sommes pas des capitalistes. Heureusement, d'ailleurs !

— Mais on n'est plus en Pologne, tout de même !

— En Pologne tout ce que nous avons ici aurait été du luxe. Tout va bien, Rivka. Heureusement que nous ne sommes pas en Pologne, avec tous ces antisémites.

— Yankel, je me crève quinze heures par jour, personne ne m'empêchera d'avoir un jour un évier, une douche et même des cabinets.

— Des cabinets. Qu'est-ce que tu veux dire ? On a déjà des cabinets dans l'escalier !

Des cabinets dans l'escalier. Pauvre Yankel ! Socialiste et arriéré. Un vrai pauvre polak. Rivka le dévisage, méprisante.

— Tu appelles ça un cabinet ? C'est un trou puant, une porcherie !

— Un cabinet est un cabinet. En Pologne, on n'avait pas de cabinet !

— La Pologne, j' m'en fous ! Moi, j'aurai tout ce que je dis. Une salle de bains, un frigidaire, une chasse d'eau. Aussi vrai que je suis là.

— Je prédis qu'un jour, tu deviendras une vraie capitaliste. Une traître à la classe ouvrière.

Elle était fière du Vêtement Parisien, mais seulement en secret. Dès qu'elle quittait le troisième étage de la rue Duviard, elle avait vaguement honte. Comment devait-on vivre ? Comme Monique Favette, comme Nicole Curtil, comme Roselyne Molynieux, la fille de la maîtresse qui arpentait le boulevard de la

Croix-Rousse en robe de communiante avec une croix noire sur la poitrine, un chapelet, des gants blancs à la main ? Du tulle voletait au-dessus de ses cheveux, quelle merveille ! Mme Molynieux avait offert une photo de Roselyne ainsi parée pour tenter Hanah. Roselyne regardait droit devant elle en pensant au Petit Jésus. Ses gants blancs caressaient distraitement un livre relié de cuir dénommé missel. Ses coudes reposaient sur une espèce de fauteuil dont Roselyne lui avait dévoilé le nom avec un rien de mépris : un prie-Dieu. La robe de communiante et son voile, les gants blancs, le missel, le prie-Dieu, Hanah pouvait en faire son deuil. Elle n'aurait jamais ça. Puisqu'elle ignorait tout du Petit Jésus. Les filles de l'école le connaissaient bien, pas elle. Pourquoi ? C'était une question impudique qu'elle n'osait poser qu'à elle-même. Etonnant que Yankel et Rivka ne se préoccupassent pas du tout de cet important personnage. Eux non plus ne savaient sans doute rien de lui. En revanche, les-filles-de-l'école ne prononçaient jamais les noms de Lénine, Staline et Trotsky. Herzl, l'ami de Guitel et d'Yzy était également inconnu sous le préau de la cour de récréation.

Mais Mme Molynieux avait une idée derrière la tête, c'était sûr. Ne susurrait-elle pas à l'oreille de Hanah des paroles troublantes qui l'obsédaient à présent ?

— Tu aimerais bien avoir une belle robe blanche comme Roselyne, hein, dis-moi...

— Oui, avait bafouillé Hanah s'imaginant déjà déguisée.

Mais pas avec tous les trucs qu'elle avait vus sur la photo. La robe et le voile lui suffisaient.

— Pour l'avoir, il faudrait simplement que tu fasses ta première communion...

Pourquoi la première et pas la deuxième, ou la

dernière ? Inutile de se ridiculiser en posant cette question à voix haute. Surtout qu'il y avait certainement quelque chose de louche là-dessous. Parce que Mme Molynieux avait ajouté :

— Ce que je te dis là est un secret entre toi et moi. Tu es capable de garder un secret à ton âge, n'est-ce pas ?

— Oui, oui, oui madame Molynieux. Motus.

Donc, il était facile de faire sa première communion, si on apprenait par cœur un petit livre à jaquette verte appelé catéchisme que la maîtresse avait glissé dans son cartable. La jambe lui cuisait à travers le cuir de sa serviette, là où se trouvait le livre interdit. Elle était à présent toute honteuse de l'avoir accepté et ne savait où dissimuler la chose impure aux yeux de Rivka et de Yankel. Elle n'osa plus croiser le regard de la maîtresse qui ne s'avoua pas vaincue pour si peu. S'enhardissant dans son prosélytisme, elle l'invita à un goûter d'enfant « pour écouter de la musique ».

Pour écouter de la musique. C'est ce qu'avait dit Mme Molynieux à Rivka qui pavoisait. On avait habillé Hanah en dimanche, qui ne broncha pas pour ne pas trahir son secret.

— Quel honneur ! s'était écrié Yankel. Les instituteurs sont des intellectuels français, non !

Comment devait-on vivre ? Plutôt comme Roselyne Molynieux, Nicole Curtil, Monique Favette ? Plutôt comme Yankel, Rivka, Guitel, Yzy et Gratchok ? Pouvait-on habiter un atelier plein de tissus et de machines sans faire sa première et sa dernière communion avec les-filles-de-l'école ?

Là n'était pas le problème. Au troisième étage, rue Duviard — le Vêtement Parisien — Hanah aurait voulu être parfaite. Comme Dinah, qui semblait avoir été conçue pour ravir ses géniteurs. Les éloges pleuvaient sur elle, qui les accueillait avec une molle indifférence. Elle obéissait sans broncher, tout la laissait impassible. Elle n'ouvrait pour ainsi dire pas la bouche. Mais tout le monde s'accordait pour interpréter son silence obstiné comme une preuve supplémentaire de son intelligence supérieure. Guitel affirmait que Dinah parlait peu pour éviter de dire des bêtises. Les muets possédaient-ils donc naturellement des puits de sagesse ?

La Maman affirmait que si Hanah était une intarissable bavarde, cela prouvait qu'elle était un peu sotte aussi. Guitel régnait, édictait des lois faites, selon Hanah, pour lui signifier son indignité.

Pour avoir le droit de respirer chez la Maman, il fallait seulement être belle, *une vraie merveille.* Pour être *vraiment belle, une vraie merveille,* il fallait au moins ressembler à Dinah ou à Gratchok. Etre maigre, avoir les jambes *comme-des-tiges-de-marguerite-plus-moches-encore-que-celles-de-Michèle-Artigue — la fille de la laitière-une-vraie-horreur —* était une de ces tares décisives qui vous voilaient à jamais la lumière du jour.

Tatan Guitel en connaissait un rayon sur la beauté, inutile de ruser avec elle. De ses limpides yeux bleus, souvent noyés de larmes, parce qu'elle était vraiment trop malheureuse avec son mari — *ce salaud d'Yzy —,* elle vous dévisageait, vous jugeait et décidait de votre sort. Si ses lèvres minces condescendaient à vous accorder un avare sourire, vous étiez sauvé. Mais Hanah n'eut jamais droit au tendre regard bleu de Tatan Guitel, à son sourire éclatant dévoilant ses dents blanches et parfaites, elle les réservait à la bienheureuse Dinah. La seule vue de Dinah transfigurait Guitel. Il y avait bien sur terre un être qui correspondait à son idéal élevé. Voir Dinah lui redonnait le goût de vivre. L'existence de Guitel n'était pas *un film de cinéma*. Elle s'épuisait jour et nuit pour nourrir la couvée qu'Yzy s'obstinait à agrandir chaque année. Tatan Guitel régnait sur l'univers du beau, Yzy sur celui de la procréation, car il avait des idées sur la famille. *Une famille sans fils n'est pas une famille.* Comme sa femme s'obstinait à lui donner une fille à chaque nouvelle tentative, il se remettait bravement à l'ouvrage. Guitel faillit en mourir. Tout le monde la connaissait à l'hôpital de la Croix-Rousse, où elle se traînait chaque année pour accoucher.

— Encore vous, madame Guitel. Espérons que cette fois-ci ce sera un garçon !

— *Oï !* que Dieu vous entende, qu'Il vous entende et ait pitié de moi...

Guitel mit au monde neuf filles en pleurant, parce que ce n'était jamais la dernière, puis le Saint — béni soit-Il — eut enfin pitié d'elle et lui permit d'accoucher d'un fils.

— Enfin, tu acceptes de faire plaisir à ton mari ! Enfin. Quel beau garçon, un vrai Blumenfeld !

— Comment ça un Blumenfeld ! Pas du tout, c'est un Rosenfeld tout craché, c'est le portrait de mon père qui était si beau. Il ressemble même à mon Yankel qui aurait mieux fait de trouver une autre fille que cette pouilleuse qui est moche comme tout, *une horreur, une vraie horreur !*

— En tout cas, Guitel, c'est ton dernier accouchement. Maintenant j'ai un fils !

Yzy abandonna son obsession procréatrice pour se consacrer avec prodigalité à l'entretien de sa maîtresse. Guitel remâchait jour et nuit sa rancœur, promettait de se venger. Un jour.

— J'ai tout mon temps. Toute ma vie. Il verra, il verra !

En attendant, tandis que des larmes embuaient ses yeux, elle accomplissait son devoir, lavait, torchait. Torchait tout spécialement son *Prince Unique* : Henri, surnommé Hori-Kak à cause de ses langes toujours souillés.

Hori-Kak, le Prince Unique et tyrannique, recevait les soins amoureux de sa mère et de ses neuf sœurs. Seule sa grand-mère, la Mime, ne supportait pas ses hurlements de poupon despotique et insatisfait. Guitel le contemplait.

— Comme il est beau. Comme il est beau ! Une vraie merveille. Si toutes mes filles pouvaient lui ressembler...

Mais Dieu n'exauçait pas toutes les requêtes de Guitel et la beauté n'était pas équitablement répartie entre tous les rejetons de la tribu qui avaient été classés par leur intraitable mère. Chacun à sa place, selon une subtile hiérarchie dont elle avait établi avec soin les échelons.

En gros, il y avait les beaux au sommet tétant avidement son amour et les moches gisant au fond du gouffre. A mi-pente, les moyens vivotaient en espérant, un jour, conquérir l'inaccessible clémence maternelle. Malheur aux moches, à ceux du gouffre sur qui la Maman laissait errer son terrible-glacial regard bleu. Les enfants suivaient l'impitoyable philosophie esthétique de leur mère, les belles persécutaient les moches. Guitel nourrissait tout le monde avec le même dévouement, c'était son devoir. Ainsi en avait décidé le Saint-Béni-soit-Il, mais quant à aimer tout le monde, c'était une autre affaire ! Elle ne pouvait pas se forcer tout de même. Elle n'y pouvait rien. Les laides la dégoûtaient. Tandis que les moches rasaient les murs, tentaient d'échapper à sa véhémence, se terraient dans le dortoir aux dix lits qui se trouvait exactement en dessous de la chambre conjugale, au troisième étage, les belles montaient pour cueillir un baiser, un compliment et se pavaner devant la grande glace de la salle à manger.

Hanah ne trouvait pas grâce aux yeux de Tatan Guitel qui l'avait irrémédiablement décrétée *moche-une-vraie-horreur-de-Michèle Artigue*. Fichue Hanah ! Elle se traînait, visage désespéré et lamentable. Yankel l'avait dénommée schlemazel, pour tout dire moins que rien, sa tante la dévisageait sans complaisance avec un mépris qui s'adressait plutôt à la femme du pauvre Yankel, dont la laideur lui semblait héréditaire. Les filles-de-l'école lui lançaient des sales airs, parce qu'elle ignorait tout du catéchisme et de la communion solennelle. Mais autre chose venait maintenant la tourmenter.

Nicole Curtil, Roselyne Molynieux, Monique Favette l'accusaient d'avoir tué le Petit Jésus qu'elle était pourtant certaine de n'avoir jamais rencontré.

— *Paillèneu ! t'as tué le Petit Jésus !*
Les-filles-de-l'école lui avaient crié ça.
— Qui c'est celui-là ?
Personne ne lui en avait jamais parlé. Jamais. Comment pouvait-elle avoir tué un Petit Jésus auquel elle n'avait pas encore été présentée ?

Papa Yankel dit :

— Celle-là, elle est capable de tout. Elle marcherait sur tout le monde pour obtenir ce qu'elle veut. Comme Moïche Froucht.

Si je peux marcher sur tout le monde sans le savoir, je tue peut-être des Petit Jésus sans m'en rendre compte, parce qu'ils sont très très petits, et que je ne les vois pas. Je leur ai fait du mal. Ils sont morts sous mes pieds. Tant pis pour eux, ils n'avaient qu'à être plus gros, ils n'avaient qu'à prévenir : attention, tu vas marcher sur un très Petit Jésus ! Quand on est socialiste-communiste c'est mal de marcher sur les autres, c'est mal de les tuer. Il faut faire attention aux autres, ne pas être égoïste.

Ne pas être égoïste, ces mots envoûtaient Papa Yankel.

Oh la la ! Oh la la ! s'il apprend que j'ai tué par égoïsme un Petit Jésus, il va en faire une tête, Papa. Il n'apprendra pas. Nicole Curtil-Monique Favette-Roselyne Molynieux ne peuvent pas reconnaître Yankel dans la rue et me dénoncer. Pas de problème. Elles ne pourront rien dire du tout. S'il n'est pas complètement mort, seul le Petit Jésus doit être au courant. C'est lui qui m'a déjà dénoncée aux filles-de-l'école, il peut continuer. Il peut venir à la maison, il peut dire la vérité à Papa Yankel : « Hanah m'a tué sans faire attention. C'est une égoïste, comme son grand-père. Elle m'a marché dessus. Elle marcherait sur tout le monde d'ailleurs, pour avoir ce qu'elle veut. Elle n'a aucune idée du socialisme. C'est une petite bourgeoise capitaliste stipendiée. » Le Petit Jésus pourrait raconter une histoire comme ça à Papa Yankel. Etre stipendié-égoïste-petit-bourgeois-capitaliste, c'est mal ! Et Papa Yankel dira :

— T'as fait ça Hanah, t'as fait ça. Tu es pire que ton grand-père égoïste, qui est pourtant socialiste.

On peut être socialiste et égoïste, mais c'est mal. Et je me ferai battre à cause de la dénonciation du Petit Jésus qui se débrouille déjà pour me faire souffrir autrement. Il se venge de moi, surtout dans la salle de bains. Je le vois au-dessus de la douche, dans la lucarne. Il me regarde en pleurant. Rancunier, le Petit Jésus. Très rancunier. La prochaine fois, je vais monter sur la caisse de linge sale et je lui claquerai la fenêtre au nez. Il ne pourra plus me fixer pour me faire peur. Il me donne envie de crier : « Au secours Papa Yankel, le Petit Jésus est là, dans la lucarne. » Il est méchant. Il est trop malin. J'aurais mieux fait de le tuer pour de bon.

Personne n'en aurait rien su.

Et si les-filles-de l'école avaient tout inventé ? Parce que je n'ai pas une belle robe de communiante avec un missel ?

Le bol refroidissait lentement sous le doigt qui le caressait, le lait exhalait ses vapeurs nauséabondes, une fine peau commençait à rider la surface du breuvage répugnant. Rivka s'agitait et menaçait.

— Si tu ne bois pas, si tu ne manges pas, je t'emmène à l'école avec tes tartines !

Cause toujours, tu m'intéresses, Hanah ne l'écoutait presque pas, elle examinait, fascinée, un couvercle de fromage fondu « La vache qui rit ». La vache qui rit, que Rivka avait déposée devant son pain et qu'elle ne se décidait pas à manger pour devenir aussi rose, aussi ronde, aussi *belle* que Dinah. Malgré les exhortations maternelles, elle s'obstinait à demeurer maigre et moche. Elle haïssait le boire et le manger qui pénétraient si grossièrement dans son corps pour en sortir de façon révoltante. Elle rêvait son ventre vidé de ses viscères, puis rempli de rubans roses, d'herbe verte et même de petits chats. Elle méditait sur sa triste condition d'avaleuse de mets malodorants, tout en examinant l'étiquette circulaire sur laquelle souriait, boucles aux oreilles, la malicieuse vache hilare. C'était précisément les boucles d'oreilles de l'animal qui posaient un problème à Hanah, parce que celles-ci étaient également des boîtes de « Vache qui rit » sur lesquelles on pouvait admirer une vache qui portait des boucles d'oreilles, sur lesquelles une vache portait des boucles d'oreilles ornées de l'incroyable vache aux infinis dons d'ubiquité. L'infini, c'était précisément cette notion qui tourmentait Hanah. Alors, certaines choses pouvaient ne pas avoir de fin ? Si un innocent couvercle de boîte de fromage vous ouvrait un univers sans limites, qu'en était-il alors du monde ? Des routes, des chemins de la terre qui tournait dans l'espace incolore et sans limite. La proximité du lait et les questions demeurées sans réponse achevaient de vouer Hanah au vertige et à la perplexité, tandis que Rivka, autour d'elle, tournait et pestait. Sa gamine maigrelette ne sortirait pas de la maison le ventre vide. Les cris et les menaces succédaient à la persuasion. Hanah pleurait consciencieusement, copieusement en avalant quelques morceaux de pain dégueulasse, puis ramassait sa serviette informe et dévalait les escaliers pour s'enfuir à l'école. Elle regrettait, au fond, de ne pouvoir passer ses journées devant un couvercle de boîte à fromage, dont elle espérait, un jour, percer le secret. « La vache qui rit » lui donna le goût des étiquettes. Elle aurait voulu que le doux vertige précédemment éprouvé s'étendît à toutes celles qu'elle rencontrait. Malheureusement, fort peu atteignaient la perfection. Par exemple, les « messieurs Ripolin » qui peignaient chacun sur le dos de l'autre des lettres géantes, étaient nécessairement en nombre limité. La série s'arrêtait, dès que le mot magique, « Ripolin », était tracé dans sa totalité. Cette situation, bien que fascinante, avait un début et une fin. Mais le temps en avait-il ? Certainement, puisque Maman Rivka disait, exprès pour la faire pleurer : « Quand je serai vieille, je serai assise dans un fauteuil à roulettes et tu n'accepteras plus de me regarder. Peu de temps après, je serai morte. » Hanah avait du mal à se consoler du chagrin que sa mère aimait lui faire. Surtout, qu'elle mentait. Les jours s'ajoutaient les uns aux autres, sans fin, comme les vaches sur les boîtes de « Vache qui rit », par conséquent sa mère était éternelle et elle ne mourrait pas.

Elle se plaisait à le penser, à se le répéter pour chasser l'angoisse qui l'assaillait et les larmes qui montaient à ses yeux.

Maman est belle, elle sera toujours là, pareille. C'est ça, toujours là, *exactement* pareille.

— Maman, tu m'aimes ? Dis tu m'aimes !

Elle ruait dans les jambes de Rivka qui se dégageait.

— Tu l'aimes ton porte-monnaie, tu l'aimes ta vache à lait, hein ?

Papa Yankel ne voulait pas mettre les pieds à la schoul [1]. Personne ne pourrait dire : « On a vu ce rouge, ce communiste de Yankel à la schoul le jour de Kip-

---

1. Schoul : synagogue. Terme yddish.

pour. » Ça lui aurait fait honte. Mais il avait tout de même pitié de Guitel. C'était sa sœur. Elle avait beau être une idiote — *a stik ferd*, un morceau de cheval — religieuse et obscurantiste, c'était sa sœur qui, au petit matin, avait dévalé la colline de la Croix-Rousse sur ses guibolles enflées. Elle avait mal aux pieds, la migraine tourmentait, battait ses tempes. Elle geignait.

— *Oï*, j'ai mal — *hob a hit* — un chapeau m'écrabouille la cervelle. Mais elle ne manquait jamais le début de l'office de Kippour à la schoul. Yankel avait négocié un arrangement avec elle. Puisque c'était sa sœur, qu'il ne l'avait pas choisie et qu'elle avait déjà assez mal partout pour ne pas lui fournir un sujet supplémentaire de se lamenter. Elle était là. C'était son mérite. Puisque tous les autres étaient morts chez Hitler, comme disait Yzy, pas question de faire la fine gueule sur les débris de la famille qui traînaient encore à Buenos Aires ou à Lyon. L'Argentine, quel beau pays ! soupirait parfois Yankel. Mon frère est là-bas, je ferais sans doute mieux de le rejoindre. C'est le seul qui me reste à part cette idiote, cette pauvre imbécile de Guitel.

Les autres avaient quitté Radom dans les trains nazis et on ne les avait jamais revus. Le jour de Kippour, Yankel allumait une bougie pour se souvenir d'eux, mais refusait d'entrer à la schoul pour prier. Impossible qu'un Dieu juif ait permis cela. D'accord, il ne laisserait pas tomber cette pauvre Guitel, sa migraine et ses pattes enflées, il irait la chercher à la schoul pour lui sauver la face. Parce qu'avec Yzy on ne pouvait jamais être sûr de rien. Surtout s'il était encore allé courir je ne sais où avec sa Marie-Vache. Marie-Vache, une poule, une vraie poule. Finalement, Yzy rentrait toujours pour Kippour. Mais c'était Papa Yankel qui garait sa limousine quai Tilsitt, pour attendre Guitel la pauvre, avec ses varices et sa souffrance.

Elle soupirait atrocement, jusqu'aux entrailles : « *Oï vaï, oï vaï,* mes pauvres jambes, personne n'a donc pitié de moi ? »

Hanah n'avait pas pitié d'elle, Guitel la faisait rire.

Lorsque le shofar [1] résonnait, Yankel expédiait ses ambassadeurs. Hanah et Dinah endimanchées grimpaient sur la pointe des pieds l'escalier réservé aux femmes, où rôdaient des odeurs lourdes de parfums et d'haleines assoiffées. Les bavardages des épouses couvraient la voix du rabbin, les prières de leurs hommes. Bourdonnement de mouches excitées. Elles se reluquaient, comparaient leurs robes et leurs bijoux. Cet automne 1952, l'entrée de Hanah et Dinah fit sensation.

— Vous avez vu ? Ce sont les filles de Yankel Rosenfeld ! Incroyable ! C'est un communiste, vous savez ça ?

Guitel qui connaissait l'office par cœur, demeura vigilante.

— Chut ! chut ! Mais taisez-vous, je vous dis ! Maintenant c'est vraiment triste. Il faut pleurer !...

Et elle pleura aussitôt, sans quitter des yeux les deux gamines. Puis ses larmes tarirent et elle redressa la pointe de son nez bien droit — *azoï* — comme ça.

On vient me chercher, moi. Mon frère vient m'attendre devant la schoul, même si ce salopard d'Yzy se promène en ce moment, sans honte, avec cette poule de Marie-Vache.

Le shofar sonna. Hanah et Dinah se penchèrent au-dessus de la balustrade et montrèrent le fond bien blanc de leurs culottes « petit bateau ». Avec son drôle

---

1. Corne de bélier dans laquelle on souffle à la synagogue à la fin de certains offices.

de chapeau et sa tunique blanche, le rabbin ressemblait à un cuisinier. Cette insolente comparaison fit aussitôt ricaner Hanah.

— Elle rit encore, celle-là ! Pourquoi est-ce que tu ris, Hanah ?

Guitel fulminait. On ne rigolait pas à la schoul, un jour de Yom Kippour.

— Parce que c'est rigolo.

— Tu trouves que c'est rigolo ! Ça n'est pas rigolo, c'est justement pleurello !

Et voici que Dinah se trémoussait aussi maintenant pour faire comme sa sœur. On leur cria : Chut ! mais Hanah répliqua qu'elle avait bien le droit de se marrer, si les petits garçons étaient autorisés à courir partout, pendant que les hommes revêtus du taleth priaient, là-bas tout en bas.

Soudain, comme s'il y avait eu le feu, on se bouscula vers la sortie. C'était fini. On avait faim et soif. Guitel avec ses pieds enflés et ses varices roula au bas des escaliers et chercha *son prince* dans la horde des mômes qui se tapaient dessus dans la cour de la synagogue. Elle le dénicha, belliqueux et tout crasseux.

— *Mon prince, le plus beau de la terre,* comment as-tu fait pour te salir comme ça ? Tu étais *une vraie merveille* ce matin en arrivant, *une vraie merveille,* le *plus* beau de la schoul. Maintenant, tu veux faire honte à ta pauvre mère ! oï !

« Hori » s'en foutait. Hanah et Dinah exploitaient toujours le même filon pour rigoler.

— C'est pleurello, c'est pleurello...

Le jour tombait doucement, le trottoir de la schoul redevint désert pour un an.

Chez Guitel, les grandes n'avaient pas chômé. Le lino reluisait, la table était mise. L'appartement exhalait des vapeurs de cire mêlées aux effluves du bouillon et de la savonnette. Les mômes bien astiquées rôdaient devant la glace. La Maman ne s'était pas crevée pour rien devant ses fourneaux, hachant menu les oignons, roulant les knaïdlekh, pétrissant les gâteaux. Pour Kippour, Gratchok n'avait pas non plus lésiné sur la toilette. Ses petites sœurs étrennaient un blouson et une jupe écossaise un peu trop grande. Dès qu'elle l'aperçut, Gratchok se rua sur Rivka qui précédait Yankel, Hori, la Maman, cette vieille horreur de Hanah flanquée de l'adorable Dinah — *une vraie merveille.*

— Tatan Rivka, tu as vu les habits que j'ai faits à mes petites sœurs ? Comment les trouves-tu ?

— Très, très bien. Tu es une vraie couturière. Tu es contente ?

— C'est vrai, tu les trouves bien ? Moi, je les trouve mignons... enfin mignons plutôt moches.

Mignon-plutôt-moches ! Hanah ricanait à nouveau. Après pleurello, c'était mignon-plutôt-moche, quelle rigolade alors ! Guitel examinait sa nièce, l'œil courroucé. Mais soudain, ses lèvres minces se fendirent d'un sourire, l'iris bleu disparut sous les paupières plissées. Elle roucoulait.

— Dinah ma beauté, heureusement tu es là. Tu ne ris pas tout le temps, toi. Viens m'embrasser, tu es une belle petite fille, une vraie merveille. Ma parole, une vraie merveille. Elle est du côté de Yankel, de notre côté. Ça se voit tout de suite.

Guitel voulait dire par là, qu'il ne fallait pas confondre le papa de Dinah avec sa maman. Chez les Blumenfeld on était beau de père en fils. C'était bien connu. On ne pouvait pas en dire autant des Rosenfeld. Malheureusement. Surtout de Rivka, cette mocheté mal fagotée et pouilleuse avec son grand nez et sa touffe énorme de cheveux mal peignés. Mais pourquoi cet idiot de Yankel s'était-il amouraché d'elle ? Un garçon comme lui aurait pu épouser n'importe quelle fille riche et *vraiment belle*. Ce soir-là, Guitel se pavanait et roulait ses larges hanches, inclinant ses yeux méprisants, sa tête superbement coiffée par ce salopard d'Yzy vers sa belle-sœur qui n'avait qu'une légère supériorité sur elle, l'absence de varices sur ses jambes trop minces et trop droites. Rivka n'avait pas de mollet et ses deux filles s'annonçaient aussi désastreuses qu'elle. Malheureusement.

— C'est vrai, Dinah nous ressemble et Hanah est plutôt du côté de Rivka. Hanah, tu devrais te décider à manger un peu, tu es aussi vilaine que ma pauvre Zozotte et de plus, tu m'agaces parce que tu rigoles tout le temps.

Miss Zozotte, une belle chandelle verte pendue au bout de son nez, qui traînait justement par là se mit aussitôt à pleurnicher, peu flattée d'être comparée à cette *mocheté de Hanah*. L'intraitable mère, dégoûtée par le morveux fruit de ses entrailles, ouvrit lentement sa petite bouche pour hurler.

— Cochonne, tu me donnes envie de vomir. Va te moucher *mocheté !* Et arrête de pleurer ! Dire que c'est ma fille !

— Je n'ai pas de mouchoir, meugla la môme, je n'ai pas de mouchoir !

— Elle n'a pas de mouchoir ! Alors où ils sont passés les mouchoirs hein ! Trouves-en un, idiote !

Zozotte, traînant ses galoches sur le lino, amorça sa retraite.

— Prends les patins, mais prends au moins les patins, souffla Guitel en s'effondrant sur l'édredon de son lit. Dans la salle à manger, les gosses grouillaient et la Mime errait au milieu d'eux, effarée par le vacarme. Elle agitait ses longs bras décharnés et se lamentait.

— *Cha ! cha ! cheket !* silence. Taisez-vous, arrêtez tout ce bruit, je n'en peux plus...

Personne ne voyait ni n'écoutait plus Mime depuis longtemps. Personne ne se souciait vraiment de Rosette étendue sur son cosy, à moitié paralysée. Guitel l'avait montrée aux médecins, aux guérisseurs, aux rabbins, mais Rosette ne quittait pas son lit, souffrait et sanglotait la nuit tandis qu'Yzy, quand par hasard il rentrait, continuait de ronfler. Rosette tricotait et habillait de rose ou de bleu d'innombrables petits baigneurs en celluloïd qui envahissaient sa couche. Lorsque le lit était plein, son client venait les chercher pour les vendre. Le soir, elle considérait, l'œil triste, ses grandes sœurs qui se tortillaient devant la glace avant d'aller danser. Guitel priait à la schoul, respectait le Saint Shabbāt et espérait un miracle. Mais Dieu demeurait muet et Rosette allongée dans ses draps, entourée de ses multiples enfants de celluloïd.

— Ne vous levez pas toutes ensemble, j'ai soif hurla-t-elle, frappant le sol avec sa canne. Alors quelqu'un va peut-être se déranger pour m'apporter un verre d'eau, quand même !

Léah était justement en train de percer des boutons d'acné avec un mouchoir devant la glace. Elle se retourna furieuse et le visage tuméfié.

Léah était la plus âgée des cousines. Celle qui sortait tous les soirs avec son petit ami — un goy — pour aller danser le be-bop au Palais d'Hiver. Elle était célèbre là-bas. La meilleure danseuse, on se battait pour l'avoir. Mais Léah n'appartenait qu'à Dédé qui faisait le plombier entre deux compétitions de be-bop. Avec Léah, il se voyait parcourant le monde et rapportant des coupes pour la cheminée de sa mère. S'il gagnait, s'il était le meilleur, Léah l'autoriserait peut-être à monter l'escalier, à franchir le seuil de sa maison. Guitel le méprisait, *lui, un goy,* qui croyait pouvoir épouser, un jour, Léah — *une fille bien foutue* — *une vraie merveille.* Jamais elle ne permettrait cela. Jamais. Rien que de penser aux rencontres de sa fille avec ce *pouilleux,* Guitel frémissait, pleurait et geignait.

— *Oï, oï* si mon *pauvre père qui était si beau* voyait ça, il s'arracherait la barbe et les cheveux de chagrin. Mais il est mort. Tout le monde est mort, et moi, je deviens folle avec tous les mômes d'Yzy qui gueulent, qui n'arrêtent jamais de gueuler. Salopard d'Yzy qui ne rentre jamais dormir chez sa femme, chez la mère de ses enfants. Il verra un jour, il verra. J'ai tout mon temps.

C'était Léah qui conduisait le camion. C'était Léah qui se levait chaque jour à l'aube pour aller vendre sur les marchés forains avec sa mère. Une bonne vendeuse, Léah, qui en voulait à Guitel à cause de Dédé qui ne se fâchait même pas. « Les Juifs sont de drôles de gens. »

— Alors, il n'y en pas une qui se dérangerait pour aller me chercher de la flotte à la cuisine !

Les gamines regardaient leurs chaussures, *le plus beau prince adoré* se débina vers sa maman.

La Maman gisait sur son édredon en satin bleu, comme le veau marin échoué sur sa banquise. Elle sanglotait, un gant de toilette étalé sur le front. Rivka, Yankel, Dinah assis auprès d'elle la plaignaient. Seule *cette vieille mauvaise de Hanah hou ! quelle horreur !* persistait dans son ricanement, tout en se demandant si la poule et le bouillon qui mijotaient dans la cuisine n'étaient pas en train de brûler, si on n'allait pas rester là indéfiniment assis à bercer Guitel écroulée dans son berceau.

Et on mourrait de faim devant la grosse Maman. Elle resterait grosse et nous, on serait de plus en plus petits, de plus en plus maigres. Alors, personne ne nous verrait plus et on serait morts.

Guitel se dressa soudain, le gant de toilette glissa sur ses coques bien empesées. Elle rugit, sauta sur ses pieds, rectifia sa coiffure.

— Quelle horreur, mais quelle horreur, ça sent le brûlé ! Ma poule doit être foutue. Mon Dieu !

Elle courut à la cuisine. Le bouillon avait débordé, le sommet de la poule découvert, était un peu desséché. On ne pouvait compter sur personne dans cette maison. Même avec neuf filles. Les grandes étaient les pires. Celles qui se trémoussaient devant la glace, avant d'aller danser avec des goyim au Palais d'Hiver sur des musiques de sauvages. Mais ceux-là ne monteraient jamais chez elle. *Pou-pou-pou !*

Elle contrôla les autres casseroles. Le désastre n'était pas si grand. On avait bien laissé le *gefilhte fisch*, le foie haché et les oignons dans le frigo. La carpe qui reposait, couronnée de rondelles de carottes dans sa pâle gelée, lui arracha un sourire attendri. Mais elle revint promptement au bouillon renversé qui inondait sa gazinière et succomba à la fureur qui l'envahissait. Il lui fallait une coupable. Elle l'avait. Sarah, la grosse Sarah. Qui était si moche. Une vraie *horreur.*

— Sarah, hurla-t-elle, Sarah ! Où est encore cette grosse vache qui ne vient pas quand sa mère l'appelle !

Sarah parut, berçant sur son ventre une pile de draps fraîchement repassés.

— Je ne suis pas une grosse vache. Je suis grosse. C'est tout.

— Si, tu es la plus grosse vache de la terre !

— Pas plus que toi, Maman. Tu es pareille...

Des aiguilles acérées vinrent piquer le « chapeau »

qui écrabouillait déjà la tête de Guitel. Elle écumait de douleur et de fureur.

— Faignante, grosse vache ! Non je ne suis pas comme toi. Heureusement. Va, mais va te regarder dans la glace et tu verras. Est-ce que je porte des lunettes, moi ? Est-ce que j'ai plein de boutons sur la figure et des poils ? Est-ce que mon nez est tellement grand qu'on dirait qu'il va me rentrer dans la bouche ? Non ! Mon nez est droit — *azöi*, comme ça — et elle pointa un index furieux vers ses narines dilatées. Sarah pauvre grosse vache, c'est toi qui as laissé brûler mon bon bouillon. Je t'avais pourtant demandé de le surveiller pendant que j'étais à la schoul. Qu'est-ce que t'as foutu pendant toute la journée pendant que ta mère priait ? Rien du tout !

— Sûrement pas ! Et j'en ai marre, parce que je me tape tout dans cette maison et en plus, je me fais engueuler. Si tu veux savoir, j'ai changé tous les lits et avant, j'ai repassé les draps. Alors tiens les voilà !

La grosse Sarah était dégoûtée par tant d'injustice. C'est pourquoi elle balança si brutalement ses draps bien repassés sur les coques de la Maman qui chancela, imaginant l'édifice si artistiquement construit sur sa tête par — *ce salaud d'Yzy* — en train de s'effondrer.

Elle pleurait à nouveau et suffoquait. Humiliée. Recevoir une pile de draps sur ses belles coques un jour de Kippour, devant cette *pouilleuse* de Rivka. Qui se pavanait avec un nouveau tailleur sur le dos. Ah ! Maintenant elle pouvait crâner. Mais quand elle l'avait connue, quand elle l'avait vue pour la première fois, elle n'était *qu'une pauvre pouilleuse avec un grand nez*. Personne n'aurait pu la trouver jolie.

Elle n'avait rien à se mettre sur le dos avant qu'elle rencontre mon frère, mon Yankel. Il n'est pas n'importe qui. Lui. Avant, toutes les filles lui couraient après. Il aurait pu choisir. Faire un vrai mariage, avec une vraie merveille de fille. Mais non, il s'est entêté, il a pris celle-là. Avec son grand nez. Enfin, c'est une bonne mère. Parce que pour supporter cette-petite-mocheté-de-Hanah qui se met aussi à avoir un grand nez, il faut avoir de la patience. Le grand nez, ça ne vient pas de chez nous. Le grand nez, c'est Rivka qui l'a apporté dans la famille, avec son père. Ce fou de Moïche qui bat toutes ses femmes. Marteau, il est celui-là. Des fous, des mochetés. Yankel aurait pu faire un si beau mariage, s'il avait seulement écouté sa sœur...

Elle bondit sur Sarah qui était aussi prête à se battre. La grosse lui faisait face et ne reculait pas, le sang au visage.

— Allez, ça suffit Sarah. Laisse ta mère. Guitel, on ne se dispute pas un jour de Kippour, tu le sais bien.

Guitel s'effondra et sanglota dans les bras de Yankel.

— Yankel c'est vrai, c'est Kippour et on n'a pas le droit de se disputer. A cause de cette grosse vache, j'ai péché. A cause de cette mocheté, je me suis énervée. Je n'avais pas le droit. Est-ce que c'est pour ça que j'ai pleuré depuis hier au soir ? Est-ce que c'est pour ça que j'ai prié toute la journée à la schoul ? Quelle honte, mais quelle honte ! Fous-moi le camp, mais fous-moi le camp, *Sarah-cabinet* !

— Sarah-cabinet !

Hanah donnait de grands coups de coude dans les côtes de Dinah qui ne savait pas si elle devait imiter sa sœur ou demeurer circonspecte...

Guitel, abandonnant ses intentions belliqueuses, sombra dans la mélancolie à cause du péché qu'elle avait commis, un jour de Kippour. Mais elle n'était pas prête d'oublier ça, ni de pardonner à cette-grossevache-de-Sarah-cabinet. Ça non. Aujourd'hui, elle laissait tomber pour ne pas continuer de pécher, mais plus tard on verrait. On verrait lorsque Yankel, sa femme et ses mômes seraient partis, on verrait !

Pendant que la Maman achevait ses ruminations sur son édredon, tout le monde se plaignait de la faim. Tout spécialement Hori-le-plus-beau-prince-adoré qui n'en pouvait plus d'attendre et courait en hurlant « salope, vieille poule » à toutes les sœurs qu'il rencontrait.

Enfin, Guitel poussa un profond soupir, se leva, se dirigea vers la table et trouva une chaise sur laquelle elle laissa choir ses fesses dodues, faisant crisser le cuir et pouffer de rire à nouveau Hanah qui essuya les foudres de Guitel.

— Mais arrête de rire un peu toi, petite-mocheté ! arrête !

Hanah se mit à pleurnicher silencieusement et se demanda si elle était aussi *moche* que sa cousine Sarah, en plus maigre.

On n'attendait plus qu'Yzy pour commencer de manger. A côté de Hanah, parcourue de frissons de dégoût, la Mime faisait claquer sa langue, une serviette nouée autour de son cou abondamment orné de fanons jaunâtres.

— Où est encore passé Yzy ? geignit Guitel. On mange, oui ou non ? Alors, est-ce qu'il y en a une qui va se lever pour aller chercher son père ? Vous ne voyez pas que j'ai mal aux pieds, que je n'ai plus la force de bouger. Vous voulez toutes que votre mère meure, c'est ça !

— Oh, non maman chérie, moi je veux pas !

— Je savais mon-prince-adoré-le-plus-beau-de-la-terre-mon-Hori que toi tu aimais ta mère. Je savais. Heureusement, toi tu es là. Il n'y a que toi dans cette maison. Ta mère sait.

— Maman, maman ! Moi je sais où il est le Papa !
Guitel rugit.

— Où il est ? Dis vite à ta mère où il est !

Hori fixait effrontément la Maman, un mauvais
sourire aux lèvres.

— Mon chéri-mon prince, dis à ta mère où il est
encore allé traîner, ton père.

— Je te le dirai, seulement si tu me donnes des
sous pour aller voir *Masciste contre les géants* au Chanteclair. C'est un technicolor, tous mes copains y vont
y'aller, et je te dirai où il est le Papa.

— Oui, mon prince, tu iras au cinéma. Alors où il
est encore allé ton père ?

— Il est aux cabinets et y'a plein de fumée qui sort
sous la porte !

— Il est aux cabinets, quand des invités l'attendent pour manger ! Vous avez entendu tous ? Vous
avez entendu ? Une honte, une vraie honte !

Sarah s'extirpa lourdement de sa chaise.

— Il n'a peut-être pas entendu qu'on mangeait
tout de suite. Je vais chercher le Papa. Je vais lui dire
qu'on commence s'il ne sort pas tout de suite des
cabinets.

— Toi, occupe-toi de ce qui te regarde et fous-moi
la paix !

Yzy parut sur le seuil de la salle à manger, vêtu
d'un complet bleu marine rayé tennis et d'une chemise blanche. Bien coiffé, astiqué. Assez beau finalement. Il vint s'asseoir au bout de la table, laissant
dans son sillage une odeur d'eau de Cologne mêlée à
celle de la cigarette et de la brillantine. Il réclama
aussitôt la nourriture.

— On t'attendait tous pour commencer, Yzy...
Est-ce que tu te rends compte ?

Il se rendait parfaitement compte, ce salopard

d'Yzy, mais il feignait le contraire, effrontément. Pour enquiquiner Guitel qui fonça à la cuisine, suivie des trois grandes, pour commencer le service.

— Alors comment marche la saison de manteaux, Yankel ?

— Pas si mal. Rivka a encore trouvé de nouveaux clients. On est en retard pour les livraisons. Mais c'est plutôt la situation politique qui m'inquiète.

La situation politique, Yzy s'en foutait.

— Ah bon, elle t'inquiète. Moi, ce qui m'énerve, c'est que je me crève pour trouver de l'argent et acheter du tissu. Je coupe des manteaux, je les monte, et Guitel n'est même pas foutue de me les vendre sur les marchés. Je ne peux pas être partout à la fois. Ah, si j'avais une bonne vendeuse, une jolie petite femme ! Comme toi, Rivka... Alors Yankel, tu dis que la situation politique t'inquiète. Mais qu'est-ce qui se passe ? En Israël, c'est assez calme en ce moment.

Israël, voilà de quoi se préoccupait cet âne d'Yzy qui n'avait pas encore compris que l'Union soviétique était le cœur de l'univers, l'âme du prolétariat. Israël, un pays vendu aux capitalistes américains. Rien de sérieux en somme. Yankel haussa imperceptiblement les épaules.

— Yzy, Israël ne risque rien, il a choisi l'Amérique.

— Et alors ? Pourquoi pas ? Au moins on mange là-bas, on mange et on peut acheter de belles voitures si on a un bon boulot. Avec tes Russes, on reste dans la misère toute sa vie. Les Américains aident les Juifs, c'est bien.

— Les Russes ont voulu aider Israël et Israël n'a pas voulu !

— Mais qu'est-ce que tu racontes, Yankel ! Les Russes voulaient faire d'Israël une base militaire, un point c'est tout. Moi, j'ai choisi Israël et les Américains. Je ne changerai pas. Toi, tu verras un jour que tu t'es trompé avec tes Russes. Je vais mettre mes filles à l'*Hashomer Hatzaïr* [1].

— C'est quoi la chaumière ? susurra Zozotte.

— Idiote, on ne dit pas la chaumière. L'Hashomer, c'est comme les scouts pour les Juifs, vous avez toutes compris ce que votre père a dit ?

Elles n'avaient pas compris, mais elles acquiescèrent de concert, pour faire plaisir au Papa qui était là aujourd'hui tout parfumé, avec un complet neuf, une cravate de soie rouge et une chemise blanche.

Guitel braqua ses yeux de faïence sur les fringues du bel Yzy. Avec quel argent s'était-il payé tout ça ? Certainement pas avec le sien qu'il perdait en jouant au rami, l'après-midi, au café de la place des Terreaux. C'était bien sûr la Marie-Vache qui lui avait fait ces cadeaux, cette poule, cette salope.

Le vrai nom de cette poule de Marie-Vache était en réalité Maryse, mais elle se faisait parfois appeler Marylou. Guitel était bien renseignée, elle connaissait tous les noms de Marylou et bien d'autres choses encore. Mais que pouvait-elle faire de l'indifférence de ce salopard d'Yzy ? Elle n'avait que ses yeux pour pleurer et l'espoir de se venger, un jour, quand toutes ses filles seraient mariées.

C'était bien vrai. Maryse n'était qu'une poule, une prostituée. Puisqu'elle lui avait ravi son Yzy, qu'elle n'avait même pas choisi.

Pauvre Guitel. Un jour, sa mère l'avait fait monter dans le train à la gare de Radom et lui avait tout expliqué.

---

1. Hashomer Hatzaïr : Organisation de jeunesse socialiste et sioniste.

— Guitel, nous avons trouvé un bon mari pour toi. Nous avons tout arrangé ici avec ses parents. Il t'attend déjà en France. C'est un bon pays pour les Juifs, tout le monde dit ça. Tous ceux qui sont partis, nous l'écrivent. C'est presque aussi bien que l'Amérique. En France, ma fille, il n'y a pas du tout de pogroms et on trouve de l'argent par terre dans la rue, à condition de bien regarder et de se baisser pour le ramasser. En travaillant douze heures par jour, on peut déjà manger. Va là-bas ma fille, c'est le paradis. Pas comme ici. Yzi, il s'appelle Yzy, ton mari t'attendra à la gare. Tu l'épouseras, comme tes parents te le demandent. Tu lui obéiras comme à ton père. A partir de maintenant, tu es sa femme, Guitel.

Guitel aux yeux bleus et aux cheveux blonds, qui n'avait que seize ans et n'avait jamais quitté Radom, arriva à la gare de Lyon-Perrache, descendit du train et chercha dans la foule le bel Yzy dont on lui avait remis une photo. Heureusement, il était là. Et elle l'épousa sans regret, parce qu'il était si extraordinaire avec ses cheveux courts, son visage rasé et ses complets du dernier cri. Yzy, un bel homme, avec un bon métier. Un vrai mari. Un vrai coureur aussi.

Guitel n'avait jamais vu un homme se déshabiller devant elle. Elle ignorait même la manière dont on fabriquait les enfants. Une innocente, Guitel. Pas comme Yzy, ce salopard qui en connaissait un rayon sur les femmes et qui n'en manquait pas. Il tombait ses plus jolies clientes. « Un coiffeur, un type qui a de l'or dans les mains ». Ses copains l'enviaient. Il empochait l'argent facilement gagné, le jouait aux cartes ou le dilapidait avec les filles qu'il couchait dans son lit.

Jamais Guitel n'aurait pu imaginer des choses pareilles. La première fois qu'elle dut dormir aux côtés d'Yzy, elle était tout apeurée.

Il est fou, celui-là. Il est gentil, mais il est fou, complètement. Est-ce qu'on monte ainsi sur les gens, au lieu de dormir ? Est-ce qu'on leur grimpe comme ça dessus, quand on est normal ? Ma mère m'a dit de lui obéir. Je le laisse faire. Mais je n'en parlerai jamais à personne.

Ainsi, elle donna chaque année le jour à un nouveau bébé, puis se révolta. Elle avait tout compris. Elle savait comment on faisait les enfants. Mais il était trop tard. Elle était écœurée. Elle souffrait de la migraine, ses jambes se couvraient de grosses varices bleues. Elle pleurait et torchait ceux qui brisaient ses nerfs en hurlant jour et nuit. Yzy l'avait trahie chez sa Marie-Vache, ses mômes l'avaient vaincue en l'envahissant avec leurs langes souillés, leur cris pour avoir leur lait, leur besoin d'affection. Elle ne pouvait pas donner à tous. Et d'ailleurs, qui lui donnait quoi que ce soit à elle, Guitel qui se crevait jour et nuit ? Qui ? Personne, même pas ce salopard d'Yzy qui dormait dans le lit de cette poule. Pou, pou, pou ! Oui, Maryse était réellement une poule. Une professionnelle qui avait caché Yzy dans sa chambre d'hôtel pendant une rafle de la Gestapo. Yzy n'avait pas oublié. Et puis, disait-il à qui voulait l'entendre :

— Guitel n'est qu'une planche au lit. Il n'y a rien à tirer d'elle, sinon des enfants. Rien que des enfants. Un fils quand elle se décidera à m'en donner un. Un fils ! Qu'elle me donne seulement un fils et je ne la touche plus jamais.

Il tint sa parole, lorque Hori naquit *le plus-beau-prince-adoré*. Guitel détestait faire l'amour, mais haïssait celui qui avait totalement déserté son lit.

— Il verra, quand j'aurai marié toutes mes filles. Il verra. Il n'y croit pas, mais les choses arriveront comme je le dis. Il sera vieux et moche. Il sera seul comme un chien. J'ai tout mon temps. Ma vie est foutue.

Guitel entra en tête du cortège, portant bien haut le plat de *gefilhte fisch.* Suivaient, à la queue leu leu, les trois grandes avec le foie, les oignons et une soupière pleine de gelée de poisson aux carottes. Tout le monde grogna Mmmmm ! pour remercier la Maman qui sourit, se rengorgea et fit encore geindre le cuir de sa chaise sous son postérieur.

On ne parla plus, on bouffa en ronronnant. Guitel souriait béatement. C'était à cause d'elle que ces affamés se taisaient enfin et vidaient prestement leur assiette ! Yzy décerna un satisfecit à son épouse.

— Mmmm ! C'est bon. Ça me fait penser au camp.

— Pourquoi ?

— Là-bas, il n'y en avait pas.

Les boulettes cuites à la graisse d'oie disparurent des assiettes derechef remplies par la Maman qui n'avait pas travaillé tout ce temps pour finir Kippour avec des casseroles à moitié pleines.

— Allez Rivka, Yankel, reprenez-en, je sais que vous aimez ça. Profitez, profitez. Dieu soit loué — Hanah mange aussi, comme ça tu deviendras bien belle et ronde comme Dinah !

Grosse comme une vache, grosse comme Sarah-cabinet, grosse comme Guitel.

Rosette avalait en silence, allongée sur son cosy, ses petits baigneurs arrangés autour d'elle. Elle était triste. Ses lourds cheveux noirs tombaient jusqu'à ses reins, ses grands yeux verts étaient prêts à pleurer. Elle aurait simplement voulu marcher sans canne, dormir sans cachets, se tortiller devant la glace comme Gratchok lorsqu'elle partait danser au *Comœdia*.

— Tatan Rivka, tu ne sais pas ce que Coco Biscuit m'a dit à la salle l'autre jour ?

— Mais quelle salle, de quelle salle parles-tu ?

— Mais de la salle des culturisses !

— Gratchok, on dit les culturistes, pas les culturisses !

— Oh Tatan, ça ne fait rien. Tout le monde comprend ce que je veux dire, alors ça suffit.

Hanah exulta d'entendre sa cousine écorcher le français.

— Qu'est-ce qu'ils t'ont dit tes culturisses à la salle ? Qu'est-ce qu'ils t'ont dit ?

— Pourquoi ris-tu, vieille mauvaise ?

— A cause des culturisses et de Coco Biscuit.

— Et alors, je ne vois vraiment pas pourquoi tu te moques de moi. Tout le monde l'appelle Coco Biscuit à la salle, je ne vois pas pourquoi je l'appellerais autrement.

— Et qu'est-ce qu'il t'a dit ?

— Il m'a diiiit ! Je ne te le dirai pas, tu es trop méchante.

Mais Gratchok ne pouvait retenir plus longtemps une nouvelle de cette importance et, malgré sa rancœur, son désir de se venger de cette atroce petite Hanah, elle cracha le tout, d'une seule traite.

— Il m'a dit ! que je suis la plus belle de la salle. Que j'ai des pieds — une vraie merveille — et que mes cheveux tombent comme des cascades. Il m'a dit que je suis tellement belle que je pourrai sûrement faire le concours de « Miss Douce Plage » cet été. Tatan Rivka, mais dis-lui quelque chose, qu'elle arrête de se moquer de moi ! Ecoute, vieille mauvaise, écoute, tu peux toujours te moquer de moi ! Marc-Chou, il m'a dit que je suis encore mieux sur un podium qu'en vrai ! Alors tu vois !

Oh oh oh oh ! hi hi ! Coco Biscuit, Marc-Chou, belle sur un podium, cheveux en cascades, « Miss Douce Plage » ! mais quelle rigolade !

La belle Gratchok-la-plus-belle-de-toutes-les-cousines-une-vraie-merveille s'énervait. Personne ne l'emboîtait comme cette méchante vilaine petite Hanah. A qui sa mère — « ouh ! quelle patience elle a pour la supporter » — ne disait rien.

— Hanah, tu peux toujours rigoler, moi je suis la plus belle de la salle et du *Comœdia* et toi tu es une vraie mocheté. Tu es encore plus vilaine que Michèle Artigue. Quand je te regarde, je crois que je-vais-tomber-dans-les pommes d'horreur. Tes jambes, on dirait mes bras.

Hanah fondit en larmes, pissa avec ses yeux. Elle était la plus moche de la maison, elle avait honte.

— Tu ne l'as pas volé, murmura Rivka. Tu ne peux pas lui foutre la paix ? Toi, Gratchok, tu sauras qu'on ne dit jamais à un enfant qu'il n'est pas beau. Tu es une grande dinde méchante et bête.

— Ce n'est pas vrai, Tatan Rivka. C'est elle qui a commencé...

Guitel ne pouvait plus se contenir sur sa chaise. Elle roulait des yeux furieux en découpant son pain en mille petits morceaux avec son couteau.

— Mais enfin, c'est Kippour aujourd'hui ! On ne doit pas se disputer. Hanah, crois-moi, tu n'es pas plus vilaine qu'une autre et ma Gratchok, c'est vraiment la plus belle fille qu'on peut imaginer... Ecoutez. Ecoutez tous. Je vais vous raconter une histoire qui m'est arrivée cet été et vous verrez si je ne dis pas la vérité !

— Un jour, j'étais allée à la plage avec Léah et

Gratchok. Vous savez, à Rochetaillé. C'était un dimanche, il y avait beaucoup de monde. *Oï ! Oï ! Oï !* qu'est-ce qu'il faisait chaud ! je croyais que j'allais tomber dans les pommes d'horreur. J'étais crevée, parce que j'avais fait un marché le matin à Rives-de-Giers où je n'avais même pas dérouillé. Vous savez comme les affaires sont devenues mauvaises, surtout avec les manteaux mal coupés d'Yzy qui ont toujours un défaut quelque part. Pourquoi a-t-il voulu faire des manteaux, mon mari, alors qu'il gagnait si bien sa vie dans la coiffure. Avec la coiffure, Yzy aurait pu nourrir sa famille, et moi, je me serais tranquillement occupée des enfants. Mais voilà, il n'a pas voulu gagner de l'argent pour sa femme, il a fait quelque chose contre moi. Yzy, moi je sais que tu as fait quelque chose contre moi.

— Elle est complètement folle, la voilà qui recommence. Ne l'écoutez pas. Enfin, c'est Kippour aujourd'hui, on ne va pas se disputer. Finis donc ton histoire, si elle est rigolote, Guitel, qu'on puisse passer à autre chose.

Guitel, humiliée, feignit de n'avoir pas entendu Yzy et poursuivit :

— J'étais rentrée du marché où je n'avais pas dérouillé et j'avais les pieds tout enflés. J'ai pris une cuvette et j'ai mis de l'eau avec du sel dedans, pour prendre un bain de pieds. Ça soulage très bien, vous savez. Un bain de pieds c'est formidable pour les pieds ! Alors, j'allais juste tremper mes pieds dans l'eau, quand ma Léah et ma Gratchok arrivent dans la cuisine et me disent. « Maman chérie tu ne vas pas passer ton après-midi comme ça toute seule dans la cuisine, viens plutôt avec nous à Rochetaillé. » Mes filles sont des bonnes filles, hein ?

Gratchok n'était pas vraiment certaine d'être une bonne fille, aussi protesta-t-elle. Elle était fondamentalement honnête et ne réclamait jamais plus que son dû. Et puis, être bonne ne l'intéressait pas vraiment, elle préférait de beaucoup être belle.

— Maman, tu te trompes. On n'a pas du tout voulu t'emmener à Rochetaillé avec nous, parce qu'on avait plutôt envie d'y aller avec Marc-Chou. Mais comme tu as demandé, on a dit oui. Ce n'est pas pareil quand même !

De grosses larmes roulèrent sur les joues de Guitel qui baissa la tête sur son assiette et soupira.

— Alors, je suis une menteuse. Mes propres filles me disent devant tout le monde que je suis une menteuse. Quelle honte, mais quelle honte. Un jour comme celui-là...

Hori-kak vola au secours de la Maman qui avait tout de même envie de terminer son histoire très significative.

— Moi, j'étais là ! Bien fait ! C'est vrai que Gratchok elle a demandé à la Maman d'aller à Rochetaillé avec elle. Voilà !

— Alors où j'en étais ? Où j'en étais. Elle m'a coupée. Elle m'a tout embrouillé. Oui, alors j'étais partie à Rochetaillé avec mes deux filles pour me mettre au soleil. On a pris le train bleu et on est arrivées là-bas toutes les trois. Qu'est-ce que j'avais mal aux pieds !

— Tu as toujours mal aux pieds, murmura Zozotte en souriant vaguement.

— Tais-toi mocheté. Toutes celles qui ne veulent pas écouter leur mère n'ont qu'à descendre dans le dortoir. Aucune de mes filles ne m'empêchera de raconter une histoire. Jamais. Où j'en étais ? Oui voilà. Je m'assois sur l'herbe et j'enlève mes horreurs de chaussures qui étaient mauvaises pour mes pieds. Je commence à regarder les gens autour de moi. Ils étaient tous en maillot de bain. Mais tout à coup, j'entends des cris. Des vrais cris, des cris terribles. Et je me dis, il se passe sûrement quelque chose. Quelqu'un s'est peut-être noyé. Je vais voir. Je me lève et je vois un attroupement. Devinez tous ce qui se passait... Vous ne savez pas, hein ! C'était simplement ma Gratchok qui passait avec son joli maillot de bain, sa peau bien bronzée et ses cheveux magnifiques en cascades. *Oï !* tout le monde poussait des cris d'admiration, tout le monde s'arrêtait pour la regarder. Est-ce que vous vous rendez compte ? Et moi qui croyais qu'il y avait un accident. Voilà comment ma propre fille, ma Gratchok est belle ! Voilà. Peu de mères ont une fille belle comme la mienne vous savez, peu de mères peuvent raconter une histoire pareille. Je sais, je suis sûre que vous ne vous rendez pas bien compte d'une chose pareille.

Hanah se rendait parfaitement compte et rigolait ouvertement. Rivka et Yankel baissaient pudiquement la tête, les mômes avaient l'habitude des histoires de la Maman et l'admiraient, au fond. Une seule fulminait qui aurait bien voulu être la plus belle, c'était Léah. Une grande championne de be-bop, après tout, Gratchok ne la valait certainement pas. La Maman méritait une leçon, la Maman méritait qu'on dise la vérité devant elle.

— Ça ne s'est pas passé comme tu l'as dit. Personne ne criait d'admiration quand Gratchok est passée. Les gens s'en foutaient complètement. Il y avait juste deux copains — c'étaient Coco Biscuit et Marc-Chou — qui lui disaient des cochonneries, parce que son bikini était tellement court, qu'on lui voyait tous les poils du zizi !

— Léah, mauvaise, tu peux dire tout ce que tu voudras, Gratchok est la plus belle. Elle gagnera le concours de « Miss Douce Plage », tu verras. Vous verrez tous qu'elle sera élue la plus belle.

Comme tout le monde l'admettait volontiers, Guitel se calma.

La Maman ne les laisserait pas partir tant que ses casseroles ne seraient pas vidées. Il était temps de les emporter dans la cuisine pour les briquer et les ranger, chacune à sa place. La nourriture dans les assiettes devait disparaître comme les manteaux sous son barnum. Elle voulait que tout rentre dans l'ordre, que tout soit comme avant.

Ils obéissaient, découragés et mastiquant en silence pour donner satisfaction, pour qu'on leur foute enfin la paix. Mais c'était dur. Les hommes avaient dégrafé la ceinture, mais tout à coup, malgré leur désir d'en finir avec la bouffe de la Maman, ils s'arrêtèrent et Yzy déclara : « J'ai trop mangé, je n'en peux plus, je vais me coucher un petit moment. »

Unanimité. Tout le monde avait envie de s'affaler sur le beau dessus de lit en satin bleu de Guitel. Yankel poussa sa chaise et se leva, suivi d'Yzy, pâle d'avoir dépassé ses possibilités. Il n'écoutait plus depuis belle lurette les péroraisons de son beau-frère sur la classe ouvrière, il voulait simplement roupiller.

— Tu as raison, approuva Guitel, épuisée elle aussi, reposons-nous et après, je vous ferai un bon thé avec un gros beignet au sucre.

Les hommes assiégeaient déjà la mer étale du dessus de lit saphir quand les femmes, moins heureuses, s'entassèrent sur le divan étroit de la Mime.

Tous les grands allongés comme des saucisses, avec

leur pantalon déboutonné, leur robe débraillée, je trouvais ça dégoûtant. Leurs chaussures étaient tombées en faisant plouf ! Ils s'étaient endormis aussitôt et maintenant, ils ronflaient un peu. Je déteste l'odeur des grands qui dorment. Ils sentent, ils sentent cette odeur épaisse, cette odeur de chair, de transpiration et de parfum mélangé. Les grands ne sentent pas bon, même quand ils sont vos parents.

Sûr, Mme Molynieux avait une idée derrière la tête. Elle ne l'avait pas invitée comme ça, rien que pour lui faire plaisir. Un goûter d'enfants, écouter de la musique...

Depuis que sa maîtresse lui avait fourgué en cachette le livre de catéchisme, Hanah n'osait plus la regarder en face. Ce qu'avait entrepris Mme Molynieux n'était certainement pas net. Pourquoi vouloir lui faire lire de force un livre où il était principalement question du Petit Jésus, avec qui elle ne voulait précisément plus avoir affaire.

Le Petit Jésus, on l'appelait comme ça, surtout quand il était petit. Plus tard, on lui disait Jésus-Christ. Ce qui voulait certainement dire Grand Jésus dans la langue du catéchisme. Le Grand Jésus-Notre Seigneur-Jésus Christ se promenait beaucoup dans le désert sur un âne. On l'aimait bien, mais il souffrait parce que ses coreligionnaires ne voulaient pas le croire quand il racontait qu'il était le Messie. Les Romains qui avaient conquis nos ancêtres les Gaulois se marraient et les Juifs aussi. Les Juifs n'étaient pas contents que le Petit Jésus veuille les empêcher de faire du commerce. Il leur défendait de rôder autour du Temple. Pourquoi des marchands comme Papa Yankel et Yzy n'iraient-ils pas parler de la saison de manteaux devant la schoul ? Quel mal à cela, vraiment ? Tatan Guitel faisait bien les marchés tous les matins et priait chaque vendredi à la schoul. Est-ce qu'elle déplaisait au Petit Jésus, qui était mort sans l'être dans le ciel, car sa maman disait qu'elle l'avait ıvu s'envoler et qu'elle était pure, immaculée. La maman du Petit Jésus était sans tache et voyait son fils s'envoler le vendredi saint.

Si le Petit Jésus n'était pas tout à fait mort, il n'était pas étonnant de le voir apparaître si souvent derrière la lucarne de la salle de bains. Il faisait ça pour punir Hanah, parce que son père vendait des tailleurs et des manteaux et allait chercher Guitel à la schoul le jour de Kippour.

Le catéchisme disait aussi que les Juifs avaient tué le Petit Jésus, exactement comme les-filles-de-l'école. Hanah avait quand même des doutes. Et si ceux qui disaient ça étaient les goyim de Tatan Guitel ? Si ceux qui disaient cela étaient justement les antisémites, de Papa Yankel et de Moïche Froucht ? En tout cas, le Petit Jésus était très rancunier avec Hanah Rosenfeld, parce que l'Histoire était encore plus ancienne que la Poule au pot d'Henri IV et la bataille de Marignan 1515. Il disait aussi : « Pardonnez nos offenses comme nous les avons pardonnées à ceux qui nous ont offensés. » Contradictoire, le Petit Jésus.

Hanah n'avait pas vraiment envie de se rendre au goûter d'enfants de Mme Molynieux « pour écouter de la musique ». Mais elle n'avait pas le choix. Yankel considérait cette invitation comme « une grande honnaire » et Rivka l'avait briquée, affublée d'anglaises et habillée en dimanche. *Toutes les filles vont se moquer de moi,* si elles n'ont pas mis leur robe du dimanche. *Elles vont toutes se moquer de moi.* Si elles me disent encore que j'ai tué le Petit Jésus, qu'est-ce que je vais faire ? Surtout que c'est écrit dans le livre de la maîtresse. Je ne veux pas y'aller, je ne veux pas y'aller.

C'était beau chez Mme Molynieux, la maîtresse. Une vraie merveille ! Un escalier en pierre toute blanche, un tapis rouge et des tiges de cuivre à chaque marche. De la lumière à tous les étages. Une porte en chêne clair avec une plaque de cuivre. Famille Molynieux. Famille Molynieux, un point c'est tout. Pas manteaux, tailleurs, confection pour dames.

Hanah sonna, son cœur battait, ses jambes maigres tremblaient. Bientôt, elle verrait la maîtresse et les-filles-de-l'école, qui n'auraient peut-être pas mis leur robe du dimanche.

La porte s'ouvrit, et ce n'était pas la maîtresse, mais Roselyne Molynieux. Celle qui portait une robe de communiante tout au fond de la valise à photos de Rivka. Aujourd'hui Roselyne n'arborait pas cette superbe parure, ouf ! ni son tablier d'écolière. Les-filles-de-l'école portaient leur robe des dimanches et des nœuds dans les cheveux. Hanah renifla l'odeur du chocolat au lait et des petits gâteaux avec une grimace de dégoût. Puis elle entendit la musique. Une voix suave d'homme qui chantait. Elle se sentit aussitôt émue et repensa au livre de catéchisme. Elle eut un peu honte, mais écouta quand même. La maîtresse ne s'était pas trompée, Hanah était une gentille petite fille, sensible et docile. Mme Molynieux ne prêchait pas dans le désert, puisque Hanah était au bord des larmes, sans savoir pourquoi. Elle était perdue dans tout ce luxe, bien sûr trop honorée. « Une grande honnaire », Papa Yankel avait raison. Respirer le même air que la maîtresse, chez elle dans sa maison. Une maison qui ne ressemblait en rien à l'atelier. Tout manquait. Les machines, la table de coupe, les mannequins, les mécaniciennes, le presseur, les finisseuses. Une maison seulement faite pour manger et dormir, avec un salon, un bureau et une chambre d'enfants. Et cette musique bizarre qui la troublait drôlement. Qui ne ressemblait en rien à ses airs favoris.

Après l'amour, quand nos corps se détendent...

Battling Joe a tout perdu en un seul soir
Sa vie, ses titres et son espoir
Mais il sait com' consolation
Qu'son manager a d'autres champions
Battling Joe !

Pourtant, il était aussi question d'amour, comme chez Charles Aznavour, comme chez Edith Piaf.

Il m'a aimée toute une nuit
Mon légionnaire !
Il me dit des mots d'amour, des mots de tous les
[jours
Et ça'm fait quelque chose
Il est entré dans mon cœur une part de bonheur
Dont je connais la cause...

Le Petit Jésus prenait, lui aussi, tout le monde dans ses bras, mais ça ne faisait pas crier le père Duval pour autant. Il susurrait plutôt, comme Tino Rossi. Mais pas la même chose. Pas :

Oh, ma belle Catharina tchi tchi tchi !

La rondeur de ta poitrine tchi tchi tchi !

Le père Duval était moins sensuel que tous les chanteurs favoris de Hanah, mais il l'émouvait quand même en murmurant :

Le Seigneur reviendra, le Seigneur reviendra
Puisqu'il nous l'a promis.

— Tu aimes cette chanson, n'est-ce pas Hanah ?
C'était Mme Molynieux qui voulait savoir. Il fallait dire oui.
— Ben...
— Ne sois pas timide avec moi. Moi ta maîtresse, je trouve aussi que cette chanson est très jolie. Tu peux l'aimer sans problèmes, même si tu n'en as jamais entendu de semblable. Hanah, reviens aussi souvent que tu veux pour écouter le père Duval. Il chante pour tous, tu sais. Même pour ceux qui ne connaissent pas l'enseignement de Notre-Seigneur Jésus-Christ. Même pour les Israélites.
Les Israélites ?
Le soir venu, Hanah n'osa pas demander à Rivka qui étaient les Israélites. Mais ils avaient certainement quelque chose à faire avec le Petit Jésus et l'Israël de Tonton Yzy. Et par conséquent avec elle, Hanah Rosenfeld. Le révérend père Duval chantait aussi pour Hanah Rosenfeld, quelle nouvelle ! Le révérend père Duval lui pardonnait d'avoir tué le Petit Jésus. Mais avait-elle, cependant, le droit d'être émue par un homme à la voix douce qu'on n'entendait jamais chanter dans la radio de l'atelier ? En tout cas, les Israélites devaient certainement être des Juifs. Mme Molynieux se rendait-elle compte de ce fait ? Hanah aurait bien demandé à Papa Yankel, mais ne voulant pas avoir d'histoires avec la maîtresse, elle décida de ne pas la trahir, même

si elle lui avait fait écouter une musique pas nette, et glissé le catéchisme dans son cartable. Hanah ne savait plus choisir entre son père et Mme Molynieux. La perplexité la rendait fébrile, presque idiote. Elle essayait de penser et craignait qu'une bosse n'apparaisse sur son dos. Mme Molynieux, une très bonne maîtresse, pour qui Yankel avait coupé *un manteau sur mesures*, désirait-elle sérieusement qu'elle fasse sa communion solennelle revêtue d'une robe blanche en organdi, comme Roselyne dans la valise à photos ? Voulait-elle cela, alors que les Juifs d'Espagne avaient préféré mourir sur les bûchers plutôt que de renier leur judaïsme ?

Mme Molynieux voulait-elle simplement éprouver son courage et la faire grimper sur un autodafé ? Si elle mourait courageusement dans la cour de récréation, comme son grand-père de Pologne qui avait rendu le dernier soupir en priant, elle mériterait certainement l'amour de Papa Yankel, qui serait très fier d'elle et le dirait partout. Elle se prit d'un mépris irrévocable pour le père Duval qui l'avait troublée et d'un dégoût silencieux pour la maîtresse. Elle ne croiserait plus son regard, elle n'irait plus à ses goûters d'enfants pour écouter de la musique.

Décision inutile, on ne l'invita plus.

— Hanah, ma fille, tu vas devenir une fille exemplaire pour que ton père soit fier de toi. Ton père qui a appris tout seul à lire et à écrire veut pouvoir dire à ses amis : « Hanah, cette extraordinaire petite pianiste, est ma propre fille. » Tu entends schlemazel, un père qui trime pour payer des cours de musique à sa fille, espère que cette fille prendra les choses au sérieux. Tu dois travailler le piano tous les jours, très longtemps. Quelqu'un qui étudie vraiment la musique devient un grand virtuose et donne des concerts dans le monde entier. Son père et sa mère viennent applaudir partout et sont très contents, et toi, tu ne sais plus quoi faire de l'argent. Voilà comment une fille qui a la chance d'apprendre la *kiltire* doit remercier ses parents. Hanah, une fille comme toi doit être la meilleure partout.

« Et maintenant, tu vas te concentrer tout de suite, parce que ton père va te faire entendre quelque chose d'extraordinaire. Tu vas écouter jusqu'au bout, sans penser à autre chose. Il ne faut pas regarder son père avec des yeux d'idiote quand il te parle, tu dois te tenir droite aussi, Hanah, sinon une bosse va pousser sur ton dos. Ne pleure pas, écoute. Ton père a acheté un disque d'un grand virtuose de la violon. Un Juif, ma fille. Un jour, tu feras comme lui avec ton piano. C'est Jascha Heifezt, écoute bien. Avec une travail acharnée, tu seras une grande artiste internationale. Heifezt joue du violon, toi tu tapes sur un piano. Tu peux devenir aussi important que lui, si tu écoutes bien ta professeur, si tu t'assois tous les jours devant le clavier sans penser à des bêtises ou à jouer avec ta petite sœur. Si tu veux devenir quelqu'un dans la vie, écoute ton père qui voudra bien oublier que tu as été un pauvre schlemazel, avant. Je te donne encore une chance, parce que tu es moins douée que Dinah, c'est vrai. Elle, elle écrit déjà toute seule des poèmes pour sa mère. C'est une fille très intelligente, tu peux devenir comme elle si tu fais beaucoup des efforts. Tu comprends, ou tu ne comprends pas ? !

Papa Yankel sortit de son portefeuille une feuille de papier qu'il déplia sous les yeux de Hanah.

— Ecoute-moi-ça. C'est Dinah qui l'a écrit pour sa mère. Une grande artiste, déjà !

Maman je t'adore
Ton cœur est en or
Tes mains en velours
Tes yeux pleins d'amour
Le jour au réveil
Lorsque tu m'éveilles
Tu effleures ma joue d'un baiser très doux.

Dinah était capable de parler de Rivka d'une manière qui aurait tiré des larmes des yeux d'une brute. Si petite et si douée, quelle merveille ! Hanah mourait de honte et de jalousie.

Le mot *maman* la faisait pleurer, cette sotte, mais elle était incapable d'écrire un poème pour le lui faire savoir artistiquement. Elle était ridicule, Rivka se moquait d'elle. Les filles de la classe aussi, le jour de la composition de musique quand elle avait fondu en larmes en chantant :

Si j'étais la marguerite
Que l'on cueille dans les champs
J'irai fleurir vite, vite
Sur le cœur de ma maman...

Maman ! Elle voulait bien devenir une grande pianiste, une grande n'importe quoi, pour lui faire plaisir. Pas une grande bossue, non. Mais Papa Yankel lui en demandait trop en exigeant qu'elle soit géniale tout de suite. Comme Jascha Heifetz, comme Jérémie, le fils de Menuhin, ou plus modestement, comme Dinah qui avait eu le mauvais goût et le culot de renouveler ses prouesses poétiques.

Monsieur le printemps d'un coup de baguette
A mis dans l'herbe verte les premières violettes.

Hanah l'aurait tuée, Dinah avec sa poésie, son visage bien rond et lisse où brillaient gentiment ses yeux noirs de part et d'autre d'un petit nez absolument droit. Plus Hanah s'allongeait, plus son nez prenait la direction de sa bouche, s'incurvant doucement vers le sommet pour paraître franchement busqué. Non, Hanah n'écrivait pas de charmants poèmes pour célébrer sa mère ou le printemps. Elle était moche. Typée, comme avait dit une dame bien élevée. Son père exigeait qu'elle devienne la plus étonnante enfant virtuose après Wolfgang Amadeus Mozart. Elle n'était pas. Elle désirait mourir au plus vite devant la gigantesque et inaccessible tâche. Elle n'était rien. Elle n'avait plus le droit de respirer.

Quand son juge, l'intraitable Yankel, tournait ses yeux sombres vers elle, elle était prise de tremblements et espérait s'enfoncer dans le sol pour ne plus jamais reparaître. Le sol ne s'ouvrant pas sous ses pieds, malgré ses prières à un Dieu sans pitié, elle subissait, honteuse et abattue, les assauts de Yankel qui croyait aux vertus de la véhémence. Alors elle maigrissait, penchait son épaule droite vers le sol en signe de défaite. Elle pleurnichait aussi sur elle-même en espérant obtenir la clémence de son entêté paternel. Peine perdue, Hanah, peine perdue, Rivka, Yankel était tenace et optimiste.

— Elle y arrivera ! Elle fera tout pour faire plaisir à son père.

— Yankel, laisse-lui le temps, elle n'est pas plus bête qu'une autre, après tout.

— Elle a intérêt à travailler comme il faut, sinon, elle ne sera jamais prête pour l'audition.

L'audition de fin d'année, diabolique invention du professeur de piano, hantait le cerveau de Hanah qui espérait bien être morte ou impotente d'ici là. Mieux, Dieu, le Petit Jésus, le Seigneur du père Duval lui accorderaient le repos éternel avant la date de la fatidique singerie. Car impotente ou malade, Papa Yankel la porterait jusqu'à l'estrade pour qu'elle s'exécute. En attendant l'éternel repos, Hanah répétait sans fin « Au fond du vieux jardin », choisi par Mlle Braillon, la vieille fille de musique.

Do-la-sol-fa-si-la-sol-ré... « Le vieux jardin » obsédait Hanah qui souffrait sur son tabouret à vis. Do-la-sol-fa-si-la-sol-ré. Elle savait ses notes par cœur, mais sa mémoire n'arrangeait rien. Yankel trouvait qu'elle manquait d'expression.

— Mets un petit l'accent, s'il te plaît, mets du cœur. Pense ! Joue avec ta émotion. Tu joues comme un sabot.

Comme un sabot. Les Juifs avaient tout pour devenir de grands interprètes. Pour le prouver, Yankel achetait des 78 tours et les commentait devant Hanah, décomposée. Les *Scènes d'enfants* de Schumann, la *Rapsody in Blue* de George Gershwin lui donnaient la mesure de sa médiocrité. Et comment l'aiguille du phono, qu'on changeait à chaque écoute, pouvait-elle produire des sons aussi variés ? Les étiquettes rouges, vertes ou bleues des fragiles cires la fascinaient bien davantage que la musique. Gershwin, Schumann et *la comparcita.*

Papa Yankel la posait sur le pick-up chaque midi avant de manger, puis contraignait Rivka à la danser avec lui plutôt lourdement entre les machines. *La comparcita*, la chorale de l'Armée Rouge, Yves Montand — un chanteur progressiste —, Editf Piaf « une cloche sonne sonne, répond la voix en écho », pas de vieux jardin. C'était un supplice réservé uniquement à Hanah par son père et Mlle Braillon, sa complice. Que Hanah joue avec du sentiment. C'était aussi la volonté de la vieille fille qui en connaissait un rayon sur le sentiment, spécialement en musique. D'ailleurs, tout le monde était d'accord, le sentiment et la musique étaient indissolublement liés pour le grand malheur des enfants consciencieux et médiocres musiciens. Après l'émotion, venaient les saluts, la révérence, le nom du compositeur et les applaudissements des parents sûrs, enfin, d'avoir bien conçu, bien pondu.

Les applaudissements des parents ? Papa Yankel, Rivka, Moïche et Louba ne suffiraient-ils pas ? Il y en aurait d'autres. D'où sortiraient-ils ceux-là...

— Les parents, avait expliqué Mlle Braillon en lissant ses bas qui godaillaient, étaient l'assistance, le public de la salle des fêtes de la Croix-Rousse.

Connaissant son « vieux jardin » par cœur, on la traîna avec sa sœur chez la couturière pour qu'elle leur coupe une adorable petite robe à coquelicots pour le grand jour. En quoi une robe à coquelicots, identique à celle de sa sœur, pouvait-elle arranger l'existence de Hanah, terrifiée, en quoi des anglaises et des chaussettes, tricotées aux aiguilles, bien tirées sur ses jambes fluettes, lui ôteraient-elles la peur qui tenaillait son ventre ? Au lieu de mourir, elle grandissait, et sentait une terrible catastrophe approcher. Ses mains tremblaient, elle avait la nausée dès qu'elle s'asseyait devant le vieux Pleyel. Elle aurait voulu que son père la laisse enfin croupir en paix sans anglaises, sans chaussettes blanches, sans robe à coquelicots, sans audition et sans espoir.

Yankel était un incurable optimiste. S'il avait abandonné le Dieu de ses pères, c'était pour mieux adorer celui, vivant et concret, du matérialisme dialectique à l'œuvre. Et comme il avait encore de la confiance à brader, il solda à bas prix ses espoirs dans le progrès de l'humanité à Hanah. Qu'il traîna harnachée de neuf jusqu'à la Grande-Rue de la Croix-Rousse, où croupissait une bâtisse à l'architecture progressiste et sinistre.

Les gamines, dans les coulisses, fleuraient la savonnette et l'eau de Cologne, Mlle Braillon, vêtue d'un tailleur cintré en grain-de-poudre noir, vérifia l'ordonnance de son chignon qui ressemblait à une petite crotte posée sur sa nuque. Parfait le chignon, mais la couture des bas se baladait sur ses guibolles minces et sa combinaison rose dépassait. « Elle cherche une belle-mère », ricanaient les mômes, pas impressionnées du tout, pas émues et excitées.

Quelle organisation ! Les petites — Dinah comprise — passeraient en premier, les grandes à la fin. Les grandes, c'étaient celles qui donneraient un vrai récital. Pas des adaptations pour petits doigts. De vrais morceaux choisis dans « Le Panthéon des Pianistes ». Les virtuoses jetaient un regard dédaigneux sur la « méthode Rose » et le « Hanon ». On allait les applaudir comme Jascha Heifetz, comme Yehudi Menuhin. Le gros tas des moyennes — c'est dans cette catégorie que se situait Hanah — déchiffrerait de son mieux des petits classiques pas trop difficiles et ennuyeux.

Si Dinah se cassait la cheville en escaladant le tabouret du piano, toute la famille serait obligée de rentrer en catastrophe à la maison.

Pourquoi Dinah était-elle si calme, lorsqu'elle posa

ses mains potelées sur le clavier ? Elle se moquait tout à fait de son père, de sa mère, de son grand-père, assis au premier rang. Elle jouait, parce qu'elle était une petite fille très obéissante à qui l'on avait acheté une robe à coquelicots pour exécuter sans problèmes *Meunier tu dors, les Gouttelettes* et *Frère Jacques,* sans se tromper. Aucun problème. Quand elle eut terminé, elle descendit du tabouret et salua en agrippant des deux mains l'ourlet de sa robe. Comme elle était mignonne, comme elle avait bien agité ses petits doigts agiles ! Quel succès !

Hanah en la regardant, devina qu'elle n'y arriverait pas. Mais bientôt Mlle Braillon, qui venait d'ajouter de la poudre sur son nez et du rouge sur ses lèvres ascétiques, la poussa sur la scène. Elle marcha le nez baissé, jusqu'à l'instrument, aveuglée par la rampe et sentit le regard de son père posé sur elle. Sûr, il n'avait pas confiance, la traitait déjà en pensée de schlemazel et savourait les mots avec lesquels il l'arrangerait quand elle aurait fini — si jamais elle finissait.

Elle s'assit en tremblant, posa la partition sur le pupitre et demeura immobile. Elle ne pouvait se résoudre à commencer, quelque chose d'indéfinissable et de terrible le lui interdisait. Elle regardait ses doigts paralysés, sentait des larmes lentes et silencieuses rouler sur ses joues, écoutait le murmure qui montait de la salle. Il envahit bientôt ses oreilles et Mlle Braillon accourut pour la convaincre de jouer sans manières « Le vieux jardin ». JAMAIS. JAMAIS. JAMAIS ! Inutile de négocier, mademoiselle Braillon.

Hanah se leva et s'enfuit sans répondre dans les coulisses. Lorsqu'elle y arriva, Rivka l'attendait hilare aux côtés de Papa Yankel fulminant qui lui lança simplement un regard dédaigneux. Hanah se sentit enfin apaisée et foutue irrémédiablement.

II

Lorsqu'elles passaient devant l'imposante bâtisse grise, Hanah la contemplait, les yeux emplis de crainte, se tournait vers sa mère et demandait incrédule.

— C'est vraiment là que j'irai ?

— Oui, si nous restons en France, tu le sais bien. Pourquoi poser cent fois les mêmes questions ?

— Et on saura quand ?

— Quand Yankel, ton père, aura pris sa décision.

On l'avait admise à entrer en sixième. C'était écrit noir sur blanc sur un papier qu'avait envoyé l'académie de Lyon.

— Pour une fois, elle ne nous a pas fait honte, avait commenté Yankel.

« Et si l'administration du collège Morel s'était trompée, se demandait Hanah. S'ils se sont trompés ? J'irai me noyer dans le Rhône, on m'enterrera sans fleurs ni couronnes et Yankel mon père, me foutra enfin la paix. »

Lorsqu'elle consentait à reconnaître qu'elle était admise, elle imaginait, si la famille restait en France, la rentrée des classes.

Et si personne ne m'appelle. Si on m'oublie et

que je ne sais plus où aller, si je reste toute seule au milieu de l'entrée avec mes affaires, sans endroit où aller ? Je sortirai en couinant comme une souris, on ne m'entendra pas, et j'irai me jeter dans la Saône. On m'enterrera sans couronnes, ni fleurs et Papa Yankel me foutra enfin la paix.

Ses chimères, Yankel ne les abandonnerait pas comme ça. Il travaillait depuis l'âge de six ans, il savait — lui, prolétaire de trente-huit ans — que les complots de l'impérialisme américain contre la classe ouvrière étaient innombrables, mais qu'elle finirait par gagner, parce qu'elle avait raison. Avoir raison. Yankel croyait encore qu'avoir raison servait à quelque chose. L'histoire était pleine de sens, l'humanité divisée en deux groupes — les progressistes et les réactionnaires — fonçait, soit vers un avenir aveuglant et radieux, soit vers un enfer sauvage et capitaliste. Il suffisait que la meilleure part gagne. Et il était prêt à donner toute son énergie pour que cela soit.

Comment la lumière matérialiste et athée était-elle venue chasser son obscurantisme religieux de classe ? Cette mutation s'était produite grâce à l'énergie inépuisable des fils de rabbins qui s'étaient mis à croire au progrès et à la lutte des classes. Tandis que les pères prenaient le deuil de leurs fils qui abandonnaient la synagogue, ceux-ci ne trouvaient rien de mieux à faire que de contaminer leurs cadets, frénétiquement. Ainsi, Yankel petit piqueur de tige âgé de treize ans, tombat-il sous la coupe des jeunes socialistes excités du Bund pour sombrer dans la passion révolutionnaire.

Et puis, il était émerveillé de savoir maintenant tenir un stylo et d'écrire son nom. Et il ne s'en tiendrait pas là dans son ivresse. Il allait lire tous les livres et principalement ceux décriés par les rabbins, il allait écrire, il serait le grand chantre rouge de la révolution, en yddish. Il irait, avec ses pieds s'il le fallait, voir le paradis soviétique et socialiste, il chanterait ses vertus à ses frères encore égarés. Il ferait cela. Il dresserait les ouvriers contre leurs exploiteurs, il décrirait, dans ses lyriques poèmes, le paradis socialiste sans classe.

D'ailleurs, il ne pouvait plus attendre et partirait maintenant en Union soviétique, où on l'accueillerait comme un frère, avec des baisers. Il partit à pied (parce qu'il n'avait pas d'argent pour se payer un billet et monter dans un train), la tête bourdonnante de promesses, les yeux avides, prêts à reconnaître la plaine russe à chaque détour du chemin. Mais il ne vit jamais le paradis socialiste et la campagne chantée par ses poètes prolétariens. Il ne connut que la prison où on le jeta lorsqu'il parvint à la frontière, puisqu'il était certainement un espion de la CIA, déguisé en Juif, pour nuire au grand projet du peuple soviétique. Il joua aux dames et aux échecs avec de la mie de pain pendant un an, puis on l'expulsa, afin qu'il s'en aille porter ailleurs la bonne parole à ses frères opprimés. Sa foi était intacte, tout le monde pouvait se tromper, sa rancune inexistante. Puisqu'à la suite d'une erreur, on ne le laissait pas entrer en Russie, il irait en Europe et surtout en France rejoindre ses frères qui n'avaient plus de pogroms à redouter.

Quelle merveille que la France, quelle merveille !

Les Juifs se promenaient sans crainte dans les rues, publiaient des journaux, formaient des syndicats, des associations. Quelle merveille que la France ! Il décida d'y rester.

Et la jeune Rivka était aussi rouge que son père Moïche, qui s'accommodait bien des prisons françaises. On ne lui avait pas accordé le droit d'asile pour faire de la subversion communiste, il en convenait. Mais sa spécialité était justement la subversion. Ce n'était pas un jeune chien fou sans expérience. Comme Yankel. Moïche était un intellectuel que ne rebutaient pas les contradictions. Oui, il était prêt à faire de la prison pour assurer le triomphe du communisme, mais pas à crever de faim chez un patron. C'est ce qu'il expliquait le plus tendrement possible à Hanah.

— Quand tu auras compris ce que je dis mon chou-chou, tu sauras déjà ce qu'est la dialectique. Crois grand-père Moïche qui t'aime beaucoup ; (pas étonnant du tout, Hanah avait de qui tenir, une égoïste comme son grand-père, sifflait Yankel). Chou-chou, le plus minable petit commerce rapporte plus à son patron qu'une paye d'ouvrier. N'oublie jamais cela. On peut très bien gagner de l'argent tout seul. On trouve toujours une bricole ou une autre à vendre. Ne donne jamais ton travail à un patron. Sois toi-même le patron. Tu comprends ou tu ne comprends pas ton grand-père qui est un vrai socialiste ?

Sûr, elle comprenait. Elle n'oublierait pas. Par conséquent, il valait mieux trimer dans l'atelier que d'enseigner dans une école, comme Mme Molynieux. Et puis avec ce genre de métier on se mettait à croire à l'opium du peuple et c'était mal. Ouf ! elle avait bien fait de balancer le livre de catéchisme à la poubelle et d'oublier la photo de Roselyne en communiante au fond de la valise à photos de Rivka.

Au contact de Moïche, Yankel s'instruisit et épousa sa fille, Rivka, une vraie militante, capable, intelligente, courageuse, responsable. Yankel en convenait. Mais justement, une fille comme ça, un trésor pareil, avait mieux à faire que de bourrer le crâne des fervents de la cellule communiste du quatrième arrondissement de Lyon.

D'accord, ses discours étaient bien tournés, elle avait du bagou, un bon contact. Quand elle parlait, on entendait les mouches voler. Mais ça la menait où ? Est-ce que ses discours faisaient entrer de l'argent à la maison ? Pas du tout. Alors Rivka devait utiliser ses talents ailleurs, pour le bien de sa petite famille. Ses prétentions à la lutte politique avaient assez duré comme ça. Yankel qui en avait décidé ainsi, le lui fit savoir.

— Ecoute-moi bien Rivka, je vais te dire une chose et après je t'en dirai une autre. Tu es une fille cultivée et moi, je ne parle pas bien le français. Ensemble, nous pouvons faire quelque chose. Je vais laisser tomber mon patron et tu vas m'aider à monter un atelier.

— Tu engageras des ouvriers et tu seras le patron ?

— Pourquoi pas ? Moi, je serai un très bon patron pour mes ouvriers, tu verras. Et nous ferons de l'argent. C'est l'après-guerre. Maintenant les gens achètent n'importe quoi. Pourquoi laisser les autres gagner l'argent à notre place ? Le petit Itzik a monté une affaire, Izy aussi et ça marche très bien. Avec une fille intelligente comme toi, Rivka, nous sommes certains de réussir. D'ailleurs, j'ai déjà dit à Yaacov que je vais le quitter le mois prochain.

— Tu as laissé tomber ton travail comme ça ?

Rivka n'était pas emballée. Une fille capable comme elle. Sans la guerre, elle aurait déjà été institutrice. Moïche aurait été fier d'elle et Yankel n'aurait pas essayé de la forcer à travailler dans la confection, et à vendre des manteaux mal coupés au porte-à-porte. Non, elle n'était pas d'accord.

— Yankel, tu sais ce qu'a dit le président de la cellule de la Croix-Rousse ?

— Qu'est-ce qu'il a dit ce Vareille, qu'est-ce qu'il a dit ?

— Il affirme que je suis un élément sur lequel les cadres fondent de grands espoirs. Ils me proposent de partir pour Paris étudier à l'école du Parti. Est-ce que tu te rends compte Yankel ? C'est un honneur non !

— Tiens à Paris ! L'école du Parti ! Ils t'ont proposé ça !

— Puisque je te le dis.

— Et moi, ils m'ont demandé mon avis, les cadres de la cellule ? Est-ce qu'ils m'ont demandé mon avis ? Je te le demande ! Rivka, est-ce qu'une femme abandonne son mari et ses filles pour aller courir à Paris sans gagner sa vie. Ce n'est pas possible, ton mari n'est pas d'accord. Dis-leur ça aux cadres du quatrième, sinon j'irai les voir moi-même !

— Mais ce ne seront que des stages ! On pourra bien s'arranger, lorsque je ne serai pas là. J'aime mieux faire l'école du Parti que de me balader dans les rues de Lyon, avec une valise, pour vendre tes manteaux. J'en ai déjà assez soupé avec mon père, Yankel. A six ans, il me forçait à tirer une charrette pleine de chiffons dans les rues de Metz, parce qu'il se cachait pour faire de la politique. Yankel, j'ai eu honte quand j'étais gosse. Je préfère étudier à l'école du Parti.

— Et qu'est-ce qu'ils vont dire, mes copains, hein ? Qu'est-ce qu'ils vont penser ? Ils se moqueront de moi. Ils diront : « La femme de Yankel est partie. Elle a laissé son mari et ses filles, pour faire de la politique. Mais il y a quelque chose de louche là-dessous. » Est-ce qu'une bonne femme juive abandonne son mari et ses bébés pour courir à Paris avec les cadres du Parti ? Est-ce qu'une bonne mère juive n'aide pas son mari à gagner de l'argent, pour nourrir ses filles ? Je te demande seulement, et demande aussi à ton père, si des choses pareilles doivent exister. Non ! Tu te rends compte de ce que tu veux faire ? Tu veux que tous mes copains se moquent de moi, tu veux que tout le monde nous montre du doigt. Réfléchis bien Rivka. Réfléchis !

Sans réfléchir, Rivka renonça écœurée ; arpenta les rues de Lyon, comme Yankel l'exigeait, une valise pleine de manteaux mal ficelés au bout du bras. Elle mourait de honte, son cœur battait dès qu'elle franchissait le seuil d'une boutique. Mais elle n'avait pas le choix et ne l'avait jamais eu. On la mettait toujours au travail, sans lui demander son avis, ensuite, on la félicitait et cela n'avait, bien entendu, aucune fin.

Yankel et Moïche ne s'étaient pas trompés. Il valait mieux, après tout, être patron, et tout se vendait après la guerre.

Rivka ne manquait ni de tempérament ni de talent. Yankel était le premier à le reconnaître, qui travaillait désormais sous ses ordres. Il demeurait cependant persuadé qu'il était le patron et, peu gêné par ses contradictions, ne modifia en rien ses idées, organisant des réunions politiques, des congrès où il prononçait de magnifiques discours. Un militant politique suffisait bien dans la maison et mieux valait — n'est-ce pas — que ce fût lui.

Pour Rivka, le ménage, les enfants, les clients. Pour Yankel, la politique, la littérature, le titre de patron. Papa Yankel n'était rien moins qu'un progressiste médiéval, qui ne voulait pas voir les idées nouvelles envahir son foyer.

Avec Rivka, il souffrait en secret. Terriblement. Elle refusait de lui rendre le culte qui lui était dû. En tant qu'homme, en tant que mari. En Pologne, les choses ne se seraient certainement pas passées ainsi. En Pologne, une femme juive savait respecter son mari. Mais Rivka se rebiffait et lui riait au nez, lorsqu'il se plaignait.

— Sais-tu qu'en Pologne, Rivka, une femme ne mange jamais à côté de son mari, elle attend simplement, debout derrière lui, qu'il ait terminé. Et elle finit ses restes. Quand elle voit son mari entrer à la maison, elle court lui chercher ses pantoufles, se jette à genoux pour lui retirer ses chaussures. Voilà comment ma mère traitait mon père. Et tu ne feras jamais pour moi la moitié de cela...

— Yankel, tu peux toujours courir. Je ne ferai jamais ça pour aucun homme, tu entends. Ici nous ne sommes plus en Pologne, tu devras t'habituer. Et tu devrais même, parfois, apprendre à m'aider, ça serait encore mieux, tu ne trouves pas ?

Ne se résignant pas, Yankel tenta sa chance avec ses filles. Deux gamines qui lui devaient tout et n'oseraient pas se rebeller comme sa femme, avec sa tête de cochon, comme son père.

Hanah, bien dressée, sut vite montrer le bon exemple. Chaque matin, au réveil, elle tournait les yeux vers son géniteur, puis poussait des cris d'admiration et d'amour. Comme un oubli pouvait tourner à la catastrophe, Rivka se précipitait vers sa fille, dès qu'elle posait un pied par terre et titubait au bas de son lit.

— N'oublie pas ton père. Cours vite lui dire bonjour. Tu m'embrasseras après.

Hanah préférait de loin les douceurs et le parfum de Rivka, mais redoutait trop les foudres de Yankel pour se dérober. Elle trottinait en chemise de nuit jusqu'à lui. Et bafouillait son inepte célébration du père, cherchant ses mots et ne les trouvant pas.

— C'est comme ça qu'on parle à son père ? Dis bonjour mieux que ça !

Hanah pissait avec ses yeux, Rivka volait à son secours.

— Mais fous-lui la paix. Elle n'est pas encore bien

réveillée. Tu as vu qu'elle a pensé à toi en premier, ça ne te suffit pas ?

Il lâchait prise. Elle pouvait enfin aller se soulager dans les bras de sa mère.

— Mais ne chiale pas comme ça ! Une grande fille qui doit aller au lycée à la rentrée. Ça a l'air de quoi, dis-moi ?

— Si on reste en France.

— Oh, avec ton père, on ne sait jamais sur quel pied danser. Ce matin, il avait encore changé d'avis.

Allons-nous finalement partir rejoindre l'oncle Schmuel à Buenos Aires ? Personne ne peut aujourd'hui le dire, surtout pas Papa Yankel qui conserve dans la poche de son tablier de coupe les billets de bateau qu'il a achetés depuis un an. Yankel hésite. L'Argentine est-elle bonne pour les Juifs ? C'est, en tout cas, ce qu'écrit Schmuel dans ses lettres. « ... Tout va bien pour les Juifs, il n'y aura pas de guerre avant longtemps, les affaires ne marchent pas si mal que ça, vous pouvez venir, vous n'aurez pas à le regretter. » Mais ici est-ce vraiment si mal ? D'accord, les Français ont envoyé les Juifs à Auschwitz pendant l'Occupation, mais la guerre est finie et les Allemands KO. Et qui aurait à nouveau l'idée de déporter les Juifs, après ce qui s'est passé ? Voilà ce que pense grosso modo Yankel lorsqu'il est optimiste. C'est-à-dire le matin, quand il pose les pieds par terre. Au cours de la journée, il change progressivement d'avis, et le soir, son humeur vire franchement au sombre. En Europe, n'importe quoi peut advenir. A cause de la guerre froide entre les Russes et les Américains, à cause de la bombe atomique des impérialistes américains, à cause de McCarthy. C'est la chasse aux sorcières. Mon père pense que ses deux opinions, celle du matin et celle de la nuit, sont également vraies. Il en discute interminablement avec Moïche, tous les dimanches après-midi, depuis que nous avons un passeport neuf, et de jolis billets de bateau en notre possession. « De toute manière, un passeport récent est une chose indispensable pour un Juif », reste la conclusion invariable de Moïche, au terme de plusieurs heures de discussion serrée devant un verre de thé.

Moïche est un vieux monsieur juif très spécial, très impatient et colérique. A onze heures du matin le dimanche, il nous attend déjà à la fenêtre, en sachant très bien que nous n'arriverons pas avant midi. Parce qu'il le sait, et qu'il nous guette néanmoins une heure à l'avance, il est très fâché contre lui et contre nous. Le repas nous attend, Moïche s'est levé à six heures pour qu'il en soit ainsi. Il aime faire les commissions et préparer la nourriture, en interdisant à Louba de mettre les pieds dans *sa cuisine*, où elle le gênerait, puisqu'elle n'y connaît rien. Louba est le troisième souffre-douleur légal de Moïche. Rivka dit qu'il en a connu bien d'autres et qu'il finit par toutes les tuer. « Un vrai sadique avec les femmes, Moïche. » Il les extermine en les faisant travailler comme des esclaves, en les battant et en leur faisant des scènes, parce qu'elles le « trompent ». Bien sûr, elles ne le trompent jamais. Parce qu'elles sont trop fatiguées à minuit, quand elles prennent le dernier autobus pour rentrer du boulot. Elles pensent déjà au premier autobus dans lequel elles devront monter le lendemain, à cinq heures. A ce rythme-là, au bout d'un an, elles ressemblent toutes à une petite vieille, un déchet, une femme finie. Louba est la plus coriace des femmes de Moïche, c'est la dernière qui supporte tout et coupe comme une « déesse » les manteaux. Beaucoup mieux que Papa Yankel. Infiniment mieux. Moïche peut dormir tranquille une grande partie de la matinée, ses manteaux sont admirablement montés et doublés. Quand il se réveille, il écoute un peu de musique classique, traîne dans sa bibliothèque, puis ayant avalé le délicieux repas qu'il s'est cuisiné, s'en va au cinéma ou au café lire les journaux. Ensuite, il fait un petit tour chez ses meilleurs clients pour prendre les commandes qu'il porte à l'atelier où souffrent Louba et les ouvriers. Comme tout est toujours « en ordre », il s'en va chez Rivka lui raconter les histoires lubriques qui le font tellement rire, puis il rentre à la maison regarder la télévision en attendant Louba qui arrivera, c'est sûr, par le dernier autobus. Il ne la laisse pas toujours manger, parce que parfois, il la punit. Pour l'avoir « cocufié » avec les sales types qui traînent dans les trolleybus. Louba aime pleurer quand Moïche la persécute, les larmes coulent sur ses joues tristes, sur les mèches grises et désordonnées qui lui tombent dans les yeux.

Il paraît que je ressemble étonnamment à mon grand-père. Cette opinion est principalement partagée par mon père et lui seul, quoique ma mère s'associe à lui, quand elle me déteste. Il va sans dire que je ne suis pas d'accord.

L'Argentine, c'est comment ? Très très bien, pas de problème. C'est Schmuel qui l'écrit. Mais alors là, Yzy n'est pas d'accord du tout ! « Et pourquoi que les Argentins, ils ne deviendraient pas antisémites comme les Français ? » Il dit ça, Yzy. « Pour la sécurité, vous feriez mieux de partir en Israël. Et puis Yankel, alors là je rigole vraiment, tu ne vas pas me dire que l'Amérique du Sud n'est pas capitaliste quand même ! Alors qu'est-ce que tu dis ? »

Yankel ne se laisse pas démonter par cet idiot d'Yzy. Il sait quoi lui répondre. Du tac au tac. La réponse, il l'a prévue depuis longtemps. Ecoutez-moi ça.

— Les Juifs d'Israël ne s'entendent pas du tout avec les Arabes. Il y aura de nouvelles guerres. Pourquoi ? Parce que les Juifs d'Israël ne veulent pas suivre les bons conseils des humanistes russes qui veulent leur bien, leur livrent des armes et même de l'argent. Pour qu'ils ne tombent pas du mauvais côté. Alors quoi. Qu'est-ce que tu dis maintenant, Yzy. Tu crois toujours qu'on va être en sécurité en Eretz Israël ? Tu sais quoi Yzy, tu ne sais pas quoi ? Certainement tu ne sais pas. Les Russes ont été les premiers qui ont voté pour la création de l'Etat juif aux Nations Unies. Qu'est-ce que tu dis maintenant ? Sûrement rien, parce que tu n'as vraiment rien à dire.

— Yankel, tu ne vas pas me la boucler comme ça. Je sais parfaitement quoi te répondre, sans chercher. Les Russes ont reconnu Israël pour embêter les Américains. Un point, c'est tout.

Alors là, bien fait, mais bien fait ! Il faut embêter les Américains. Toujours. Avec la CIA et ses complots contre les masses laborieuses. Les masses laborieuses, sont les ouvriers, les prolétaires. J'ai presque tout compris. Même en yddish.

Les bons et les mauvais ne sont pas toujours les mêmes. Même si je crois mon père — pourquoi ne le croirais-je pas, il me domine de toute sa grande intelligence — les bons sont les masses, les ouvriers, les Russes, les mauvais sont les Américains, la CIA, l'impérialisme, les grandes multinationales, le cinéma en technicolor avec des histoires dégoûtantes qui ne valent pas un clou.

Pour Israël, Yankel est au fond bien embêté et Moïche aussi. Parce qu'Israël est quand même le pays des Juifs. Mon père et mon grand-père se sentent « solidaires ».

Le jour où Papa Yankel a décidé de partir en Argentine pour la sécurité, il était très pressé. Il a acheté les billets de bateau, vendu les machines et même les tissus. Après, comme il avait besoin des machines pour gagner sa vie et monter des manteaux, il les a rachetées. Ensuite, on est allés chez le docteur pour prouver qu'on n'était pas malades et se faire vacciner. On souriait en photo avec Dinah sur le passeport du chef de famille. Je n'étais pas belle, encore une fois, et Dinah merveilleuse.

Pendant que Moïche et Yankel parlent, le dimanche se termine, ouf enfin.

— L'Argentine se trouve quand même près des Etats-Unis. S'il y avait une guerre, elle pourrait s'étendre très vite à l'Amérique du Sud, sans parler de la bombe atomique. Et des antisémites, il y en a partout. En Argentine comme ailleurs, parce que c'est impossible qu'il en soit autrement. En France, Moïche, tu sais à peu près ce qui peut t'arriver, parce que tu as déjà vu une fois. Et qu'est-ce qui te dit qu'ils seront aussi bien organisés la prochaine fois ? Et puis d'ici, on sait où on peut partir se cacher. La Suisse n'est pas si loin finalement. Et puis les Suisses sont des salauds, mais ils le sont moins que les antisémites, quand ils s'y mettent. Et tant que nous aurons Rivka, nous trouverons bien une façon de nous en tirer, elle parle le français comme il faut, après tout.

— Et les filles, Yankel — c'est Rivka qui parle — et mes filles ? Je veux qu'elles puissent se faire une place au soleil dans la vie. Elles ne vont pas trimer comme nous quinze heures par jour dans un atelier de confection ! Pour les enfants et l'instruction, Israël est certainement valable.

— Mais non Rivka, leur fort ce n'est pas la culture,

c'est l'agriculture. Qui aurait pu croire ça. Que les Juifs puissent réussir dans les champs !

Moïche est d'accord sur ce point. Le fait que des Juifs sèment et labourent constitue un miracle, une pure merveille. Et puis, soit dit en passant, lui qui a lutté toute sa vie, maintenant qu'elle est presque terminée, il peut dire une chose. Pour le marxisme, il n'est plus aussi sûr qu'avant. Pour Dieu, il commence à avoir des doutes immenses. Et il ne va pas tarder à aller visiter Israël, justement. Une seule ne changera jamais, c'est Louba. Elle restera marxiste-léniniste toute sa vie !

— Parce qu'il n'y a que les idiots qui ne changent jamais d'avis.

Elle ne se vexe pas du tout, Louba. La traiter d'idiote est un moindre mal. Dimanche, elle ne travaille pas et elle se dispute le moins possible.

— Jamais je ne changerai. C'est vrai. Parce que la vérité ne changera jamais. Depuis l'âge de seize ans, j'ai lutté avec les travailleurs en Pologne et je continuerai.

— Il ne fallait peut-être pas tout démolir, mais faire de bonnes réformes. Sommes-nous certains de ce qui nous attend après la mort ? Dieu demande peut-être effectivement des comptes.

— Tu vieillis, Moïche.

C'est tout ce qu'elle a à lui répondre.

— Bien sûr ! Mais aujourd'hui, je pense à mon père qui allait à la schoul. Personne n'est jamais revenu nous dire qu'il n'y a rien après la mort.

— Oui, mais personne n'est jamais venu raconter le contraire.

— Pour cette raison, il vaut mieux rester méfiant. C'est la seule attitude philosophique sérieuse. Tu as entendu Yankel, ne pas décider si Dieu existe ou pas. Il n'a pas que ça à faire, il prouve déjà assez avec toutes les guerres et les camps de concentration. Il a certainement quelque chose contre nous, donc il existe. Ou bien, il n'est pas là. Mon cher époux, mon cher Yankel, quand les billets de bateau ne seront plus valides...

— Mais qu'est-ce que ça veut dire valide ?

— Valide c'est le contraire de périmé, tu vois ? Il ne voit pas...

— Ah, tu veux m'impressionner avec ton beau français, Rivka, toi aussi tu es antisémite, hein ?

— On aura tout vu ! Quand les billets seront périmés, disais-je, que deviendrons-nous ? Ce sera peut-être précisément à ce moment que tu décideras enfin de boucler les valises. Eh bien, il sera trop tard. Et nous serons ici à attendre la rafle du Vel' d'Hiv', quoique je préfère rester ici plutôt que d'avoir à apprendre l'espagnol. L'Argentine est un repaire de nazis.

— Mais où as-tu été pêcher cela, ma chère femme, où ?

— C'est une chose connue de tout le monde.

— Voilà, tu traites encore ton mari — qui est quand même un écrivain et un poète yddish — d'homme inculte. Sache Rivka, que tu dois respecter ton mari, un véritable autodidacte, et montrer l'exemple de l'admiration à tes deux filles. Ces mômes-cacas qui rigolent tout le temps, surtout la grande.

Les mômes-cacas ne veulent pas partir en Argentine. Les deux filles préfèrent rester ici plutôt que de vivre chez les Argentins.

— Pourquoi elle pleure encore, celle-là ?

— Je ne veux pas partir ! Je veux rester là ! En Argentine il y a plein de nazis.

— Rivka, on ne monte pas la tête à ses enfants quand on n'est pas certaine.

Les jurés avaient vraiment « de la peau de saucisson devant les yeux ».

Quelle amertume, Gratchok n'avait pas été sacrée « Miss Douce Plage » ! Quelle injustice, elle aurait pourtant dû gagner. Parce qu'elle était vraiment la plus belle, quand elle était montée sur le podium. Coco Biscuit et Marc-Chou lui avaient dit qu'elle pouvait y aller sans aucune crainte avec ses pieds — ouh ! une vraie merveille — ses cheveux en cascades et sa robe à cerceau. Oui, elle faisait vraiment festival.

— Festival ? Quel festival ?

— Quelle idiote cette Hanah ! Mais quelle *lolotte* ! Mais festival de Cannes enfin !

Festival de Cannes ou pas, Gratchok avait brandi ses haltères pendant un an, pour trois fois rien.

— Et Marc-Chou, qu'est-ce qu'il a eu ?

— Vieille mauvaise, je ne te le dirai pas. Bon si, je vais tout te raconter, parce qu'autrement, tu croirais qu'il n'a rien eu du tout. Alors Marc-Chou il-a-eu ! Le deuxième prix. Tu te rends compte. Alors qu'il avait vraiment les plus beaux muscles de tous les culturistes. Vous entendez Rivka, Hanah, j'ai dit comme il faut, culturiste et pas culturisse ; vous êtes contentes ? Enfin, vous voyez, le concours était truqué, comme tous les concours. Les membres du jury ont voté pour leurs copains. Autrement, je serais déjà « Miss Douce Plage ». Parce que j'étais vraiment la meilleure pour le houla-hop — j'ai tenu au moins un quart d'heure — et pour tout. Ils m'ont dit de m'arrêter, sinon mon cerceau ne serait jamais tombé. Je n'avais pas peur du tout, parce que j'avais déjà gagné le concours de houla-hop au Palais d'Hiver le mois dernier, alors vous voyez ! Eh ben, ils ne m'ont quand même pas élue. Et mes cuisses étaient vraiment les plus musclées. Je m'étais mesurée — juste avant de monter sur le podium — avec celle qui a gagné, j'avais un bien meilleur tour de cuisse qu'elle. D'ailleurs, j'étais la mieux pour tout. Le tour de taille, le tour de hanches, le tour de mollet. Sauf la poitrine. Là, je n'avais pas tout à fait assez. La poitrine, ça compte et je suis trop plate, c'est vrai. Il n'y a rien à faire. C'est sûrement pour ça que finalement, je n'ai pas gagné. Mais dans l'ensemble, pour la tête, le houla-hop et tout, j'étais vraiment la meilleure.

— Et qu'est-ce que tu vas faire maintenant ? Tu vas continuer d'aller à la salle ?

— Et pourquoi je n'irais pas ? Tous mes copains sont là-bas. Je continuerai même à m'entraîner, si tu veux savoir, vieille lolotte. Parce que quand je me suis bien bronzée dans l'axe pendant au moins deux semaines, tout le monde dit que je suis la plus belle de Lyon-Plage.

— Oh la la ! elle est toujours la plus belle de quelque part, mais elle n'est pas « Miss Douce Plage ».

— Hi ! hi ! hi ! La plus belle de Lyon-Plage ! Bronzée bien dans l'axe !

— Tu vas voir, vieille lolotte, pauvre mocheté. Tu peux toujours essayer de te bronzer, tu resteras blanche comme une aspérine.

— Oh ! hou ! hou ! hou ! ha ! ha ! ha ! ASPERINE !

— On dit une aspirine !

— Ce n'est pas vrai. A la maison, tout le monde dit une aspérine. Ou alors, on peut dire des deux façons. Sinon, je ne dirais pas comme ça. J'entends aussi bien que toi, tu es d'accord ?

— Et alors, tu es toujours aussi amoureuse du beau Marc-Chou ? Et lui, il t'aime autant, même si tu n'es pas devenue « Miss Douce Plage » ?

— D'abord, je n'ai jamais été amoureuse de lui !

Sûrement pas. Je trouvais juste que c'était le plus beau de la salle. Un point c'est tout. Maintenant, justement, je sors avec un autre.

— Je peux savoir comment il s'appelle ?

— Je ne te le dirai pas, bien fait. Tu n'avais qu'à pas te moquer de moi. Et d'abord, je lui ai dit comment tu m'embêtes, Hanah, et il m'a défendu de te raconter quoi que ce soit à partir de maintenant. Voilà.

Yankel était un patron exemplaire, mais il fallait que les pièces soient montées. Les bavardages de Gratchok paralysaient l'atelier et Hanah avait mieux à faire, à son âge, que de parler d'histoires d'amour avec sa cousine. Cette gamine précoce s'intéressait beaucoup à l'amour. Elle avait pourtant bien le temps de penser à ça.

Celle-là, ça va être une drôle, il va falloir que je la surveille tout le temps dès qu'elle sera assez grande pour faire des bêtises. Si elle en fait, je la tue de mes propres mains.

— Alors, Gratchok, tu t'es trouvé un nouvel amoureux. Fais très très attention qu'il ne t'arrive pas des histoires !

— Comment des histoires ?... Tonton, sûrement pas. Lui, c'est juste un copain. On ne fait rien, mais rien du tout. On va danser ensemble au *Comœdia*, c'est tout.

— Et il ne te touche jamais, ton « copain » ?

— Non, si. Il m'embrasse sur le front, pour me dire au revoir.

— Eh bien, fais attention qu'il ne t'embrasse pas sur le « Là » !

Le « Là » Yankel hochait la tête d'un air entendu et refusait d'en dire davantage.

Embrasser sur le « Là ».

Comment se renseigner ?

... Dans l'encyclopédie, quand je serai seule à la maison. J'y vais tout de suite. Il n'y a personne et je saurai comment on s'embrasse sur le « Là » et pourquoi c'est une bêtise.

« Là : Adverbe désignant le lieu, et plus rarement le moment. »

Quel lieu, quel moment ?

Alors si c'est ça, si même l'encyclopédie ne veut pas me dire ce qu'est le « Là », je redescends à l'atelier discuter avec Gratchok. Elle m'expliquera. Doucement, dans l'oreille.

— Hanah, te revoilà si vite ? Tu penses vraiment avoir fini tes devoirs ? Une fille raisonnable ne ferait-elle pas mieux de penser à son travail ? Gratchok ne commence pas avec ta cousine. Sois sérieuse, sinon, tu vas encore me louper ton doublage, je suis sûr que la doublure tire déjà !

— Tonton, tu n'as qu'à regarder, tu verras que ma doublure ne tire pas. Regarde, parce que je vais la mettre sur le mannequin, exprès pour toi.

— Alors grand singe, tu vois ta doublure tire. Quand on parle d'amour en doublant son manteau, la doublure tombe mal et le reste aussi.

— Alors là, je ne comprends vraiment pas. J'ai tout mesuré au moins dix fois, il n'y a pas de raison que ça tire !

Gogos, le presseur, reluqua Gratchok, « cette pauvre lolotte », qui démontait en tremblant sa pièce loupée.

— Gratchok, l'amour t'a fait perdre un ticket. Tu vas voir la paye à la fin de la semaine !

— Vieux mauvais, ça ne te regarde vraiment pas... Mon ticket, je le rattraperai plus tard.

On travaillait aux pièces chez Papa Yankel. Pour chaque manteau coupé, il distribuait un ticket signé de sa main à ses ouvriers qui les conservaient, jusqu'au samedi, soigneusement empilés dans une boîte à bonbons en fer-blanc. On aurait dit des bons points. Hanah adorait les compter. Mais tout le monde ne lui accordait pas cette faveur. Les mécaniciennes lui sifflaient à l'oreille que la fille du patron n'avait pas à se mêler de leurs affaires.

— Gratchok, tu as perdu un ticket à cause de ton nouvel amoureux, dis-nous au moins qui c'est !

— Sûrement pas ! sûrement pas ! D'abord, c'est juste un copain.

Gogos tourna sur lui-même, le fer à gaz à la main. Ce coup-là, il la tenait cette menteuse qui jouait les saintes vierges !

— Ouh la menteuse ! Ouh ! ouh ! Qu'est-ce que tu faisais samedi soir à t'embrasser avec lui dans sa voiture devant le *Comœdia* ?

— Gogos, tu es vraiment mauvais, tu n'avais pas besoin de cafter.

Yankel s'assombrit, rajusta les lunettes d'écaille qui glissaient sur l'arête de son petit nez et posa ses ciseaux.

— Gratchok, je t'avais bien dit qu'une fille comme il faut ne traîne pas la nuit au *Comœdia* avec ses copains. Et je t'ai aussi demandé de ne plus venir travailler en short. Tu excites les hommes. Va tout de suite mettre une blouse, sinon je me fâche et ça finira très mal !

— Mais pourquoi Tonton Yankel, mais pourquoi ? Tu ne trouves pas qu'il me va bien, ce short ? Tous mes copains et même mes sœurs m'ont trouvée belle avec. Et assise ça ne se voit vraiment pas. Tonton, je t'assure, je n'ai pas de blouse. Je n'en ai pas.

— Demande à Rivka, elle va te trouver un tablier tout de suite. Ici, c'est un endroit où on travaille. Pas un dancing, ou une voiture où on se déshabille pour se faire tripoter. Ce n'est pas un lit où on fait encore AUTRE CHOSE !

Les finisseuses, les mécaniciennes, Gogos s'esclaffaient, tandis que Hanah se demandait si elle aurait plus de chance avec « tripoter » et « autre chose » qu'avec le « Là », dans l'encyclopédie Larousse offerte par Rivka pour son anniversaire.

— Je t'ai acheté un cadeau utile, Hanah, qui te donnera certainement le goût de la lecture. Enfin, je l'espère. Une fille qui ne lit pas à ton âge, je n'ai encore jamais vu ça. Moi, j'ai passé mon enfance à rêver d'avoir une seconde pour ouvrir un livre. Et crois-moi, ça n'arrivait pas souvent, ma fille. Tu es une privilégiée et tu n'en profites pas. Tu gâches déjà ta vie. Mais qu'est-ce qu'on va faire de toi, ma pauvre enfant ? Tu n'es pourtant pas plus bête qu'une autre...

— Je veux bien lire, mais je ne comprends rien aux histoires.

— Tu ne comprends rien à ce que tu lis ? C'est ça !

Papa Yankel avait honte d'avoir mis au monde une pauvre fille qui n'était qu'une barbare. Pourquoi fallait-il que sa propre Hanah soit incapable de feuilleter un livre ?

— Et pourquoi ne comprends-tu pas ce que tu lis ?

— Parce que, dans les livres, rien n'est semblable à ce qui se passe ici. Rien n'est pareil...

— Comment pareil ?

Comment pareil : Dans les livres, on ne connaît jamais la fin des choses. On quitte les gens, et on ne sait plus ce qu'ils sont devenus. Des fois, ils mangent et des fois, ils ne mangent pas. Parfois, ils dorment et puis après, pendant des pages et des pages, ils ne retournent pas au lit. Les cabinets. Pourquoi les gens des livres ne vont-ils pas au cabinet ? Alors on est anormal ici ? On mange, on dort, on va au cabinet. Les trous dans les emplois du temps des personnages, je ne comprends pas du tout.

Pauvre gosse. Il n'y a rien à tirer d'elle. J'ai peut-être mis au monde une idiote. De qui peut-elle tenir celle-là. De qui ?

Gratchok reparut en soupirant et boutonnant une blouse bleue qui lui allait comme un sac. Elle ne pourrait plus travailler devant la fenêtre et se faire bronzer les cuisses en même temps.

— A cause de toi, Tonton Yankel, je vais perdre tout mon beau bronze.

— Eh bien, ça te fera peut-être tenir tranquille avec les hommes. Gratchok, écoute bien ton oncle. On ne doit pas les allumer. Ce n'est pas bien. Un jour, tu pourrais te faire violer, avec ton short. Dis-moi, qu'est-ce que tu faisais dans la voiture de ce type devant le *Comœdia ?*

— Tonton tu as bien compris quoi, n'exagère pas. Je l'embrassais, voilà.

Allons bon. Les hommes et les femmes s'embrassaient dans les voitures. Et quand c'était pire, ils se violaient. Quelle bonne nouvelle ! Lorsqu'elle serait devenue une vraie jeune fille, un homme voudrait peut-être la violer dans sa voiture, devant le *Comœdia.* Mais non, ça ne se passerait sans doute pas de cette façon, parce qu'elle n'était pas, comme Gratchok, la plus belle et qu'elle n'oserait jamais se trémousser sur un air de tcha-tcha-tcha dans les lumières pisseuses du *Comœdia.* Et surtout, elle devait rester vivante jusque-là. C'était si loin, et sa jeunesse lui paraissait alors aussi lointaine et aussi peu probable que sa mort.

— Tonton, je t'assure, on ne faisait rien que flirter

un peu. Jusqu'à ce que je me marie, je resterai *comme ça !*

— Ah, ça lui reprend ! Elle veut rester *comme ça.* Mais est-ce que tu sais l'âge que tu as ? Quand un monsieur aura décidé de t'épouser, plein de toiles d'araignées auront poussé là-bas ! Ha ha ha ! elle est bien bonne celle-là !

Gogos se tapait sur les cuisses, des toiles d'araignées là-bas, il n'en avait décidément jamais entendu de meilleure. Et cette Hanah, avec ses yeux brillants, qui comprenait tout. L'histoire des toiles d'araignées la ravissait... Une drôle de petite vicieuse, cette gamine-là ! Le patron allait avoir du fil à retordre dans pas si longtemps que ça...

— Gogos, on parle comme ça entre hommes, pas devant des femmes et une gamine, vous avez compris ? Gratchok, écoute ton oncle, si tu as fait une bêtise avec ce type dans la voiture, tu ferais mieux de le dire tout de suite.

— D'abord, on ne s'est pas embrassés devant le *Comœdia,* on parlait juste. Et alors, je lui ai dit : Ecoute Dédé — il s'appelle Dédé — écoute, on ne va pas se peloter dans la rue, parce que tout le monde peut nous voir. C'est comme ça qu'on est partis à la campagne, à Saint-Germain au Mont d'Or si tu veux savoir.

— Et alors ?

— Rien. Il sait bien que je veux rester *comme ça* jusqu'à mon mariage. Il peut toujours se moquer de moi et me dire que je vais attraper des boutons partout — d'abord, je n'en ai pas — je resterai quand même *comme ça.*

Yankel, qui piétinait (Hanah, allongée sous sa table, frétillait tout près de ses chaussures), s'arrêta pensif. puis acheva son parcours habituel d'un bout à l'autre de la table.

— Gratchok, je suis un homme et je sais que tu mens à ton oncle. Dis-moi ce que tu as fait tout de suite, sinon je parle à ton père.

— Tonton, tu n'es vraiment pas gentil. Eh ben... à force de flirter, j'étais toute déshabillée et puis...

— Tu étais toute nue !

— Enfin presque... Enfin je suis toujours *comme ça*, Tonton, je peux te le jurer sur la tête de la Maman.

— Ne jure pas, qu'est-ce que t'as fait ?

Tout le monde paraissait travailler, mais les machines tournaient au ralenti et Gogos avait coupé la radio.

— Ben... il m'embêtait tellement, que je me suis dit, il n'a qu'à faire ce qu'il veut, j'en ai marre.

— Et alors ?

— J'attendais. Il n'arrêtait pas de me tripoter. Ça m'énervait, je me disais, il va bien finir par s'arrêter, parce que ça m'enquiquine vraiment. Il était dégoûtant. Je croyais que j'allais tomber dans les pommes d'horreur. A un moment, je pensais que ça y était et je lui ai demandé : « Dédé, ça y est enfin ? » Et tu ne sais pas ce qui s'est passé, Tonton ? Il a éclaté de rire. Je croyais que ça y était, et ça y était pas.

— Yankel, tu m'empêches de dormir avec ton pas d'éléphant. Viens te coucher. Est-ce que tu as oublié que je me lève tôt demain pour travailler ? Ce que tu peux être égoïste ! Yankel, je déteste l'égoïsme chez moi comme chez les autres, viens te coucher. Tu fais trembler les murs, je n'en peux plus.

Il répond :

— Oui Rivka ne t'énerve pas comme ça, je vais venir bientôt. Il faut que je termine.

Il veut en finir avec son histoire drôle et l'expédier.

Mon père est certain d'être un très grand écrivain yddish auquel sa femme ne comprend rien. D'accord, il est distrait et commet beaucoup d'erreurs en coupant les manteaux, mais c'est justement parce qu'il pense énormément à la littérature. « Rivka, lui dit-il, est-ce que tu comprends vraiment quelque chose à l'art ? » Et elle, très sûre d'elle-même lui répond du tac au tac : « C'est toi, mon pauvre Yankel, qui ne connais pas la littérature. As-tu seulement lu un seul vrai livre en français ? »

Il a lu des traductions yddish de tous les classiques. Mais pour la littérature contemporaine, il n'existe pas de traductions.

— Donc, tu devrais apprendre le français correctement, pour te tenir informé. Tu écrirais différemment. Tu serais moins replié sur toi-même.

Replié sur lui-même. Ces mots ont le don de mettre Yankel en fureur. Replié sur lui-même, on aura tout vu ! « Rivka, tu ne peux pas parler des écrivains yddisch, tu ne t'intéresses qu'à la France. Tu es repliée sur toi-même. »

Ça se termine comme ça. Elle ne répond pas, préfère hausser les épaules et penser que c'est elle « qui mène la baraque ».

— Ton père coupe ses manteaux en sabrant le boulot et file à ses réunions place des Terreaux ou rue Sainte-Catherine. Il n'y a pas de quoi se vanter. Il est facile d'être un artiste, quand on a mis sa femme en esclavage.

Il pourrait au moins emmener ses filles, s'il s'intéressait un peu à elles.

Pas question. Les réunions politiques, les conférences d'écrivains ennuient les gosses qui doivent rester avec leur mère. A tout à l'heure !

Beaucoup de réunions. Papa Yankel disparaît le samedi après-midi, le dimanche matin, le mercredi soir. Chaque fois qu'il peut. Avant de tirer la porte, il dit : « Rivka je m'en vais à la réunion. Je ne rentrerai pas trop tard. » Qu'est-ce que ça veut dire pas trop tard ? Ma mère ne le croit pas, de toute façon.

Il s'en va certainement ailleurs. Quand elle crie ailleurs — quel ailleurs ? — il se défend en lui proposant de vérifier chaque seconde de la soirée. Elle peut appeler le petit Yossl. Il était avec lui au local de l'UJRE (Union des Juifs pour la résistance et l'entraide) hier, pendant toute la réunion. Vas-y ! Il lui tend le téléphone. Elle ne marche pas. Elle n'appellera personne. Pas plus le petit Yossl qu'un autre. Mais que peut-il bien faire à toutes ces réunions ? Il n'en a pas assez, à la fin, de ressasser toujours les mêmes histoires. Comment, toujours les mêmes histoires ? Quel culot, mais pas du tout ! Est-ce que la situation mondiale n'est pas assez tendue pour qu'on se réunisse et parle à son sujet ? L'antisémitisme renaissant la laisserait-elle indifférente après tout ce qu'elle a vécu ? Mais bien sûr que si. Elle a peur, elle aussi. C'est pourquoi elle préfère les décisions concrètes aux interminables conversations, qui ne débouchent jamais sur rien.

« L'important, Yankel, est de savoir si nous restons ou si nous partons enfin. Ou bien nous fermons définitivement nos valises, ou bien nous les rangeons. Décide-toi. »

Se décider. Yankel ne peut pas. C'est justement ça qui l'embête. Il pèse encore le pour et le contre. On ne prend pas une responsabilité pareille en quelques heures, ni en quelques semaines. Il faut réfléchir calmement, tant que les billets sont valides. Et, en attendant, il coupe des manteaux, gagne la vie de ses enfants et leur donne son dimanche après-midi. Alors qu'il pourrait écrire... ou aller à une réunion.

Le dimanche, nous allons voir les manteaux fabriqués par les collègues de Yankel, mon père, quand Moïche ne nous invite pas. Ce qui arrive lorsqu'il se fâche avec sa fille Rivka, ma mère. Rue de Brest, rue Victor-Hugo, rue de la République. Les meilleures rues. Là où se trouvent les magasins bien placés. Qui achètent des manteaux très bien coupés, très bien montés. Ma mère-Rivka est obligée de courir jusqu'à Vaise pour trouver des acheteurs. Elle soupire en regardant les vitrines de luxe. Si elle avait un bon coupeur, elle ferait de l'or. Pourquoi Yankel s'obstine-t-il à vouloir couper ? Parce qu'il est le patron. Alors qu'il serait si bien à la machine. Très bon, excellent mécanicien, Yankel. Et têtu. Aucun espoir. Il ne lâchera jamais sa paire de ciseaux.

Voir ce qui marche. Ils veulent savoir tous les deux. Pour améliorer la collection.

— Tu as vu cette découpe et cette poche ? Pas mal du tout et très commercial. Tu peux me faire ça, Yankel ?

— Ce doit être un modèle de Teperman. Il a de l'or dans les doigts, celui-là. Je peux te faire presque le même, si tu le veux vraiment.

Elle veut. Il fera un effort pour la poche et la découpe qui ressembleront à celles de Teperman qui réussit tout ce qu'il touche.

— Yankel, et si on faisait des économies pour acheter un magasin bien placé ?

— Faire des économies, tu crois que c'est possible

aujourd'hui ? Oui, dans le fond, ça ne serait pas mal...
Ou bien partir en Argentine. Rivka, on a quand même
payé ces billets de bateau, on ne va pas les jeter
maintenant !

Jeter les billets de bateau ou ne pas les jeter. De
beaux tickets roses imprimés dans plusieurs langues,
donnant à Yankel le droit de traverser l'Océan. Dans
la soute, il déposerait la tête de sa machine à coudre
et ses meilleurs patrons qui feraient fureur à Buenos
Aires. Dans la cabine, une valise de carton vernissé,
contenant tout ce qu'il avait écrit depuis qu'il avait
quitté la Pologne. Dans la cabine aussi, bien sûr, sa
femme et ses enfants. Sur le quai de débarquement,
son frère Schmuel, qui avait abandonné le progrès
social pour Dieu, l'attendrait. Il mettrait les choses au
point avec lui. Il l'aiderait à sortir d'une voie mauvaise
et fausse. Comment pouvait-il être devenu religieux
avec ce qu'il avait vu et enduré là-bas ? Etait-il possible
qu'un Dieu juif ait permis que son peuple soit brûlé
en Allemagne nazie ? Schmuel avait perdu la raison
après Auschwitz et était devenu réactionnaire.

Je lui expliquerai. Il comprendra. Nous lutterons
ensemble pour un monde meilleur.
Les hommes. La faute des hommes uniquement.
Non, pas seulement les hommes. La société. Les
magnats allemands. Les rois de l'industrie lourde
voulant faire tourner la machinerie de guerre. Calmer
les millions de chômeurs affamés. Les tromper. Leur
désigner l'ennemi héréditaire. Les transformer en hor-

des de bouchers sanglants, dégoulinant du sang de leurs victimes.

Krupp. Siemens. Vansee 1942. Zyklon B.

La culpabilité du peuple allemand ?

Yankel restait perplexe. Morale ou lutte des classes. Les Français n'avaient pas tellement rechigné, après tout. Yankel doutait. Sauf pour les rabbins. Ils avaient embobiné leurs fidèles qui, à cause d'eux, avaient minimisé la volonté d'extermination des nazis (Mais de toute façon, où auraient-ils pu aller ?) ou bien avaient interprété celle-ci comme un ultime châtiment divin précédant l'arrivée du Messie. Avec le communisme tout s'arrangerait vraiment, récitaient les copains au local de réunion. Mais la société idéale était manifestement encore lointaine.

« Les dernières nouvelles de demain » s'annonçaient plutôt mauvaises, selon Geneviève Tabouis. Geneviève Tabouis, une véritable réactionnaire qui clamait encore sa haine des bolcheviques dans un langage dépassé. Mais quand même, le procès des blouses blanches, l'affaire Slansky, l'extermination des intellectuels juifs en Union soviétique, ce n'était pas rien ! Louba exagérait un peu, avec ses complots de la CIA et la guerre froide. Ah !... Yzy avait beau jeu de la ramener maintenant. Sur Israël, on pouvait encore discuter, mais sur la vie de milliers de Juifs ? Et si Staline était un immense assassin, comme Hitler ?

— Yankel, qu'est-ce que tu dis de cela ? Ils ont bien tous disparu chez Staline, les écrivains qu'Hitler n'a pas réussi à tuer. Tu ne vas tout de même pas dire le contraire. Où sont-ils passés ? Un jour, ils étaient les plus grands artistes socialistes et le lendemain, on les a tous liquidés. Oui ou non ?

Yankel hochait la tête en silence.

C'était vrai, on n'avait plus de nouvelles des écrivains juifs soviétiques. Mais n'était-ce pas simplement le silence du rideau de fer imposé par les Américains ? Un vrai communiste, comme Staline qui avait écrasé le nazisme, pouvait-il avoir exterminé ses frères de combat ? C'était totalement impossible.

— Yzy, dis-moi. Qui va se promener là-bas aujourd'hui ? Est-ce qu'on sait vraiment ce qui se passe ? Tout ça n'est sans doute que de la propagande impérialiste. Parce que, aux Etats-Unis, tout le monde peut voir chaque jour ce qui arrive.

— Oui, justement Yankel, on sait ce qui s'y passe. N'importe qui peut aller voir, et toi le premier.

— Tout le monde ! Mais tu rigoles, mon pauvre Yzy, tu rigoles. Si tu es communiste, on ne te donnera pas de visa d'entrée aux Etats-Unis. Même si tu es sympathisant, d'ailleurs. Par contre, les Russes ont acclamé le TNP qui a joué partout en URSS devant des centaines de milliers d'ouvriers !

Est-ce que Jean Vilar et Gérard Philipe étaient rentrés de Moscou en racontant qu'on persécutait les intellectuels ? Les spectateurs soviétiques du TNP s'étaient-ils plaints de Staline à leurs visiteurs ? Non ! Pourtant, ils les avaient rencontrés en toute liberté ! Rivka opinait du chef, pour soutenir son mari. Si des hommes comme Jean Vilar et Gérard Philipe, qu'elle avait vu jouer le prince de Hombourg au théâtre de Chaillot, se rendaient en Union soviétique pour y travailler, on pouvait leur faire confiance.

Jean Vilar, Gérard Philipe. Des dieux, des grands artistes qui avaient franchi le rideau de fer et qui étaient rentrés émus par leur voyage. C'était écrit en toutes lettres dans *Femmes françaises*. Yzy s'étranglait de colère. Les Russes n'étaient qu'une bande d'assassins qui cachaient bien leur jeu.

— Tu verras, Yankel, je te l'aurai dit. Un jour, tu

apprendras que Staline valait Hitler. Un point, c'est tout.

C'était le monde à l'envers, alors !

— Mais qui fait régner la guerre froide, Yzy je te le demande ? Les Russes se défendent, parce qu'on veut les détruire. Et qui veut les détruire ? les Américains. Et l'Amérique alors, parlons-en ! McCarthy persécute les intellectuels, tout le monde le sait, et tu accuses l'Union soviétique. Tu as entendu la dernière nouvelle venant d'Amérique, Yzy ? Redescends deux secondes sur terre ! Est-ce que tu as seulement entendu ce qui vient d'arriver ? Les Rosenberg, ça te dit quelque chose ? Julius Rosenberg, ça ne te dit rien du tout ! Alors tu vois. On ne parle pas quand on ne sait pas.

Et Yzy, roulant encore des yeux incrédules, feignit d'ignorer qu'on avait arrêté deux Juifs dans sa chère Amérique et qu'on les accusait d'espionnage au profit des Russes.

C'était certainement un complot de la CIA, Yankel n'en dormait plus.

— Yzy, qu'est-ce que tu dis de ça ? Dans ton Amérique, on arrête deux Juifs, simplement parce qu'ils sont communistes, on persécute les innocents sans preuves et ça ne te fait rien !

— Sans preuves, qu'est-ce que tu en sais ? En tout cas, ils aiment les Russes, c'est toi qui viens de le dire. Eh bien, ils n'ont qu'à y aller chez leur cher Staline, s'ils y croient tant. Ils verront. D'ailleurs, on ne les a pas encore tués. On les juge, c'est normal. En Tchécoslovaquie on les aurait déjà pendus, comme Slansky. Couic ! Qu'est-ce que tu dis de Slansky, Yankel ? Un soir, il est ministre, le lendemain, on l'arrête avec un tas d'autres Juifs, et quelques mois plus tard, ils se balancent tous au bout d'une corde. Pas mal, non ?

— Ne fais pas d'anticommunisme primaire. Slansky avait peut-être quelque chose de sérieux à se reprocher.

— Alors tous les Juifs du gouvernement Slansky étaient des espions de la CIA. Si Slansky travaillait pour les Américains, pourquoi ton Julius Rosenberg ne travaillerait-il pas pour les Russes ?

— Et la chasse aux sorcières, et la commission d'enquête sur les activités antiaméricaines ?

Au fond Yankel commençait à être chiffonné, mais il n'osait pas le dire. Apeuré, triste, Yankel se méfiait de tout. De la France démocratique et de l'Argentine. L'Argentine était, au fond, trop proche de l'Amérique. Tant pis pour les machines, les tissus vendus, les clients perdus. On repartirait de zéro, on rachèterait tout. Tant pis pour les passeports tout neufs, les certificats de vaccinations, les tickets roses rangés dans son portefeuille. On resterait là.

III

Ils restèrent. Se remirent au travail. Fabriquèrent une collection d'hiver, en plein mois d'août. On transpirait dans l'atelier envahi de nouvelles pièces d'épais lainages entassées le long des murs, avec les vapeurs du fer à gaz, le moteur des machines qui faisait vibrer les carreaux des hautes fenêtres nues, ouvertes sur la cour secouée par les énormes métiers à tisser des canuts s'enfonçant insensiblement dans les parquets. La TSF ajoutait à ce vacarme, elle s'y fondait, épouvantable. Qui aurait d'ailleurs consenti à s'en passer ? Sans doute pas Gratchok. Elle ne pouvait tenir son aiguille sans la compagnie de Frankie Laine ou de Bing Crosby. Elle gloussait à l'unisson quelque chose qui ressemblait à un râle de mourante. *Aï bilie fo you !* *Aï bilie fo you !*

Hanah, qui balbutiait maintenant l'anglais, ricanait, mais pas suffisamment pour décourager Gratchok. Elle savait bien ce qu'elle entendait, tout de même ! La radio lui faisait oublier qu'elle aurait pu se bronzer sur les pelouses de Lyon-Plage, au lieu de doubler des manteaux chez son oncle Yankel. Il avait renoncé sans regrets à l'Argentine qui finirait tôt ou tard par devenir un autre enfer capitaliste.

Quant à Israël ! Tout le monde en disait beaucoup de bien. En ce temps-là. Ces Juifs qui sortaient des camps de concentration avaient tout de même bien du courage de cultiver des champs de pierres et de mettre la pile aux Arabes (tous des bougnoules). Yankel approuvait ce concert de louanges, il était de tout cœur avec ses frères, mais pensait qu'à tout prendre, il était plus aisé de fabriquer et de vendre des manteaux d'hiver en France. Là-bas, les tailleurs devenaient aussi nombreux que les cailloux, la concurrence terrible et le marché trop petit.

Puisqu'ils restaient, ils engagèrent une *bonniche* dénommée Fleurine. La sœur de Marinette que Rivka avait installée dans la soupente, parce qu'il n'y avait pas de place pour elle ailleurs et qu'elle ne sentait pas très bon. Une sorte d'odeur sure de lait caillé qui répugnait à Hanah. Qu'y pouvait Fleurine débarquant d'une ferme de Saône-et-Loire, obligée de faire la bonne chez les Rosenfeld et de dormir dans leur soupente ? Rien. Elle soupirait en écoutant Luis Mariano et André Claveau. Heureusement Marinette, qui avait de l'instruction, un diplôme — son brevet élémentaire —, leur montrerait, à ces Rosenfeld, que Fleurine, toute *bonniche* qu'elle fût, n'avait rien à leur envier. Marinette enseignait l'alphabet dans un pensionnat catholique égaré en pleins champs, du côté de Fleurieux. On la disait vierge à trente-cinq ans, elle était assez laide, en tout cas, pour décourager la hardiesse de ses timides confrères d'internat. Elle demeurait donc pure, savante et solitaire. Sans admirateurs. Même Rivka lui refusait la considération qui lui était due, parce qu'elle avait également décroché — mais comment était-ce possible — le brevet élémentaire.

— Madame Rosenfeld, ça ne peut pas être le même

brevet que ma sœur, puisqu'elle est professeur et vous, commerçante.

— Mais non. Pas professeur, institutrice. Et pas titularisée ! Et pas dans une école d'Etat. Chez les sœurs, où l'on accepte n'importe qui du côté des enseignants comme du côté des élèves. Vous savez bien qu'il n'y a que des cancres dans les écoles à curés. Les bons élèves vont à la communale laïque et gratuite. On paie quand on est mauvais, voilà tout.

Fleurinette, qui n'en foutait pas une rame, ne se donnait pas la peine de répondre. La patronne pouvait dire tout ce qu'elle voulait, c'était certainement des mensonges. La patronne avec ses combinaisons en soie, ses blouses, ses chemises de nuit, méritait bien qu'on la vole. Fleurine n'avait pas de raison de se priver. Le patron, ce coureur, en rachètera bien d'autres pour se faire pardonner ses coucheries avec cette garce de Mme Rambinaud, la finisseuse. Cette garce-là, une vraie salope mariée qui se vautrait dans le lit de M. Yankel, derrière le dos de la patronne. La patronne. Mais à quoi elle pensait donc, celle-là ? Tout le monde savait, et elle, pas du tout. Elle n'en avait que pour le boulot et ses mioches, au lieu de penser à son bonhomme qui cavalait avec une traînée. Mais qu'est-ce qu'il lui trouvait, ce vicieux, à cette Rambinaud de merde ? Et elle, qu'est-ce qu'elle espérait ? Des culottes en soie, comme la patronne ? Pour avoir des belles lingeries en soie, elle n'avait pas besoin de coucher avec M. Yankel, elle piquait directement dans l'armoire de sa dame. Elle aurait eu encore bien des choses à dire. Ah, ce n'était pas beau à voir tout ça ! Les hommes, quelle bande de cochons ! Tous les mêmes. Ils vous proposent le marida, et après, ils se dépêchent de cavaler après la première poule venue. Ce salaud de patron, il ne la regardait même pas. Et pourquoi ? Est-ce que je ne suis pas aussi bien que cette saloperie de Rambinaud ?

Je la vaus bien tout de même, je la vaus bien. Et puis cette idiote de patronne qui m'embête et qui ne me laisse pas lire. Et si j'ai envie de lire *Nous Deux*. Si j'aime *Nous Deux*, ça ne la regarde pas, quand même. Elle ferait mieux de s'occuper de ses fesses, plutôt que de m'enquiquiner pour un journal. Elle dit que ça peut abîmer ses mômes. Comme si la plus grande n'était pas déjà au courant de tout et vicieuse comme son père, par-dessus le marché.

— Fleurine je vous interdis d'apporter un journal comme *Nous Deux* à la maison. Vous m'avez comprise. Pas de ça chez moi. Achetez-vous des livres.

Des livres. Elle m'emmerde celle-là. Des livres. Alors, je ne peux plus regarder mon horoscope et l'adresse des dancings où je pourrai rencontrer un fiancé et danser le paso. Elle peut courir, j'achèterai *Nous Deux* toutes les semaines et je le cacherai sous mon matelas, voilà. Et je trouverai un fiancé, même si je n'ai pas les cheveux en cascades comme leur nièce.

Ce n'est pas sûr que les hommes aiment tous ça. Il en faut pour tous les goûts. Il n'y a que pour Marinette que je me fais de la bile. Parce que même avec son diplôme et sa situation, elle n'est pas jojo. Je lui trouverai peut-être un retraité un peu âgé dans les petites annonces.

Je regarderai quand cette morveuse, cette Hanah — je sens que je vais me tirer à cause d'elle — ne sera pas là.

— Fleurine, je sais que tu lis *Nous Deux* en cachette et je peux même te dire où tu le caches ! Sur le buffet de la cuisine.

— Si tu vas moucharder, je te donnerai une bonne calotte.

— Si tu me donnes une calotte, je le raconterai à mon père !

— Ton père, j'men fous, ta cousine c'est une allumeuse et ta mère... je préfère ne rien dire, allez !

— Va essuyer ta morve, Fleurine, sinon, tu ne trouveras jamais de mari pour te faire cocue !

Grâce à Rivka, l'atelier s'agrandissait, envahissant lentement l'immeuble, avec l'approbation de la bouchère et du boucher, les propriétaires de l'immeuble. M. et Mme Fayette s'empâtaient avec les années dans l'odeur du sang et des latrines insalubres.

Dès qu'un locataire quittait ce lieu ignoré de Dieu, Rivka déboulait les escaliers pour négocier avec la grosse Fayette qui l'attendait déjà.

— Madame Rosenfeld, vous voilà donc ! Mais qu'est-ce qui vous amène ? Ce n'est pas la Fleurine qui descend ce matin. Elle a peut-être un petit embarras, elle est peut-être indisposée ?

Indisposée ? Hanah subodorait quelque chose de louche et d'inavouable. Mais elle n'espérait plus le secours de l'Encyclopédie Larousse pour éclairer sa lanterne.

— Qu'est-ce que je vous donne, madame Rosenfeld ? Du bon bouilli de ce matin qui sort juste de la marmite, ou c'est autre chose qui vous amène ?

La vendeuse de cadavres asticotait, pour la forme, sa meilleure locataire. Pensez donc, à la longue, la maison serait complètement rénovée. Il ne fallait pas compter sur les pauvres pour que ça change. Mme Rosenfeld parlait même de mettre des vrais waters dans sa maison. Ce n'était pas rien, tout de même.

— Je viens pour l'appartement du premier. On pourrait en faire une réserve de tissus, comme ça les petites pourraient avoir leur chambre. Vous comprenez ?

— Ben oui... Je vois. Mais c'est qu'on me l'avait déjà demandé avant, vous voyez madame Rosenfeld. Je ne voudrais pas vous embarrasser...

— Je comprends, mais on pourrait s'arranger toutes les deux, madame Fayette. Est-ce que vous avez déjà votre manteau pour cet hiver ?

— Ben non, justement, je n'en ai pas et pas de robe bien chaude non plus. Va falloir que je monte là-haut pour jeter un coup d'œil, vous voyez ce que je veux dire...

— Alors c'est entendu, on s'arrange comme ça. Montez donc ce soir pour faire prendre vos mesures et choisir un tissu. Ce sera plus agréable que de prendre quelque chose dans le rayon.

— C'est entendu comme ça, madame Rosenfeld, c'est entendu comme ça. On ne va pas discuter des heures, pas vrai ? Pour l'appartement, prenez donc les clefs tout de suite, comme ça ce sera fait. On parlera du loyer plus tard, parce que je dois vous dire que je vais vous faire une petite augmentation. Autrement je ne m'en sors plus. Pensez donc, avec les impôts, vous en savez quelque chose vous aussi. Je suis obligée, madame Rosenfeld, je suis obligée, sinon, je ne gagne plus un sou là-dessus.

— Mais madame Fayette, tout est en ruine là-bas dedans. Vous n'avez qu'à venir jeter un coup d'œil, vous vous rendrez compte par vous-même. On passe à travers le plancher à certains endroits. Si je prends votre local, je fais couler une chape de béton par terre et je remets tout à neuf. Et croyez-moi, c'est vous qui y gagnerez. Réfléchissez jusqu'à ce soir.

— Madame Rosenfeld, d'habitude on finit toujours par s'entendre, alors on s'entendra. Faites donc installer un évier et une douche. Vous savez que je ne peux pas vous signer un bail commercial. Je ne voudrais pas que les mauvaises langues aillent raconter des histoires dans toute la Croix-Rousse. Je ne sais déjà plus quoi dire aux locataires qui se plaignent du boucan que vous faites la nuit avec vos machines. D'ailleurs, il faudrait bien trouver une solution, parce qu'on va finir par se faire taper sur les doigts un de ces quatre matins. Ce n'est pas moi voyez-vous, mais les gens qui causent et on ne peut pas les empêcher de causer. C'est la vie !

Puisque la grosse Fayette lui avait déjà donné les clefs, Rivka pouvait bien écouter ses sottises et lui couper un fantastique manteau — blindé de toile tailleur toute raide — en poil de chameau. La poitrine ainsi armée, la mère Fayette ne laissait pas de sourire. Les Rosenfeld étaient tout de même de braves gens. Ils achetaient, mangeaient sa viande, rénovaient son immeuble croulant, payaient de bons loyers et lui fabriquaient gratuitement sa garde-robe. Une affaire, quoi ! Bon, c'étaient des Juifs, les autres locataires ne les aimaient pas. Mais ils n'avaient qu'à trimer aussi dur qu'eux, s'ils voulaient s'enrichir.

Les Juifs sont peut-être juifs, mais il n'y a pas à dire, ils sont travailleurs. D'accord, ils sont travailleurs parce qu'ils aiment l'argent. Mais on n'y peut rien, ils ont ça dans le sang depuis des éternités. Ce n'est pas demain qu'on les changera. Ceux-là, ils seraient même plutôt gentils, il faut reconnaître. Alors je ne m'en plains pas.

La grosse Fayette étrenna ses frusques neuves avec un long soupir, les pièces de tissus descendirent un étage. Les petites avaient leur chambre, enfin. Fleurine resta dans sa soupente, ruminant de sombres complots.

M. Yankel s'en va sauter des poules et ne me regarde même pas. Il va voir, celui-là. Je vais lui apprendre. Je vais tous leur apprendre, à ces Rosenfeld. Qu'est-ce qu'ils se croient, ceux-là ? Ma sœur va leur montrer, elle est instruite, elle leur dira en face tout ce qu'il y a à dire. Et moi, je ne vais pas faire long feu dans cette baraque pourrie. Ces deux morveuses à qui je dois beurrer des tartines, je ne peux pas les souffrir, surtout la grande. Une chipie, cette chipie. Voilà ce qu'elle est. Je vais lui apprendre à elle aussi. Non mais des fois !

— Ton père, ma petite, c'est un sacré vicieux si tu veux savoir...

— Pourquoi mon père c'est un vicieux ?

— Tu veux savoir ? Il m'a frôlée. Il en voulait même plus. Il n'arrête pas de me frôler. S'il continue comme ça, je raconte tout à ma sœur et à ta mère. Ça ne va sûrement pas se passer comme ça. C'est moi qui te le dis.

Mon père est un vicieux. Il a frôlé Fleurine. *Il en voulait même plus ;* derrière le dos de maman. Mais il en a frôlé d'autres avant elle, je le sais. Qu'est-ce qu'on doit penser au sujet d'un père qui frôle des femmes et *qui en veut plus ?* Papa Yankel plaît aux femmes qu'il frôle, parce qu'il porte de belles chemises, des cravates en soie, des boutons de manchettes plaqués or, des chaussures en daim à semelles de crêpe. Le matin, c'est moi qui choisis pour lui. C'est lui qui me le demande. Je le fais, j'aime.

— Hanah, c'est toi qui as tout choisi pour ton père ce matin. Est-ce que tu as vraiment bon goût ? Une fille doit aider son père à bien s'habiller et lui obéir, toujours. Tu comprends ou tu ne comprends pas ?

Je comprends. Mon père Yankel est un homme très élégant quand il quitte sa table de coupe et la maison, pour frôler des femmes. Il revient toujours avec des fleurs pour Rivka, mais il en achète aussi pour les autres. Une fois, il a mis de l'argent dans ma main, avec une petite enveloppe et m'a expédiée chez la fleuriste.

— Tu achètes douze roses et tu donnes l'enveloppe à la dame. Et surtout, tu ne dis rien à ta mère. Tu sauras te taire, Hanah. Schlemazel !

Je savais me taire. J'ai acheté les fleurs, j'ai ouvert l'enveloppe. C'était pour Mme Rambinaud, la finisseuse. Une vraie poule. Comme Marie-Vache. La même chose.

Papa Yankel envoie des fleurs aux femmes, quand il veut les frôler et encore plus. Il n'y a pas de quoi se vanter. Un jour, la Fleurine ira tout raconter ce qu'elle sait à Rivka. Ça va faire du joli ! Fleurinette, elle sent la chevrette et Mme Rambinaud l'eau de Cologne que lui offre mon père. Ce vicieux. Dans les poches de Yankel — mon père —, dans sa valise à littérature, un tas de papiers imprimés avec des petits trous. Il les cache ici après avoir regardé quelque chose sur les chevaux dans le journal. Une histoire d'argent. De l'argent pour acheter des fleurs et des chemises en soie pleines de dentelles à des femmes que je ne connais pas. Qui montent dans sa voiture. Qui s'assoient là où je m'assois, pour se faire caresser. Par Papa. Les filles du collège Morel n'ont pas des parents comme les miens qui ne m'attendent jamais devant la porte, le samedi. Autre chose à faire, ils ne viendront jamais. Personne ne le verra. Rivka se moque bien de perdre son temps avec les professeurs.

— Le travail seul parle pour toi, ma petite. Ta mère n'a rien à voir là-dedans.

Et si les professeurs et les filles de ma classe apercevaient, un jour, Yankel avec son complet à rayures tennis et sa cravate en soie, dans sa belle auto noire, place Morel ?

C'est impossible. Ni Yankel ni Rivka ne viendront.

Samedi, Rivka débarque devant les cheminots de la gare de Perrache avec ses derniers cartons de manteaux.

— Vous allez vous esquinter les mains, ma petite dame. Laissez-nous poser vos colis sur la balance. Nous sommes là pour ça, après tout.

Des cheminots qui pensent aux mains de Rivka et Yankel qui s'en moque. Il ne lui descend pas les paquets dans la voiture. Il songe à la littérature, à la politique, aux femmes à qui il achète des fleurs, aux chevaux qui rapportent parfois de l'argent.

Yankel mon père, Rivka ma mère, je ne vous rapporterai pas la grande photo sur laquelle on voit les filles du lycée habillées en communiantes, autour du professeur de mathématiques. Les filles de la classe. Une belle brochette blanche immaculée, française, catholique. Pas moi. Ni Yankel ni Rivka. Madame le professeur de français vient de me le signifier. Soit. Hanah Rosenfeld manque de respect pour la langue française. Mais bien involontairement. Est-ce une raison suffisante pour balafrer sa copie d'un « est-ce que vos parents parlent le français » indigné ?

Elle reniflait derrière la porte, elle n'avait pas pu retenir ses larmes jusqu'à ce qu'on lui ouvre. Dans le vestibule blafard, elle s'effondra sur Rivka en gémissant atrocement. Guitel, une femme rose, blonde et plantureuse qui pouvait vous renverser dans un couloir, rien qu'en pleurant. Tandis que des grosses larmes rondes comme des perles roulaient sur les joues rebondies de sa tante, Hanah rigolait sournoisement. Maigre, ingrate, ricanante.

— Mais qu'est-ce qui la travaille, celle-là ?

— Ça commence, tu vois. Elle sera bientôt une vraie jeune fille ! Encore une qu'il faudra surveiller de près, si on ne veut pas qu'elle tourne mal. Elle tient de son père et de son grand-père réunis.

Une vraie jeune fille avec des garçons pour me frôler partout. Une vraie jeune fille sans cascades blondasses qui dégringolent dans le dos, qui ne sait pas danser le be-bop, le tcha-tcha-tcha, une vraie jeune fille nulle pour le houla-hop et le cinéma.

Avec des gros nénés, je ferais du ciné comme Gina Lollobrigida. Je serais Esméralda, Gérard Philipe m'embrasserait dans *Fanfan la Tulipe*. Je poserais pour *Ciné Monde* avec Milko Skofic et mon bébé dans les bras, via Appia Antica.

Guitel avait trop de chagrin pour s'asseoir et boire un thé. Elle voulait en finir le plus vite possible, parler d'homme à homme avec Rivka. A l'abri de cette horripilante Hanah. Ne pouvait-on pas s'enfermer dans le bureau calmement ? C'était grave, gravissime. Pas pour les enfants. Hanah fulminait. On lui cachait quelque chose. Rivka poussa le plat de pied en gelée dans le frigo tout neuf et entraîna sa belle-sœur dans la chambre. La targette tourna. Confidences interdites aux merdeuses. Pas si catastrophique, Hanah pouvait écouter derrière la porte, puis s'envoler à temps.

— Rivka, je vais mourir ! On va m'emmener au cimetière. Qu'est-ce que j'ai fait au Bon Dieu ? Qu'est-ce que j'ai fait au Bon Dieu que je respecte de tout mon cœur, dis-moi. *Oï !* Déjà mon mari me détruit la vie avec sa maîtresse, il faut en plus que mes filles s'y mettent ! Est-ce que je n'ai pas assez de soucis ? Vraiment, Rivka, dis-moi, qu'est-ce que j'ai de mon Yzy ? Je vais te le dire. Dix enfants qui gueulent toute la journée et une montagne de chaussettes sales et de slips puants à laver. Rivka, je n'en peux plus ! Je sens que je vais mourir là, tout de suite.

— Mais non, tu ne vas pas mourir, Guitel. Tu dois finir d'élever tes enfants.

— Au secours, Rivka, au secours ! Ne me parle plus de mes filles. Je ne veux plus les voir. Tu ne pourras jamais imaginer ce qu'elles m'ont fait.

— Guitel, dis-moi ce qui se passe. Peut-être pourrai-je t'aider.

Guitel ouvrit la bouche pour se soulager, mais un sanglot s'échappa bruyamment de sa poitrine. Elle reniflait sans fin. Elle qui détestait la morve.

— Guitel, cesse de pleurer ! Tu m'entends !

Elle entendait. Elle devait tout raconter à cette pouilleuse de Rivka. Quelle honte ! Elle aurait voulu disparaître. C'est d'un confessionnal dont elle avait besoin pour tout dévoiler à sa belle-sœur. Elle se calma un peu et commença à parler à voix basse.

Hanah écrasa sa meilleure oreille contre la porte.

— Voilà, Rivka. Ma Zozotte a fait une bêtise. Elle est enceinte. A son âge, tu te rends compte !

— Tu sais avec qui ? Mais elle n'a que quatorze ans, cette gamine-là ! Ce n'est pas possible une chose pareille. Tu es certaine ? Elle t'a tout raconté ? Elle a peut-être cru que c'était ça et elle s'est trompée.

— Non, Rivka, non ! Elle est vraiment enceinte !
Qu'est-ce que je vais devenir. Tu te rends compte une
gamine de quatorze ans avec un gosse sur les bras.
Qu'est-ce que les gens vont dire ? Son père va la tuer.
Rivka aide-moi, trouve quelque chose !

— Combien de mois ?

— Quoi, combien de mois ?

— Depuis quand est-elle enceinte, cette cloche ?

— *Oï*, si tu savais, au moins deux mois !

— Mais elle ne pouvait pas le dire avant, cette
idiote ! Qu'est-ce qu'on va faire ? C'est trop tard maintenant. On risque gros. Pourquoi n'a-t-elle rien dit,
pourquoi ?

— Rivka tu dois comprendre, elle avait peur que
son père la tue. Alors, elle attendait. Heureusement,
j'ai eu des doutes. Elle chialait et se regardait le ventre
dans la glace. Quel malheur ! Mais quel malheur ! Mes
filles veulent la mort de leur mère.

— Guitel, on ne peut rien faire ici avec une môme
de son âge et une grossesse d'au moins deux mois.
Personne ne marchera. On risque la prison, tu le sais ?

— Justement, Rivka, j'ai pensé à la Suisse. J'ai
trouvé une adresse. Mais c'est cher, Rivka, c'est cher
et je n'ai pas le premier sou. S'ils refusent de prendre
ma fille, je me tue.

— Guitel, je peux t'avancer l'argent. Tu me rem-
bourseras quand tu pourras.

Guitel sécha ses larmes et moucha son nez.

— Tu sais avec qui elle a fait ça, par hasard ?

— Oui, je sais. Un goy de seize ans, un paysan.
Voilà ce que ma fille a fait de ses vacances.

— Mais tu ne l'avais pas avertie de ce qui lui
pendait au nez, si elle y touchait ?

— Rivka, je pensais qu'elle était vraiment trop
jeune. J'avais peur pour les grandes, pas pour elle.

— Et ton adresse c'est sérieux, tu as vérifié ?

— C'est une clinique, avec un docteur. On peut être tranquille.

Quand on se fait frôler, on n'est plus *comme ça*. On est enceinte. On attend un bébé. Frôler comment ? Faire une bêtise comment ? Avec un homme, mais comment ?

Guitel sortit du bureau, tamponnant ses yeux rouges avec un mouchoir. Avala sans rechigner son verre de thé et les petits cubes de pied en gelée qui tremblaient sur son assiette.

Puis elle se leva, fourra les billets de Rivka dans son sac et dévala les escaliers.

Fleurine, pleine de rogne, alla se plaindre à Rivka des incroyables familiarités du patron.

— Vous pouvez me croire, Madame, il m'a frôlée. Il a même essayé de me...

Rivka la renvoya à ses affaires et lui donna un premier avertissement.

— Il a essayé quoi ? Fleurine, vous feriez mieux de penser à votre travail. A mes combinaisons par exemple qui, en ce moment, ne retournent jamais dans leur armoire.

Fleurine qui ne croyait pas devoir répondre à la discrète suggestion de Rivka, conserva ce qu'elle avait dérobé dans ses affaires. D'ailleurs, elle ne se souvenait plus très bien. Peut-être bien que les fanfreluches en soie qui peuplaient sa valise lui avaient été offertes par son dernier fiancé. Un qui ressemblait à celui qui était si beau dans le dernier roman-photo de *Nous Deux*. « Chantal, la nymphe au cœur fidèle » passionnait également Hanah qui ne désespérait pas d'apprendre enfin ce qu'avaient à faire ensemble et dans l'intimité, les dames et les messieurs.

Fleurine recouvrit les lits comme une souillon, éplucha les légumes à la va-comme-je-te-pousse, jeta son tablier et descendit à la papeterie. Elle en revint quelques minutes plus tard avec du papier à lettres et des enveloppes. Elle allait tout écrire à Marinette. Ça ne se passerait sûrement pas comme ça.

Ma chère sœur Marinette,

Tu ne peux pas imaginer comme je suis malheureuse chez ces gens. Ces Rosenfeld. Je dors dans la soupente. Tu te rends compte, Marinette, ils m'ont collée là-haut. Et maintenant il y a le patron, un vicieux tu ne peux pas savoir, qui m'a manqué de respect. En plus de tout ça, je me fais tout le temps engueuler. Alors y'en a marre. Surtout à cause du patron qui m'a frôlée. Alors Marinette, viens tout de suite me voir un jour où tu n'as pas classe. Dis-leur que tu sais tout et que je veux des excuses devant tout le monde. Ils vont voir. Non mais des fois !

Ta sœur qui t'aime et qui pense à toi

Fleurine.

P.S. — Je vais voir les parents à la fin de la semaine, viens aussi, qu'on parle.

Les choses avaient très mal tourné pour Ethel et Julius Rosenberg. Leur juge, Irving Kaufmann, après avoir « cherché et pesé », avait prononcé une sentence de mort contre les deux accusés qui persistaient à se prétendre innocents, malgré le témoignage de leur propre parentèle qui les lâchait. Ainsi David Greenglass, le beau-frère de Julius, avait-il confirmé que toute la petite famille avait bien volé les secrets atomiques américains pour les donner aux Russes. A cause d'eux, des millions de vrais Américains risquaient un Hiroshima soviétique. Aux Etats-Unis, les bons citoyens ne manquaient pas qui rêvaient de voir les Rosenberg griller sur la chaise électrique.

Yankel ramassait chaque matin l'*Humanité* dans la boîte aux lettres, le front soucieux et Hanah, terrifiée par la chaise électrique promise à deux Juifs, l'écoutait commenter les événements.

— Rivka, cette histoire va mal finir. Les Rosenberg sont juifs, et les Américains aussi antisémites que les autres. Il n'y a pas un endroit tranquille pour nous sur cette terre.

— Yankel, ils sont innocents. La vérité finira pas éclater. Le président américain n'osera pas les faire exécuter, il les graciera au pire des cas. Le monde entier est contre le verdict, tout finira par s'arranger, ne t'inquiète pas.

Quand Hanah parla de l'affaire au collège Morel, les filles de la classe la regardèrent avec stupéfaction et lui répondirent avec mépris qu'elles se foutaient pas mal des Amerloques. Elles demanderaient à leur père qui étaient ces gens au nom bizarre qui donnaient du souci à Hanah Rosenfeld.

La réponse tomba le lendemain à l'heure de la récréation de la bouche de Georgette Lhuillier.

— Tes Rosenberg sont des espions russes, des communistes, des sales youpins comme toi.

126

Hanah demeura silencieuse dans sa chambre aux persiennes baissées. Murmurant pour elle-même : « Sale youpine. Je ne dois pas les laisser dire. Jamais. Si je le racontais à Rivka, elle irait se plaindre chez la directrice et tout le monde saurait. Et me regarderait. Les filles penseraient " c'est une sale youpine et sa maman aussi ". Je ne raconterai pas. Ni à Rivka ni à Yankel. Ils auraient de la peine. Ils ne me croiraient peut-être pas. La France est le pays de Victor Hugo et d'Emile Zola. Hanah divague. Ils diraient " Hanah divague. Ce n'est pas une petite fille équilibrée. Des histoires folles la tourmentent et elle les croit vraies. " »

Je ne parlerai à personne.

Et si Georgette Lhuillier recommence ? Elle va recommencer, c'est sûr. Elle est grande, elle est forte. Yankel a dit « il faut toujours répliquer ». Répliquer, c'est être méchante aussi. Je dois faire du mal. Comment ? Je lui ferai du mal, je lui ferai du mal. Je vais la cogner. L'esquinter. A coups de pieds, à coups de dents, à coups d'ongles. Elles verront toutes. Et si je ne suis pas la plus forte, si elle me renverse par terre, me piétine en criant « j'ai écrabouillé une communiste qui défend les Rosenberg, des sales youpins comme elle » ? Au lieu de pleurer, je vais la foutre en l'air, par surprise. Papa Yankel, Rivka je vous le promets. Je ne serai pas une mauviette, une empotée. « Un Juif ne doit plus jamais se laisser insulter par un goï. » Promis. Mais j'ai la trouille. Et j'ai honte. Pourquoi honte ? Je ne sais pas pourquoi. Je ne peux pas vous répondre. Papa Yankel, tu dis « tous les hommes sont égaux ». Ce n'est pas vrai. Pas ici. Est-ce que je suis un « homme ». Est-ce que je ne suis pas...

Je vais lui casser la figure. Elle pensera encore sale

youpine, mais pour elle-même, elle ne le dira plus jamais.

Depuis que Zozotte, sa sœur, était rentrée saine et sauve de Suisse — sans que le Papa en sache rien —, Gratchok avait pris de grandes résolutions qu'elle entendait respecter.

Premièrement :

J'ai de la chance, parce que je suis encore *comme ça*. Et je resterai *comme ça* jusqu'à mon mariage. Même si je ne me marie pas.

Deuxièmement :

Je n'irai plus à la salle, ni au *Comœdia*. Ça fait de la peine à la Maman et ça fait mauvais genre.

Troisièmement :

Je ne me marierai pas avec un goï. Ça ferait aussi pleurer la Maman qui ne veut toujours pas laisser monter le plombier de ma sœur Léah à la maison.

Quatrièmement :

Je vais devenir quelqu'un, pour trouver un bon mari. Je demanderai à Tatan Rivka de me payer des cours d'art dramatique, je deviendrai une grande artiste. Je me marierai avec un homme Beau-o-o-o !

Cinquièmement :

Je ne me baladerai plus jamais avec mes sœurs. Surtout pas avec cette lolotte de Léah qui se retrouvera comme Zozotte, si elle continue avec son Dédé. Et là, la Maman ne fera rien pour elle. Elle les a toutes prévenues, mes frangines. Si elles vont encore traîner la nuit dans des dancings, elles reviendront enceintes, un jour ou l'autre. D'ailleurs, la Maman n'a pas d'argent et Rivka c'est terminé aussi. On ne pourra pas compter sur elle une autre fois.

Sixièmement :

Je vais surveiller mon petit frère qui est devenu un vrai voyou. La Maman l'a mis en pension, parce que le Papa ne rentre pas souvent dormir et ne s'en occupe jamais. Henri passe ses dimanches après-midi à courir dans les rues avec des petits Arabes.

En rentrant à la fin de la semaine de sa pension, il hurle comme un fou.

— Ta pension, maman, c'est dégueulasse ! Alors le dimanche je veux retrouver mes copains et aller au cinéma. Donne-moi des sous ! Donne-moi des sous pour aller au cinéma voir *la Tunique* en technicolor, place de la Croix-Rousse ! Y'a Victor Mature. Je veux voir Victor Mature, maman, merde alors !

La Maman allait s'évanouir quand elle a entendu merde. C'était fini pour l'argent.

— Un fils ne parle pas comme ça à sa mère ! Tout ça, c'est la faute à son père qui ne s'occupe pas de lui. Quelle honte, mais quelle honte ! Qu'est-ce que j'ai fait au bon Dieu pour mériter ça...

Mais Henri ne s'est pas démonté. Il est parti en claquant la porte. Et a dix heures du soir, il n'était pas encore rentré. La Maman l'attendait à la fenêtre en pleurant et en disant « ces Arabes, ils ont peut-être tué mon fils ! » Et tout d'un coup vers minuit, il est arrivé l'air de rien. La Maman hurlait.

— Je vais le tuer celui-là. Je vais le tuer. Il veut que sa mère meure !

Elle l'a attrapé et lui a mordu la tête.

— Je m'en fous, ça ne m'a pas fait mal !

Il rigolait, parce que la Maman lui avait mordu la tête.

— Je m'en fous, je suis allé au cinéma. J'ai gagné de l'argent tout seul. Bien fait pour toi...

— Et comment tu as gagné de l'argent, qu'est-ce que tu as encore fait. Tu n'as pas été voler, au moins ? !

— Je me suis fait toucher le zizi par un bonhomme dans les cabinets du cinéma. Il m'a donné cinq francs. Voilà !

La Maman allait tomber dans les pommes d'horreur.

— C'est la faute d'Yzy, c'est entièrement sa faute si ses filles se font mettre enceintes par des sauvages, si son fils devient un voyou, un vicieux. Je vais lui raconter, quand il se décidera à rentrer.

Et comme par hasard, le Papa est arrivé juste à ce moment-là et la Maman lui a tout raconté.

— Et tout ça c'est de ta faute, Yzy ! Un père doit s'occuper de son fils. Un point, c'est tout !

Le Papa, tout blanc, ne lui a pas répondu. Il a sorti sa ceinture pour dérouiller Henri qui a couru se réfugier dans les bras de sa mère. Ils prenaient des grands coups de ceinture tous les deux. Une horreur. La Maman suppliait le Papa.

— Laisse-le, tu vas le tuer. Tu es un mauvais père ! Tu es un mauvais mari !

Après avoir remis sa ceinture, le Papa est parti — sans avoir dit un mot — dormir chez sa Marie-Vache. Et c'était fini pour cette semaine.

Rivka conservait l'espoir que Truman gracierait les Rosenberg, en échange d'une concession spectaculaire : l'aveu de leur culpabilité.

— Ils n'avoueront jamais, puisqu'ils sont innocents,

répondait tristement Yankel. Ils sont fichus et bons pour la chaise électrique. On ne leur fera pas de cadeau en ce moment. La commission des activités antiaméricaines interroge tous les artistes suspectés de sympathie pour le communisme. Tout le monde dénonce tout le monde. On perd son travail d'un jour à l'autre. Ah, elle est belle l'Amérique ! Ah ! ils osent encore parler de sauver le monde libre ! Ils me font rigoler. Non seulement ils ont exterminé des millions d'Indiens, mais ils veulent faire la morale à l'Union soviétique et au monde entier. Ils me font doucement marrer, les Américains !

Rivka et Yankel détestaient tout ce qui venait d'Amérique et principalement son cinéma. Mais la rétive Gratchok ne se laissait pas convaincre pour le cinéma. Elle raffolait des comédies américaines. Ah ! Bette Davis, Judy Garland, Ginger Rogers, Marilyn Monroe ! Oui, elle admirait son oncle et sa tante — des intellectuels — mais elle ne renoncerait jamais aux films américains qu'on projetait au *Chanteclair* et au *Majestic.* Yankel avait beau lui démontrer que ces histoires en technicolor n'étaient que de la médiocre propagande anticommuniste destinée à avilir les masses, elle ne s'en rendait pas compte.

— Gratchok, cesse d'aller voir ces saloperies malfaisantes, tu m'entends ? Le cinéma russe, ça c'est de l'art. Ecoute ton oncle. Il sait mieux que toi.

— Tonton Yankel, je m'embête déjà assez toute la semaine, tu ne vas pas m'empêcher d'aller au cinéma le dimanche après-midi quand même ! Moi, je trouve mes films américains en couleur beaucoup moins ennuyeux que tes films russes. Au moins, ils finissent toujours bien et je n'ai pas le cafard quand je sors.

— Mais ce sont des films réactionnaires !

— Ben tu sais Tonton, qu'est-ce que ça peut faire, moi je vais au cinéma juste pour m'amuser, j'emmène mes petites sœurs et Henri. Tu devrais aller voir *Sous le plus grand chapiteau du monde.* Rien que pour essayer. C'est une vraie merveille. L'acrobate en maillot, tu sais, ce n'est pas une vraie acrobate, c'est une actrice. Comment elle s'appelle déjà ? C'est Debby Reynols, ou un truc comme ça. Elle n'a pas voulu qu'on la double. Elle a appris le trapèze. Tu te rends compte le courage, Tonton ? A cause de ça, j'ai eu peur pendant tout le film. Quelle horreur, si elle était tombée en mille morceaux ! Je me disais, ça ne peut pas se terminer aussi mal, parce que le film serait fini trop tôt.

En plus, j'avais vu Debby Reynols en photo dans *Ciné Monde* et je me disais, si elle est photographiée dans le journal, elle n'est certainement pas morte. Ça serait trop triste.

IV

Une pièce de cinq francs, puis un œuf au plat apparurent sur la poitrine de Hanah. Et ce ne fut pas tout. Elle constata, un peu plus tard, la présence de « quelques fougères » — rares poils frisés sur son pubis. Emerveillée, elle courut annoncer ces découvertes à sa mère. Rivka hocha la tête, puis informa Yankel qui sourit d'un air entendu et satisfait.

— Hanah, tu seras bientôt une vraie jeune fille. Tu ne devras plus te comporter comme un bébé. Tu feras attention avec les garçons. Rivka, tu devrais tout lui expliquer maintenant...

— Et pourquoi ce serait moi ? N'es-tu pas son père aussi ?

— Rivka, je vais te dire une chose. Est-ce que tu penses vraiment que les hommes peuvent raconter des histoires comme ça à leur fille ? Parle-lui, toi. Tu es une femme.

Il déposa un baiser sur le front de Hanah et lui promit une coupe de champagne lorsqu'elle serait effectivement devenue « une petite femme ».

Rivka convoqua sa fille pour un entretien secret

dans la cuisine, le soir même, lorsque sa sœur serait couchée.

— Elle est encore trop petite pour entendre des choses pareilles.

Le cœur de Hanah battait fort. « Des choses pareilles ». Des nouvelles sulfureuses. Elle considéra soudain sa cadette avec un air de supériorité. Dans quelques heures, elle en saurait plus long qu'elle sur la vie, parce qu'elle était sur le point de devenir une vraie jeune fille.

Les vraies jeunes filles se frôlent avec les hommes dans des voitures, ou au *Comœdia*. Elles se font mettre enceintes et ensuite, leur mère pleure et emprunte de l'argent pour leur offrir une clinique. Rien de neuf, Hanah savait déjà tout ça, et même plus. Au cinéma, on voyait les baisers et, dommage, juste au moment où les choses devenaient intéressantes, elles cessaient. Que se passait-il après ? Après les baisers, les amoureux restaient au lit bien sûr. Pour faire des choses qu'on pouvait certainement voir dans les films interdits au moins de seize ans.

Ah ! quelle merveille de pouvoir se glisser dans une de ces salles mystérieuses et tout apprendre sur la manière dont on faisait les enfants au lit. Avec un homme. Gratchok se faisait peloter par Coco Biscuit dans sa voiture. Zozotte avait failli mettre au monde un bébé à quatorze ans. On le lui avait retiré grâce à une opération.

Que me manque-t-il donc pour tout savoir ?

Elle cherchait en vain dans l'Encyclopédie médicale et dans *Madame Bovary* dont Rivka lui avait strictement interdit la lecture. Hanah s'en était clandestinement repue avec ivresse, sans pour autant élucider l'affaire qui la tourmentait. Madame Bovary consentait à suivre son amant Rodolphe dans son lit et se déshabillait. Mais Gustave Flaubert s'en tenait là, et Hanah lui en voulait beaucoup de sa discrétion. Comment parler d'ivresse, quand il dissimulait l'essentiel à sa lectrice assoiffée ? Où trouver le secret de l'énigme ? Hanah avait bien une idée depuis qu'elle avait entendu les grandes de Philo dire pendant la récréation que « la nuit de noces de Mme de Sévigné » était drôlement salée. Dans les classiques Hatier, elle trouva un grand nombre de lettres adressées par Mme de Sévigné à sa fille, mais justement pas celle concernant sa nuit nuptiale. Elle s'imaginait entrant dans une librairie, tremblant sur ses jambes maigrelettes et demandant d'une voix blanche : « Avez-vous la nuit de noces de Mme de Sévigné ? » Le rouge lui montait au front, rien que d'y penser.

Un point restait obscur. Gratchok, qui clamait à qui voulait l'entendre qu'elle était encore *comme ça* et qu'elle resterait *comme ça* jusqu'à son mariage, embrassait des hommes dans leur voiture et se déshabillait totalement. Quelle différence existait-il entre l'attitude de Gratchok et celle de Zozotte ?

Et une autre énigme venait maintenant épaissir le mystère. Tout le monde en parlait, même les femmes qui avaient des enfants. Même Rivka, même Kotouche. Dieu ! Elle aurait aimé paraître assez âgée pour qu'on la laisse entrer dans le cinéma où l'on projetait *les Amants*. Tous les soirs, le *Majestic* affichait complet, le film faisait scandale. Hanah se contentait de la photo qu'elle avait découpée dans *Ciné Revue* où Jeanne Moreau, les seins nus, les yeux clos s'abandonnait dans le désordre des draps. Seulement Jeanne Moreau. Mais comment, il n'y avait pas d'homme ? Son amant, que faisait-il, absent du lit où elle gisait, extatique. Ne serait-elle jamais pareille à cette femme nue, offerte dans un lit. Ah y être, y être ! Elle n'y tenait plus. Lorsqu'elle avait timidement tenté sa chance pour accompagner ses parents et Gratchok à la fameuse séance, ils lui avaient ri au nez.

— Une merdeuse de ton âge ferait mieux d'apprendre ses leçons !

Kotouche était rentrée outrée qu'on puisse montrer « de pareilles choses » au cinéma.

— Mais tu l'as fait un nombre incalculable de fois avec ton mari, lui avait simplement répondu Rivka.

— Et alors ? Tout le monde le fait. Est-ce que c'est une raison pour le montrer au cinéma !

Hanah rôdait, glanait les renseignements, se consumait d'aigreur. Quoi, son sein droit commençait à pousser, quelques poils se tortillaient sur son pubis et on lui interdisait d'aller voir *les Amants*. C'était un peu fort tout de même. Mais ce qui la rendait perplexe était que Gratchok, malgré sa grande expérience, n'avait pas tout compris au film. Elle avait posé une question « idiote » qui avait plongé pendant une heure l'atelier dans la folie. Rivka riait et s'essuyait les yeux avec son mouchoir. Gogos hoquetait.

— Ma pauvre Gratchok tu n'es pas possible. Tu fais semblant ou tu es vraiment comme ça ?

— Mais pourquoi riez-vous tous ! Je n'ai pas tout compris, vous n'avez qu'à m'expliquer, puisque vous êtes si malins ! Je me demande ce qu'elle faisait quand elle était couchée et que...

— Elle était tout le temps couchée !

— Bon, enfin je me demande ce qui se passait quand on la voyait dans le lit en train de soupirer les yeux fermés et que, lui, on ne le voyait plus du tout. Je voudrais savoir où il était passé. Tatan Rivka, arrête de rigoler. Tu n'as qu'à m'expliquer...

Moi non plus, je ne comprends rien. Je ne sais rien. Mais ce soir, après le dîner, j'apprendrai tout. Quand Dinah dormira, je saurai tout. TOUT.

Rivka me donnera la permission d'aller voir *les Amants*. Les hommes s'intéresseront à moi. Et la vie de Yankel, mon père, ne sera plus un secret pour moi.

Le 5 mars 1953, Yankel entra dans l'atelier, l'air catastrophé, et déplia devant lui *l'Humanité* qui avait pris le deuil.

Perte immense pour le socialisme et la classe ouvrière. Société fondée sur la liberté, la réduction des inégalités... Pas de chômeurs. Chaque citoyen pouvant devenir, tôt ou tard, un ministre... Le peuple de Moscou orphelin et sans guide... Détresse universelle.

Papa Yankel en aurait pleuré, c'est pourquoi il demanda à ses ouvriers interloqués d'observer une minute de silence. Les masses françaises devaient témoigner, même par un petit geste comme celui-ci, leur solidarité avec le peuple soviétique. La photographie, sertie de noir, du tyran au visage bouffi occupait toute une page.

Hanah ne ressentait pas vraiment de tristesse, elle ne connaissait le génial Staline que de réputation. La lutte des classes persistait, malgré les explications paternelles, à demeurer une abstraction mystérieuse, incompréhensible. Un seul point des démonstrations impatientes de Yankel l'avait vaguement attendrie : le guide suprême, le stratège sublime avait, par une feinte inouïe, berné les Allemands en signant avec eux le pacte de non-agression germano-soviétique en 1939.

« Il a fait ça pour gagner du temps. La Russie n'était pas prête à ce moment-là pour se lancer dans une guerre pareille, tu comprends ? Mais quand les armes ont été fabriquées et l'armée réorganisée, il leur a montré ce qu'il savait faire, Staline ! Ah, il les a laissé entrer jusqu'à Stalingrad et après, couic, le siège. Voilà comment les nazis ont perdu la guerre. »

C'était peut-être vrai. Pourquoi Yankel aurait-il raconté des mensonges ? Dire la vérité sur les Rosenberg et le Petit Père des peuples, c'était ça le communisme. Oui, sans doute. Mais alors quelle différence y avait-il entre le socialisme et le communisme ? Et si les choses étaient si simples, pourquoi les filles du lycée ne l'acceptaient-elles pas ? Et les ouvriers, qui constituaient la classe ouvrière, pourquoi s'étaient-ils moqués de Yankel, lorsqu'il leur avait demandé de rester silencieux rien qu'une minute, en signe de deuil ? Il en avait été profondément déçu. Les pauvres travailleurs qui s'épuisaient dans son local commercial-familial, n'avaient aucune conscience de classe. Ingrats, aliénés, ignorants. Ils lui avaient même répondu que le défunt était un dictateur et que, bien fait, il était enfin mort. Comme personne ne voulait se taire, ne fût-ce qu'un instant, ce 5 mars 1953, Yankel confisqua la radio de Gratchok qui piqua du nez dans son manteau pour ne pas vexer davantage le Tonton qui avait voulu être plus royaliste que le roi.

La sonnette stridente couina interminablement, la porte de l'atelier s'ouvrit lentement, Marinette apparut.

« Mais fermez donc la porte ! » Ce cri unanime

poussé par les prolétaires ne fut pas entendu par Marinette qui demeura sur le seuil figée dans son vilain petit tailleur en grain-de-poudre anthracite et son chemisier boutonné jusqu'au col. Elle portait sur son chignon un épouvantable chapeau de feutre noir à ruban de crêpe et ses épais bas marron s'enroulaient sur ses jambes pour former une infinité de plis disgracieux. Elle balançait sa serviette et son parapluie au bout de sa main gantée de gris. Marinette, l'austère, la vilaine, la vierge Marinette grimaça, lorsque l'incandescente Gratchok déléguée par Yankel se planta devant elle. Mais que pouvait bien venir chercher ici *une horreur pareille !*

— Je voudrais voir monsieur Rosenfeld, s'il vous plaît !

Quelle voix pointue, quelles lèvres minces et pâles, quelle haleine douceâtre et tiède. Gratchok se détourna précipitamment.

— Tonton Yankel, c'est pour toi. Enfin c'est ce qu'elle dit... Il y a une dame dans le bureau de la Tatan — ouh une horreur — j'ai cru que j'allais tomber dans les pommes, il y a une vraie mocheté qui te demande.

En l'examinant Yankel eut un haut-le-cœur. Comme elle était vilaine, et petite avec ça. Etait-ce possible ? Une femme abandonnée de Dieu. Enfin, s'il y en avait un...

— Vous êtes monsieur Rosenfeld, n'est-ce pas ?

— *Ma voï* — mais oui. Qu'est-ce que vous voulez ? Entrez dans le bureau, je pourrai fermer la porte. Si c'est pour ma femme, elle n'est pas là. Alors attendez. Moi je retourne à ma table, j'ai du travail vous voyez. Asseyez-vous si vous voulez...

— Mais c'est à vous que je suis venue parler, monsieur. Je me présente : Marinette Lacadière, la sœur de Fleurine que vous employez chez vous.

— Ah bon, vous êtes sa sœur. Je n'aurais pas pensé ça. Alors si vous voulez la voir, elle est au troisième étage avec les enfants. Je vous laisse...

— Mais monsieur, c'est à vous que je veux parler ! Je viens vous demander des comptes.

— Quels comptes, quels comptes, ma femme a oublié de payer votre sœur ? Ce n'est rien du tout, elle le fera en rentrant. Il ne fallait pas vous déranger exprès pour ça. Chez nous on paie les ouvriers, vous savez.

Marinette Lacadière tremblait, grinçait des dents, un tic tordait sa bouche. Elle voulait parler, elle allait le faire. Elle lui dirait à ce suborneur, elle allait lui dire là, maintenant.

— Monsieur, je me suis déplacée jusqu'ici pour vous dire combien votre conduite est inqualifiable. Vous avez déshonoré notre nom Lacadière, vous avez déshonoré ma sœur. Vous avez essayé d'abuser d'une innocente sans défense. Je suis devant vous pour vous demander des excuses publiques.

— *Quva* ? Mais qu'est-ce que vous racontez ! Vous n'êtes pas un peu folle, vous ? Votre sœur, je ne l'ai jamais regardée, la pauvre. Elle ne m'intéresse pas du tout. Pas comme vous croyez. Il y a plein de jolies filles dans les boîtes, vous savez ?

— Mal poli, insolent, mal élevé ! Savez-vous à qui vous parlez ? A un membre du corps enseignant, à une institutrice.

— Hi alors, hi alors ! *Quva* une institutrice ? Vous n'êtes pas docteur en philosophie. Une petite institutrice chez ceux qui protègent l'opium du peuple, un point c'est tout.

— Mais monsieur, j'ai mon brevet !

— Elle a son brevet ! Eh bien foutez-moi le camp vite, espèce de brevet ! Mais elle commence à m'nerver celle-là, avec sa sœur et son brevet ! Qu'est-ce qu'elle veut ! Moi je sais ce qu'elle veut, elle veut aider sa sœur, cette imbécile, à fermer sa valise. Qu'elle y aille. C'est au troisième étage.

Marinette et Fleurine Lacadière dévalant en larmes les escaliers heurtèrent sans ménagement Rivka qui rentrait. Les deux filles braillèrent ensemble. L'histoire était complètement impossible. Surtout avec cette laide petite paysanne mal débarbouillée. Yankel était *incapable* d'avoir fait une chose pareille.

— Dites-moi, au lieu d'inventer des fadaises, vous feriez mieux d'être absolument certaine de n'avoir rien emporté qui m'appartenait dans votre valise !

Fleurine meugla à l'injustice. La patronne accusait une pauvre innocente, parce que le mari l'avait frôlée, oui frôlée à plusieurs reprises, elle s'en souvenait parfaitement. Elle n'en démordrait pas. Elle était pure et sans tache, elle n'avait rien volé, Rivka pouvait la croire. Elle irait se plaindre, oui parfaitement, au bureau de placement et pas plus tard que demain. Les Rosenfeld allaient voir ce qui leur tomberait sur la tête ! Elle secouait sa valise en criant, les voisins glissaient une oreille par les portes entrouvertes et, malheur à Marinette, malheur à Fleurine, le contenu coupable de son bagage se répandit sur les marches souillées de l'escalier obscur. Rivka ramassa ses dentelles sans rien dire et les secoua sous les yeux des sœurs Lacadière qui soudain s'enfuirent terrorisées comme si elles avaient eu un escadron de gendarmerie à leurs trousses.

Et Hanah fit comme Yankel avait ordonné.

Tu ne dois rien laisser passer, jamais. Si on t'insulte, tu dois répliquer absolument. Apprends à te faire respecter, ma fille. Ton père, ta mère n'ont pas à te défendre.

Rends les coups comme on te les a donnés. Sinon, il n'y aura pas de fin. Quand tu leur auras montré une fois qu'on ne peut pas te déshonorer, elles auront compris. Une fille juive ne doit pas pleurer, elle doit se battre. Ecoute ton père. Autrement, tout peut toujours recommencer. Et surtout, n'attends rien des autres. Quand on est dans le pétrin, il n'y a personne. Personne. Compte sur tes propres forces, aie des forces. Ne pleure pas comme un schlemazel. Si on te dit « sale Juive », tu cognes. Tu comprends ou tu ne comprends pas ce que te dit ton père ?

Elle avait compris.

Elle se débattait au sol pour ne pas étouffer sous la grosse qui l'écrasait. Elle avait vu Georgette Lhuillier lui foncer dessus, depuis le fond de la cour en criant SALE YOUPINE pour être entendue de toutes.

Je dois la mordre, la mordre jusqu'au sang.

Ses dents s'enfoncèrent dans la chair rose et molle, puis le goût du sang envahit sa bouche, et sa tiédeur, et son odeur douceâtre. Georgette hurlait, mais Hanah ne pouvait plus la lâcher à présent. Il était trop tard. Georgette ne recupérerait pas sa main en pleurnichant. Autour d'elles, on criait, on battait des mains, on laissait faire. Le personnel de surveillance punirait, après, celle qui aurait gagné. On doit prendre le parti des faibles, c'est plus juste.

Je vais lui faire très très mal. Une sale youpine va lui montrer. Je vais lui fermer la gueule, sa grande gueule pour toujours.

De vraies larmes coulèrent sur les bonnes joues de la grosse Georgette qui perdait du terrain à cause de sa main mordue que Hanah ne lâchait pas (la salope), malgré ses coups de pied.

Je vais l'amocher. Toutes pourront la voir. Je vais lui déchirer la figure. Yankel, tu seras fier de moi.

Elle abandonna enfin la main sanguinolente de Georgette terrifiée pour lui balafrer le visage avec ses ongles. De longues stries rouges rayèrent la face congestionnée de Georgette éperdue qui appelait au secours et implorait la pitié. Mais Hanah la scalpa encore d'une substantielle mèche de cheveux avant de s'en aller seule en tremblant dans un silence désapprobateur.

J'ai fait ça. Il ne faut rien laisser passer. Jamais.

Hanah contempla, un instant, incrédule, la grosse en train de se relever. On l'entoura et ses aides l'accompagnèrent à l'infirmerie.

Maintenant, je vais devoir payer. Si j'avais perdu, on ne m'aurait pas consolée. J'ai gagné et je paierai.

Mes filles, écoutez Guitel, votre mère.

Une fille comme il faut, une vraie jeune fille, *une n'honnête fille* doit épouser un bon garçon et peut-être mieux. Je me demande souvent pourquoi une de mes filles n'épouserait pas un docteur, un professeur, un avocat, un rabbin. Un rabbin, je n'ose pas vraiment y penser. Mes filles mangent du jambon dans son papier derrière le dos de leur mère, mes filles prennent le trolleybus le samedi pour aller se trémousser sur des musiques de sauvages au Palais d'Hiver. Mes filles font souffrir leur mère. Pourtant, mes filles sont belles. Enfin — presque toutes ! Pas cette vieille horreur de Sarah-cabinet, ni cette morveuse de Zozotte *qui a fait ça* avec un paysan. Pou ! pou ! pou !

Pour trouver un bon mari, une fille ne doit pas traîner dans les boîtes de nuit et danser avec des sauvages. Une fille à marier doit avoir une bonne réputation et fréquenter des gens sérieux. Vous ne voulez pas m'écouter, vous avez tort ! Un jour, vous viendrez pleurer dans mes bras et vous direz : « Maman, si j'avais su, j'aurais suivi tes conseils et j'aurais aujourd'hui un bon mari avec des enfants. Un bon mari avec un vrai métier. Pas un plombier comme cet idiot de Dédé qui ne montera jamais les escaliers de ma maison tant que je serai vivante !

— Maman arrête de crier comme ça. Moi je suis d'accord avec toi !

Gratchok était d'accord avec la Maman, pas de problème.

— Si tu crois que je vais rester finisseuse chez le Tonton Yankel toute ma vie, tu te trompes. Maman, je trouverai un professeur et il m'épousera. Vous allez toutes voir. D'ailleurs je connais déjà quelqu'un.

Elle avait quelqu'un en vue. Hanah l'aurait juré. Depuis quelque temps, Gratchok prenait des airs mystérieux et ne traînait plus au *Comœdia*. Finis le houla-hop, le tcha-tcha-tcha, adieu les déhanchements sensuels et bestiaux du be-bop. Elle apprenait la valse et le tango. On ne savait jamais, avec un professeur.

Elle connaissait déjà quelqu'un. Qui était-il, comment s'appelait-il, où l'avait-elle rencontré, quel âge avait-il, était-il beau, était-il riche ? Autant de questions auxquelles Gratchok refusait désormais de répondre. Hanah en était pour ses frais. Sa cousine ne confiait ses secrets qu'à Rivka sa complice qui jubilait de voir Hanah enrager. Terminées les confidences, envolés les fous rires. Il était inutile d'attendre Gratchok à la fenêtre et d'agiter les bras en rigolant lorsqu'elle apparaissait. Maintenant Gratchok jouait à la dame et considérait Hanah comme une morveuse qui s'était trop longtemps amusée à ses dépens.

Hanah quémanda l'aide de Dinah dont, grâce à Dieu, personne ne se méfiait.

— Dinah, dis-moi qui c'est. Je veux absolument savoir. De quoi ai-je l'air ? Tout le monde est au courant, sauf moi. Je suis à peu près certaine qu'on t'a mise dans la confidence. Raconte-moi. Je te promets que je serai discrète, personne ne saura rien.

— Ça t'intéresse vraiment ?

— Et comment ! Il paraît que c'est un professeur d'université. Tu l'imagines avec Gratchok ? Ça doit être extraordinaire, non ?

— On ne m'a rien raconté, mais l'autre jour j'ai entendu Gratchok dire : « Il faut que je parte, Tatan ! Y'a Kahn qui est là. » J'ai regardé à la fenêtre, il y avait une 403 grise devant la maison. Gratchok est descendue et elle est montée dedans. C'est tout ce que je peux te dire.

— Kahn qui est là ? Kahn qu'é là ? Kahn ?

Kahn dans une très sérieuse automobile grise. Pas

une décapotable rouge, comme les culturistes qui faisaient la fête l'année dernière dans la salle à manger de Rivka. Kahn, ce doit être un Juif. Guitel va pleurer de joie. Enfin une fille qui écoute les conseils de sa mère et qui sera, pour cela, récompensée.

Mes filles, écoutez Guitel, votre mère.

Si vous épousez un goy, il vous traitera un jour de sale Juive. Vous serez étonnée que pour une petite dispute, il vous dise ça... Les choses arriveront comme je vous le dis. Les goyim ne nous aiment pas, même s'ils dansent des javas de sauvages avec vous. Ce sont des sauvages. Pendant la guerre, vous avez vu ce qui s'est passé. Ils ont aidé les Allemands à nous assassiner. Mes filles, écoutez-moi. C'étaient des agents de police français qui sont venus chercher votre grand-père dans cette maison. Pas des nazis de la Gestapo. Pou ! pou ! pou ! Vous savez quoi, mes filles ? Pendant la guerre, il y a eu des maris français qui sont allés dénoncer leur femme à la milice, parce qu'elle était juive. C'est arrivé comme je vous le dis. Aussi, vous devez être raisonnables et suivre les conseils de votre mère. Ce sont de bons, de vrais conseils que vous ne regretterez jamais d'avoir écoutés.

Gratchok croyait la Maman et l'aimait. Elle ne voulait pas la voir pleurer à cause d'elle. C'est pourquoi, elle montait chaque jour dans la voiture de Kahn, après le travail. D'accord, il n'était pas aussi beau, aussi marrant qu'un culturiste, mais il était professeur. Un jour, peut-être, accepterait-il de l'épouser, parce qu'elle était belle — une vraie merveille — et qu'elle était encore *comme ça*. Oui, *comme ça*. Et là-dessus, elle ne changerait jamais d'avis. Elle resterait *comme ça* jusqu'à son mariage. Elle s'en moquait d'ailleurs, les tripotages l'embêtaient plutôt qu'autre chose. Elle avait dit oui de temps en temps, pour faire plaisir. Mais quelle barbe, quelle barbe ! Comment pouvait-on aimer ces choses-là ! Après, on était toute décoiffée et le maquillage était à refaire.

— Plus tard mon tour viendra, mieux ça vaudra.

Rivka haussait les épaules.

— Toutes les filles ne sont pas comme toi, ma petite. Certaines ont le feu au cul et on ne peut rien y faire. J'ai l'impression que ma Hanah sera de cette espèce. Dès qu'elle sera devenue une vraie jeune fille, je vais lui serrer la vis à celle-là. Et si elle ne veut pas filer doux, son père s'en chargera.

Malheureusement pour Hanah, ces alléchantes menaces demeuraient vaines. Depuis le soir où Rivka lui avait « tout expliqué » dans la cuisine, rien n'avait changé. Personne ne la prenait au sérieux. Elle guettait chaque jour la venue de l'événement final qui ferait d'elle une femme à part entière. On lui avait promis, comme pour stimuler sa bonne volonté, le champagne et les petits gâteaux. Hanah avait honte de promener ses chaussettes blanches roulées sur ses chaussures, pour faire jeune fille. Sa poitrine, malgré une première poussée asymétrique et fulgurante, demeurait invisible sous son pull-over. Aucun garçon ne la regardait dans la rue. C'étaient ceux de l'école des Beaux-Arts qui l'auraient le plus intéressée, avec leur blue-jean et leur carton à dessin. Après les cours, Hanah lissait sa frange trop frisée devant son miroir de poche, fourrait ses chaussettes au fond de son cartable et s'aventurait d'un pas hésitant dans la rue de l'école des Beaux-Arts.

Elle attendait devant la porte les garçons qui allaient sortir. Quelle aisance ils avaient ! Quelle coupe de cheveux, quelles chemises à carreaux, quelles bottes à talon ! De vrais artistes quoi !

Si je portais un blue-jean comme eux, ils me remarqueraient certainement. Mais ma mère ne veut pas. Définitivement pas. « Ces horribles blue-jeans de voyous américains, tu n'en auras pas. » Voilà ce qu'elle dit. Quant au soutien-gorge, elle rigole. « On ne met pas un soutien-gorge sur des œufs au plat. Attends ma fille, comme tout le monde. Tout viendra à son heure, crois-moi et tu t'en mordras les doigts. »

Yankel scruta d'un œil méfiant les en-têtes des enveloppes qu'il avait ramassées dans la boîte aux lettres, ce matin-là. Ministère des Armées. Ministère de la Santé publique et de la Population. Rivka lui expliquerait pourquoi deux ministères écrivaient simultanément à Yankel Rosenfeld, né à Radom, Pologne. Lui voulait-on du mal ? N'était-il pas en règle ? Il n'avait rien à se reprocher, la France ne pouvait plus lui nuire. Les fascistes vaincus, rien de terrible ne pouvait advenir. N'était-il pas, après tout, qu'un pauvre émigrant polonais en quête d'une vie paisible ?

— Rivka dis-moi ce que tu penses. C'est bon, ou c'est mauvais ?

— C'est bon et mauvais, Yankel. Voilà : d'abord nous sommes français à partir d'aujourd'hui et Hanah aussi. C'est une excellente nouvelle n'est-ce pas... Mais justement à cause de notre naturalisation, tu es convoqué devant le conseil de révision pour faire ton service militaire. Ils vont t'incorporer, quelle tuile !

— Le service militaire à mon âge ! Ils vont vraiment envoyer à la caserne un homme de bientôt quarante ans qui doit nourrir ses enfants ? Je ne peux pas le croire. Qu'est-ce que je vais faire à l'armée avec des gamins de dix-huit ans ? Moi, je vais leur parler au conseil de révision. Je vais leur raconter comment je me suis engagé volontaire pendant la guerre. Je vais leur dire comment l'armée française a refusé un Juif polonais, quand c'était le moment. Je vais leur expliquer comment les Polonais, ces antisémites, ont préféré me réformer plutôt que d'avoir un soldat juif dans leurs rangs. Et tu sais, Rivka, j'ai eu vraiment de la chance, parce qu'au début les Polonais avaient juré de m'assassiner ! Maintenant que je suis vieux, on veut faire de moi un soldat. Je n'irai pas faire le guignol en Algérie tout de même ! Yankel Rosenfeld n'a jamais été un colonialiste !

— Yankel, tu ne pourras pas y couper, même s'ils t'envoient en Algérie. Nous voilà beaux. Il ne me reste plus qu'à chercher un coupeur pour te remplacer. S'ils te mobilisent tout de suite, tu auras à peine le temps de le mettre au courant.

— Pour quand m'ont-ils convoqué ?

— La semaine prochaine.

— *Oï vaï*, je ferai mon devoir.

A partir d'aujourd'hui, je suis française comme les autres. On n'écrira plus sur mes copies « est-ce que vos parents sont français ». Et si on l'écrit quand même, je répondrai « et comment ! » Les filles n'oseront plus me traiter de... Si, elles pourront, presque rien n'est changé. Je suis la seule et lorsque Dinah viendra, nous serons deux pour leur casser la figure. Deux pour abîmer Georgette, la grosse. Dinah, viens ! Depuis que j'ai scalpé et rayé Georgette la grosse, je me suis disputée avec Fräulein Riss. Fräulein Riss, la lectrice d'allemand. Mais pourquoi Hanah Rosenfeld étudie-t-elle la langue des assassins ? Parce que la langue des assassins est également celle de Rivka, ma mère qui me prend pour une sotte, ou presque.

« Ma pauvre Hanah, maintenant que tu as réussi à te faufiler dans un lycée, tu devras bûcher dur. J'ai bien peur que tu n'arrives pas à t'en sortir, tu as tant de mal à te concentrer ! Enfin, il y a au moins une matière où je pourrai t'aider, ce sera l'allemand. Ça ne m'emballe pas du tout que tu apprennes l'allemand, mais mes connaissances seront un grand atout pour toi. »

J'étudie l'allemand, mais je le parle plutôt comme le yddish. Quelle tête fait la répétitrice d'allemand, quelle tête ! *Was für ein Deutsch ist das !*

Fräulein Riss, une très grande, très grosse Allemande avec des chaussures d'homme et des lunettes de myope. Fräulein Riss, une grosse répétitrice qui chérit l'ordre et l'accent bavarois. Epais et gras. Ce qu'elle préfère, nous faire chanter de vraies chansons allemandes.

*Du glaubst, du wärst die schönste
Wohl auf der ganzen Welt, ja Welt,
Und auch die angenehmste,
Ist aber weit gefehlt !
Fidirula, rula, rula-la-la-la, Fidirula, rula ; rula-la-
[la-la-la
Und auch die angenehmste,
Ist aber weit gefehlt !*

Elle adore aussi *Fuchs du hast die Gans gestohlen, gib sie wieder her !* On l'entend arriver, claquant sur le carrelage ses gros talons. Quand elle apparaît, la voilà transformée en Oberstürmführer. Elle crie. « Toutes ensemble debout, les bras le long du corps, dites très fort, très distinctement : « *Guten Tag Fräulein Riss !* et asseyez-vous toutes exactement ensemble. » J'ai crié « *Guten Tag, Fräulein Hitler !* »

Fräulein Riss est devenue cramoisie, puis a quitté la classe en balançant ses extraordinaires hanches et en hurlant.

— Vous allez voir, je reviens avec la directrice !

C'était la vérité. La directrice l'a accompagnée, avec son chat dans les bras. Quel beau chat noir pour une directrice de lycée dénommée Mlle Villeneuve. Pendant que Fräulein Riss restait assise derrière son bureau en écartant les jambes — on voyait ses jarretelles — Mlle Villeneuve a fait un discours.

Mesdemoiselles,

Des incidents bien regrettables se sont produits dans l'enceinte de l'établissement, ces derniers temps. Une élève a été frappée par une de ses camarades, une lectrice d'allemand a été insultée. De tels faits ne peuvent avoir lieu ici. La principale intéressée me comprend. Mesdemoiselles, Mademoiselle, le temps de la guerre et de la haine est terminé. Vous devez être sereines, abandonner les conduites vengeresses et répréhensibles. Dans notre lycée, la loi du talion ne sera pas observée. Nous devons, vous devez penser à la réconciliation, à l'amour. C'est pourquoi je propose que mademoiselle Rosenfeld tende une main amicale à notre lectrice d'allemand, Fräulein Riss, qui est très affectée par les propos que mademoiselle Rosenfeld a cru bon de prononcer devant elle. Mademoiselle Rosenfeld, levez-vous. Acceptez-vous de tendre une main amicale à mademoiselle Riss et renoncez-vous à votre attitude belliqueuse vis-à-vis de vos camarades ?

— Non, je n'accepte pas.

Quel silence. Mlle Villeneuve marmonnait et ne savait plus quoi faire de son chat. Mimi me disais-je en mourant de trouille, mimi viens vers moi.

Mlle Villeneuve et Fräulein Riss cherchaient un arrangement, pour ne pas perdre la face.

— Mesdemoiselles, mademoiselle Rosenfeld, certaines sensibilités sont blessées, reconnaissons-le, par l'Histoire. J'abandonne l'idée de toute sanction, mais je souhaite que les cours puissent se dérouler dans une atmosphère normale. Mademoiselle Riss reconnaît qu'elle vous a peut-être choquée. Maintenant, faisons la paix. Serrez-vous la main et n'en parlons plus. J'ajoute une chose. Personne ne doit se sentir autorisé à faire lui-même sa justice à l'intérieur de l'établissement. Que cela soit entendu et compris. Si un problème se présente, consultez-moi.

J'ai serré la main, j'ai cru que j'allais dégobiller. J'étais souillée.

Le conseil de révision a réformé Yankel, mon père. Il ne partira pas faire la guerre colonialiste en Algérie. On lui a dit :

— Monsieur Rosenfeld votre devoir vous appelle pour faire votre service militaire sur le sol de la patrie, mais nous vous réformons, afin que vous puissiez travailler et élever vos enfants.

— Tu te rends compte, Rivka, ils m'ont fait mettre tout nu devant des gamins de dix-huit ans, à la mairie. J'étais le seul vieux. Ils m'appelleront seulement s'il y a la guerre en France, mais il n'y aura pas de guerre. Pas maintenant, le capitalisme n'est pas encore entré dans sa phase de destruction.

J'ai demandé :

— Papa Yankel et comment tu le sais qu'il n'y aura pas de guerre et que le capitalisme n'est pas encore entré dans sa phase de destruction ?

— Tout ça c'est scientifique...

— Scientifique ? Qu'est-ce qui est scientifique ?

— Mais le marxisme-léninisme, *groïsse cose*-grande chèvre, qui croit à la raison et au progrès de l'humanité.

S'il le dit, c'est certainement vrai. Pourquoi mon père, Yankel, me raconterait-il des mensonges ?

Le monde entier se mobilisait pour obtenir la grâce d'Ethel et Julius Rosenberg condamnés à mort, mais c'était inutile. Le juge Irving Kaufmann, le président Eisenhower, le FBI, l'Amérique voulaient les voir griller sur la chaise électrique. Dans *Paris-Match*, s'étalaient en grand les photos des époux pour lesquels le pape — qui n'avait pourtant pas bronché lors de la déportation des Juifs de Rome — avait fait un geste en implorant la grâce présidentielle. On plaignait les petits enfants des futurs suppliciés, on racontait déjà leur vie d'orphelins vivant dans la mémoire de leurs parents exécutés. On décrivait abondamment la chambre de la mort dans laquelle pénétreraient l'un après l'autre les espions rouges et aussi les cellules où ils vivaient les dernières journées de leur triste existence. Seulement rien ni personne ne faisait céder ces bourriques. Pas même la promesse de la vie sauve offerte à Ethel si elle dénonçait son mari.

Ils voulaient devenir les martyrs du marxisme-léninisme ? Soit, qu'ils meurent ! clamait l'Amérique.

Le procureur Bronwell leur avait demandé d'aider leur pays à combattre le communisme athée et ils refusaient. Mais alors, ils préféraient certainement les Ruskoffs, ces petits salopards ! Tant pis pour eux !

D'accord, on n'était pas vraiment sûrs qu'ils aient passé les plans de la bombe aux Russes, mais tout de même, rien ne venait non plus prouver le contraire. Il était, de toute manière, trop tard pour revenir en arrière. Le bourreau, M. Francel, choisi parmi sept cents candidats, avait astiqué la manette et les clous de la chaise électrique ; on n'allait pas le renvoyer maintenant. Il était trop tard. Les Rosenberg n'avaient plus qu'à mourir, les milliers de télégrammes de supplications n'y feraient rien. Ils n'avaient qu'à mourir, comme les millions de bons citoyens américains si la bombe rouge avait explosé. Est-ce qu'ils avaient pensé à ça, les Rosenberg ? A la bombe communiste ? A aucun prix elle ne devait être construite. Ils n'avaient qu'à mourir, parce qu'on était un vendredi. Vendredi, jour de shabbāt. Le rabbin l'avait confirmé, on ne pouvait exécuter les prisonniers après que le shabbāt eût commencé. Ils mourraient donc avant. Les choses étaient déjà assez compliquées comme ça. Ceux qui devaient assister à l'exécution avaient reçu leur carton d'invitation, pour avoir une place assise, on n'allait pas tout compliquer à plaisir et recommencer. Ils mourraient vendredi, avant le commencement du shabbāt, comme prévu.

Le juge Irving Kaufmann qui avait tant lutté pour obtenir ce qu'il voulait ne prononça que ce commentaire : « Leurs lèvres sont restées scellées et ils préfèrent la gloire qui, croient-ils suivra leur martyre, qu'ils devront à ceux qui les ont engagés dans ce diabolique complot, et qui, en vérité, souhaitent qu'ils gardent le silence. »

On emmena d'abord Julius. Il s'assit sur la chaise électrique et le bourreau vint l'attacher dans les courroies. Il fixa aussi les électrodes et les éponges mouillées sur la tête, les poignets et les chevilles du condamné. Il n'oublia pas la cagoule qui devait dissimuler son visage aux spectateurs. Ils seraient déjà assez choqués par les soubresauts du moribond chauffé à soixante degrés. Inutile de leur infliger les stigmates de l'horrible agonie sur la face brûlée de l'espion rouge. Tout se passa bien. Au troisième coup de manette, le corps retomba inerte et le médecin légiste, suant et tremblant, put constater le décès. On détacha Julius, on chargea son cadavre sur une civière garnie d'un drap blanc. On nettoya la chaise électrique et son environnement immédiat. La femme devait, comme son époux, bénéficier d'une chaise électrique impeccable. Les gardiens l'amenèrent (elle savait que son mari était mort), l'attachèrent sans broncher tandis que le rabbin Koslowe récitait des psaumes. Tout à l'heure, ce serait le kaddish. Le bourreau Francen abaissa trois fois sa manette. Le corps d'Ethel se convulsa à son tour. On fit revenir le docteur Kipp et le docteur McCracken pour constater le deuxième décès. Cette fois-ci, ils ne transpiraient même plus. Ils tremblaient et déclarèrent dans un murmure : « Cette femme est toujours vivante. »

On rattacha Ethel dans l'affolement. Alors, le bourreau Francen la transforma en feu d'artifice pour l'éternité.

Avant de mourir, Julius avait écrit à Many Bloch son avocat, pour lui faire connaître ses dernières volontés. A ses deux garçons il ne léguait que trois cartons remplis d'effets personnels, à Bloch ce souhait insensé :

« Aimez-les de tout votre cœur et protégez-les toujours, pour qu'ils puissent devenir des êtres sains et normaux. Nos enfants sont la prunelle de nos yeux, notre fierté, notre plus précieuse fortune. »

Gratchok s'agita sur sa chaise et jeta un coup d'œil à la pendule. Kahn n'allait plus tarder, elle devait parler à Rivka sans attendre. Elle allongea ses points en les dissimulant — ça ne se verrait certainement pas, aussi près de la parmenture —, Kahn n'accepterait jamais de poireauter dans sa limousine, elle n'avait pas le choix. Elle se coupa cruellement les doigts en rompant son fil, poussa un gémissement furieux et courut installer sa pièce sur le mannequin. Bon, la doublure tirait un petit peu, mais personne ne le verrait. Yankel la détrompa aussitôt.

— Gratchok, ton doublure tire terriblement, il faut recommencer ça tout de suite.

— On dit : elle tire, ta doublure.

— Ça ne change rien au problème. On ne peut pas livrer un manteau comme ça, tu dois recommencer.

Recommencer ? Tout ce qu'il voulait, mais pas maintenant, avec Kahn qui allait arriver dans sa 403 grise. Demain, demain, demain !

— Tonton, d'accord, mais demain, parce que j'ai rendez-vous...

— Rendez-vous ! Elle a rendez-vous. Avec qui mademoiselle a-t-elle rendez-vous ? Il faut prendre rendez-vous quand on a terminé son travail. Qui c'est ?

— Quoi, qui c'est ? C'est Kahn, Tonton. D'ailleurs, je voulais vous demander à Rivka et à toi si je pouvais partir trois jours à Cannes avec lui. Il veut m'emmener, tu comprends ?

— Il veut t'emmener ! Mais tu n'es pas mariée, Gratchok, tu veux faire une catastrophe comme ta sœur, alors ! Ecoute-moi, je connais la vie. Jamais un homme ne t'épousera si tu pars en vacances avec lui avant d'être mariée. Tant pis pour toi. Après, ce sera trop tard.

— Tu crois vraiment, Tonton ? Moi je lui ai dit que je resterai *comme ça* jusqu'à mon mariage et il a dit oui !

— Un homme qui emmène une fille pour trois jours dans un hôtel a une idée derrière la tête. Ton Kahn veut faire son voyage de noces avant d'être marié, tu vois ce que je veux dire...

— Tonton, il sait que je veux rester *comme ça,* je te l'ai déjà dit, c'est pour ça que je préfère parler avec Rivka, parce qu'elle au moins, elle me croit.

— Ta tante est une pauvre innocente qui ne sait rien des hommes.

— Bon, Tonton je te laisse, parce que Kahn est sûrement déjà en bas !

— Jamais tu ne descendras avant d'avoir refait ton ourlet. Nous livrons ce soir. Le travail passe avant l'amour ma fille ; au boulot !

— Mais, Tonton, tu es vraiment mauvais ! Qu'est-ce que je vais dire à Kahn si je suis en retard ?

— Descends et propose-lui de monter un moment t'attendre ici avec nous. On verra ce qu'il a dans le ventre, celui-là.

— Oh non ! C'est un professeur, il ne voudra pas monter à l'atelier. Tu comprends, Tonton ?

— Et alors, un professeur peut très bien s'asseoir un petit moment avec la classe ouvrière.

— Tonton, je voudrais te demander quelque chose.

— Encore ! qu'est-ce que tu veux ?

— Est-ce qu'on peut partir du lundi au jeudi matin ?

— Non et non ! Nous sommes en pleine saison. On a besoin de tout le monde de sept heures du matin à huit heures du soir. Si tu n'es pas d'accord, tu peux déjà chercher un autre travail. Pars le dimanche un point c'est tout !

— Mais si en échange, je travaille la nuit avec toi et Rivka, la semaine d'après ?

— Arrange ça avec Rivka. Puisque tu veux cavaler, cavale, tu t'en mordras les doigts.

— Tonton, merci. Je parlerai avec Rivka. Maintenant, je descends prévenir Kahn et je reviens tout de suite. Tu verras, Tonton, que je rentrerai de Cannes encore *comme ça*. Qu'est-ce que tu paries ?

C'était bien vrai, Papa Yankel voyait des femmes et couchait avec elles. Fleurine, cette bonniche mal lavée et jalouse qui l'avait accusé à tort ne se trompait pas sur le fond. Yankel avait des maîtresses. Des filles bien roulées qu'il n'aurait jamais rêvé séduire en Pologne. Des femmes qui montaient dans sa voiture, l'accompagnaient au restaurant, dans des boîtes de nuit et se couchaient, sans faire de manières, dans son lit.

D'accord, il était marié. Aimait, respectait Rivka qui n'était pas sans charmes. Mais il n'avait pas eu le temps de vivre, de connaître les femmes, de les posséder. Rivka, son épouse, lui devait une totale fidélité. « Les hommes et les femmes, ce n'est pas pareil, se plaisait-il à répéter. Les hommes couchent, comme ça, pour rigoler, les femmes sont amoureuses. Elles se trompent, heureusement pour nous. »

Pourquoi Rivka avait-elle le mauvais goût de pleurer lorsqu'elle apprenait ses frasques, pourquoi ? N'était-il pas un bon mari travailleur, qui n'oubliait jamais son anniversaire et la fête des Mères ? Rivka était la mère de ses enfants et sa femme. Pas sa maîtresse. Pourquoi ne voulait-elle pas entendre raison ? Oui, il l'aimait depuis le commencement, il n'avait rien oublié, mais il était un homme qui avait gardé les yeux grands ouverts. Rivka et Yankel, un gentil couple, mais tout de même, on les avait mariés, Moïche les avait mariés.

En 1940, le corps inconnu des femmes tourmentait déjà son esprit. Aussi les formes rebondies de Rivka l'avaient-elles aussitôt enthousiasmé. Il s'était retourné sur ses seins généreux, place de la Croix-Rousse, elle avait souri, Moïche — un bon militant communiste comme lui — l'avait convaincu.

— Yankel, je n'ai pas de papiers en règle, je peux me faire arrêter n'importe quand, et ma fille sera seule. Si tu l'aimes, épouse-la tout de suite. Elle aura au moins quelqu'un qui pourra la protéger en cas de danger.

Pourquoi pas ? Yankel voulait bien se marier avec cette petite qui possédait des seins aussi charmants. Rivka n'aurait jamais désobéi à son père, elle épouserait qui il voulait. Elle se laissa emmener sans façons au théâtre des Célestins un dimanche après-midi, et accepta dans l'ombre du poulailler, les caresses maladroites de son futur époux.

— Rivka, tu veux bien m'épouser ? demanda-t-il en sortant. Ton père me dit que oui...

— Oui Yankel, on va se marier, si tu dis que mon père est d'accord. Rivka ne savait, au fond, que penser. Ce socialiste à la main maladroite était un gentil garçon, tout ce qu'il y avait d'honnête, mais de là à l'épouser... C'était aussi le premier qui le lui demandait et elle se trouvait si laide. Peut-être n'y en aurait-il jamais d'autre, alors elle resterait vieille fille et sans enfants. Je suis laide, se disait-elle, je suis laide, si celui-ci est assez fou pour vouloir m'épouser, je dois accepter.

On commençait à chasser les Juifs, Moïche se terrait au fond d'une arrière-boutique en attendant le retour de Rivka qui se chargeait du ravitaillement. Elle ne manquait pas d'audace. Son nom bizarre ? Sa famille était d'origine alsacienne, c'est pourquoi elle parlait aussi bien l'allemand. Elle rapportait toujours quelque chose, soignait son père comme un époux et passait la soirée sur ses genoux, en écoutant ses conseils.

— Rivka, ma fille, tu vas épouser Yankel. Si je suis pris par la Gestapo, tu ne seras pas seule au monde. C'est un gentil garçon, travailleur. Qu'est-ce que tu réponds à ton père ?

— Je l'épouserai, papa.

— Très bien, très bien. Mais dis-moi ma fille, est-ce que tu aimes ton père ?

— Bien sûr, je t'aime papa. Je t'adore !

— Mais est-ce que tu m'adores plus que tout être au monde ? Une fille doit d'abord aimer son père, ensuite vient son mari. Tu comprends ou tu ne comprends pas ?

Elle comprenait. Son père était son premier époux, Yankel ne venait qu'en second.

Guitel, en apprenant la chose, poussa de grands cris, puis des gémissements pathétiques.

Yankel, mon frère, tu es beau, tu es intelligent, tu es capable de monter un manteau comme personne et tu veux épouser cette pouilleuse qui n'a même pas une jolie robe à se mettre sur le dos ! Elle n'a pas de dot celle-là, j'en suis sûre. Elle n'a rien du tout ! Tu aurais pu trouver une belle fille avec de l'argent et ta sœur aurait été contente de la recevoir à sa table. Comment as-tu pu choisir celle-là qui n'a rien, mon frère ! Comment ! Quelle peine tu me fais, quelle peine tu me fais !

Guitel, ma sœur, cette fille est honnête, intelligente, jolie, travailleuse et débrouillarde !

Débrouillarde, si tu veux, mais ose encore dire que tu la trouves jolie. Elle n'est pas jolie, même si elle n'est pas trop mal foutue. Et encore, ses jambes sont trop maigres. Jolie, c'est vite dit !

Guitel, ma sœur, Rivka va au ravitaillement toutes les semaines. Elle est capable de ramener une valise pleine de viande et de beurre quand elle a un peu de chance. Même quand il ne reste rien, elle trouve quelque chose. Elle se lève à trois heures du matin pour partir à la campagne. Elle prend l'autobus, après elle va à pied. Elle fait ça toute seule, sans se faire remarquer. Qu'est-ce que tu dis de ça ! En ce moment, il faut lui dire merci !

Yankel, mon frère, elle est mal coiffée. Démodée, sa coiffure.

Guitel regarda avec une satisfaction évidente les deux énormes coques que son époux avait roulées sur sa tête, telles une pâtisserie.

Guitel avait la larme à l'œil, Moïche se consumait de jalousie, Yankel et Rivka s'épousèrent devant monsieur le maire.

Mon frère avec cette pouilleuse quel malheur, mais quel malheur ! Il aurait pu trouver une belle fille avec de l'argent, et le voilà marié avec cette pouilleuse. Elle n'aura rien de moi, jamais !

Ma fille, ma Rivka. Ton père Moïche souffre et ne le dit pas. Rivka, ma fille, ton père a voulu cela et il te voit. Ma fille, ma chérie, tu ne vas pas aller te coucher dans son lit, dis. Dis-moi que tu ne le feras pas, pour faire plaisir à ton père. D'abord rien n'est prêt, votre chambre n'est pas assez bien installée, tu vas bien rester encore quelques jours avec ton pauvre père. Yankel t'aura pour toute la vie, il doit comprendre et te laisser passer une semaine de plus avec moi. Je vais lui dire, il ne pourra pas me refuser ça. C'est grâce à Moïche, ton père, qu'il a pu t'épouser, il me doit cette attente. Il attendra.

— Yankel, mon gendre, je t'enverrai Rivka, ta femme, dans huit jours seulement. Dans la boutique où je vous installerai bientôt, rien n'est prêt. Reste encore huit jours chez ta sœur, et je te donnerai les clefs de la boutique, puis je t'enverrai Rivka.

Rivka obéit, tête basse. Yankel consentit, silencieux et furieux. Moïche ne lui ravirait pas longtemps sa femme. Au bout d'une semaine, il exigea les clefs. Moïche les lui remit, Rivka souleva sa valise sous ses yeux consternés. Elle tremblait de peur et de chagrin.

A cause d'elle, son père était malheureux. Mais il n'avait rien à lui reprocher, il avait voulu cela.

— Rivka, ton père est complètement fou ! Nous empêcher de dormir ensemble pendant huit jours, alors que nous sommes mariés. Je n'ai jamais vu ça tu entends ? Jamais !

Yankel n'avait pas encore tout vu, car vers minuit, Moïche frappa à leur porte et campa dans leur boutique jusqu'à l'aube pour les priver de leur nuit de noces.

Yankel ne chercha pas vraiment querelle à l'intraitable Moïche. Rivka n'y pensait même pas. L'important était de survivre, de préparer la fuite, si les choses se gâtaient encore plus.

En juillet 1942, les choses se gâtèrent définitivement pour les Juifs. Yankel et Moïche se terraient dans la boutique, redoutant une dénonciation puis une rafle.

Mon père décida de partir. Il savait que si nous nous faisions prendre par la police française ou la Gestapo, nous étions cuits. Morts. Nous n'avions donc plus rien à perdre et Moïche croyait qu'avec un peu de chance et de prudence, nous arriverions à sauver notre peau. Il ne voulait pas rester en France en se cachant chez des paysans. Il avait trop peur des dénonciations. Il choisit la Suisse et me chargea de tout organiser. Je devais trouver un passeur, un contact à la frontière près d'Annemasse. Je connaissais une femme engagée dans la Résistance qui habitait tout près de la voie ferrée. Une porte de sa petite maison donnait sur la France, l'autre sur la Suisse. Elle aidait les Juifs qui arrivaient jusqu'à chez elle à passer de l'autre côté.

Le plus difficile était justement d'arriver jusqu'à chez elle.

Nous n'avions pas de papiers en règle — je veux dire que nos cartes d'identité ne portaient pas la mention « Juif » — mon père et mon mari ne parlaient pas un mot de français. L'idée du voyage en train terrifiait ton père, le mien avait l'habitude du danger. Nous sommes partis de Lyon. Une fois installés dans un compartiment, Moïche a décidé qu'il était plus sûr de se séparer pour ne pas se faire remarquer. Chacun dans un wagon différent. On se retrouverait en gare d'Annemasse, si tout se passait bien. Les choses se sont très mal passées. Ce convoi, bondé de Juifs qui essayaient comme nous de fuir vers la Suisse, a été intercepté en arrivant au terminus. Par la fenêtre, j'ai vu la Gestapo et la Milice qui cueillaient sur le quai tous les Juifs qui descendaient du train. J'ai pensé : « Moïche qui est devant est fichu, mais Yankel et moi, avons encore une petite chance, si nous gardons notre calme. » Ton père qui était dans le wagon de queue se faisait tout petit et ne desserrait pas les dents. Je l'ai rejoint dans le couloir pour lui expliquer la situation. Il a répondu à voix basse : « Tout est fini pour ton père et ça va être notre tour dans quelques minutes. Tu sais que les Allemands vont nous tuer, quand ils vont nous prendre... »

— Ecoute Yankel, écoute. Nous avons encore une toute petite chance, essayons. Nous sommes dans le dernier wagon, on le voit à peine des quais et de la gare. Avant qu'ils arrivent jusqu'ici, nous avons le temps de descendre et de nous enfuir par la voie ferrée. Je ne lui ai pas laissé le temps de répondre. J'ai ramassé ma valise et je me suis retrouvée en train de marcher avec lui entre les rails. Les cheminots français qui nous avaient vu descendre n'ont pas bronché. Ils nous ont sauvé la vie en faisant semblant d'être occupés à discuter. Nous nous sommes retrouvés dans une rue déserte, nous avons un peu attendu Moïche en sachant qu'en fait, il n'avait pas pu sortir de la gare. Nous avons rejoint Simone, notre contact, puis nous avons commencé à attendre mon père. On tressaillait au moindre bruit, on se disait voilà peut-être Moïche. Eh bien, figure-toi qu'il est arrivé à cinq heures du matin. Il avait réussi à passer avec son violon. Au culot.

Quand il a vu la panique sur le quai, les gens terrorisés, le désordre, il a levé son violon et s'est mis à crier dans un parfait allemand : « Mais laissez-moi passer, je suis musicien, je suis très pressé, laissez-moi passer ! »

Il n'a pas attendu qu'on lui réponde oui ou non, il s'est faufilé en criant dans la bousculade, jusqu'à la porte de sortie. Profitant d'un instant de distraction de la sentinelle, il est passé. Il craignait d'être repéré, alors il s'est caché dans une cave jusqu'à la fin de la nuit. Le passeur est arrivé et nous a conduits jusqu'à l'endroit du passage. Il voulait coucher avec moi, mais tintin ! Les Suisses nous ont tout de suite internés dans des camps. Les hommes d'un côté, les femmes de l'autre. Une permission de visite et de sortie un après-midi par mois.

Tu bougeais déjà dans mon ventre. Le camp des femmes, situé en pleine montagne, n'était pas brillant. Pas de chauffage, pas de carreaux aux fenêtres, pas d'eau courante. Rien. Les Juifs américains payaient notre entretien au prix fort aux autorités suisses et ceux-ci faisaient de grands bénéfices sur notre dos. Nous avions terriblement faim, parce que le directeur du camp revendait la moitié de notre nourriture au marché noir en France. Quand j'ai organisé une sorte de mutinerie, nos rations ont légèrement augmenté. Tu aurais vu tous les gosses morveux et crasseux qui n'avaient pas de couches à se mettre sur le derrière. C'était effrayant, les femmes déprimées se laissaient aller complètement. Elles avaient faim, elles avaient froid, elles étaient séparées de leur mari, elles oubliaient de se laver et de laver leurs enfants. Une nuit, on nous a transférées à pied vers un autre camp. Tu étais déjà née et bien grosse. Mais où avais-tu pris tout cela ?

Ces Suisses étaient des gens bizarres. Ils nous faisaient vivre en haute montagne dans des conditions épouvantables, mais lorsqu'une femme avait les premières douleurs, hop ! la voiture du directeur l'emmenait accoucher dans une belle clinique. Je t'ai mise au monde dans le luxe, puis on m'a renvoyée au camp. C'est durant le transfert de nuit que tu es tombée malade. Là non plus, les Suisses n'ont pas chipoté. Ils t'ont transportée à l'hôpital de Lausanne et tu y es restée dix-huit mois dans un état catastrophique. Chaque fois que le médecin pensait que tu allais mourir, on m'accordait une permission pour te voir une dernière fois. Un jour, on a même pris une photo. Heureusement pour toi, Hanah, il y avait la Sœur Blanche. C'est grâce à elle que tu es toujours en vie. Elle t'a soignée comme une mère et tu ne l'oublieras jamais. Elle renonçait à tous ses jours de congé pour rester auprès de toi, et quand les médecins essayaient de la dissuader de s'occuper de toi en disant que tu étais condamnée, elle répondait :

— C'est faux, elle ne va pas mourir. Je vois dans ses yeux que cette petite fille va vivre.

C'est avec elle que tu as appris à parler, ne l'oublie jamais.

Chaque Noël, Rivka achetait une carte postale que Hanah barbouillait de petits dessins et de vœux désordonnés. Un hiver Sœur Blanche écrivit.

« Rivka, vous êtes si jolie sur votre dernière photo !
Et si jeune ! Beaucoup plus jeune qu'à dix-huit ans,
lorsque vous viviez parmi nous. Je n'ai jamais vraiment compris ce qui se passait à cette époque. Je
voyais tous ces pauvres gens réfugiés qui traversaient
les champs avec leurs valises et le visage si désespéré.
Certains sont même restés au sanatorium après la
guerre. Ils n'ont plus jamais bougé. Ils ont toujours
le regard triste et la guerre est finie. Dites-moi Rivka,
qu'est-ce qu'un Juif ? »

Les *quelques fougères* apparues sur le pubis de
Hanah se multiplièrent pour former une toison brune
et frisée. Elle ne perdait pas une occasion pour contem-
pler devant le miroir le triangle soyeux et ses jeunes
seins devenus enfin ronds et symétriques.

Aussitôt avertie, Rivka l'embrassa tendrement, puis
lui annonça que, sous peu, elle serait une jeune fille à
marier. Le sang coula enfin tiède, sombre et inquiétant.

Alors c'était cela ? Etait-ce bien cela ? Hanah soudain gênée, en demanda confirmation à sa mère. Il
n'y avait pas de quoi douter elle était à quatorze ans,
une véritable petite femme.

« Une véritable petite femme ».

Les garçons vont se retourner sur moi dans la rue.
Lorsque j'irai devant l'école des Beaux-Arts, les choses
seront-elles différentes ? Changeront-elles vraiment ?
Oui, si maman m'achète des talons aiguille, des bas,
un soutien-gorge et du maquillage. Tout cela est interdit au collège Morel, mais justement pour embêter

toutes ces vieilles toupies, je vais porter des talons hauts et me maquiller. Je vais aussi me crêper les cheveux pour avoir un beau chignon banane et faire jeune fille. Je serai méconnaissable. J'aurai un petit ami — un bon ami, comme dit la bonne — qui m'embrassera sur la bouche et partout. Mais comment fait-on pour rencontrer un homme ? Je connais une fille, Anouchka, qui a déjà flirté plusieurs fois. Où a-t-elle rencontré ses petits amis ? Je n'ose pas le lui demander. Le dernier flirt d'Anouchka s'appelle Charles-Henri et vient l'attendre devant le lycée tous les soirs, bien que ce soit formellement interdit par « le règlement de l'établissement ». Elle dit exactement :

Charles-Henri est très sensuel.

Mais qu'entend-elle par là ?

Charles-Henri embrasse Anouchka sur la bouche devant la porte du lycée. Pour cette raison, elle risque le conseil de discipline. Mais ce n'est pas tout, Anouchka m'a raconté comment Charles-Henri lui caresse les seins. Elle n'est pas encore prête à aller plus loin. Plus loin ? Mais que veut-elle de plus ? Coucher avec lui ? Elle ne sait pas ce qu'elle risque, la pauvre ! Rivka m'a expliqué comment les petites idiotes qui font l'amour avec un gamin tombent enceintes et doivent aller, comme Zozotte, se faire avorter en Suisse ou devenir filles-mères.

Hanah pense à te contrôler, ma fille. Tu peux foutre ta vie en l'air en cinq minutes. Ecoute ta mère, fais tes études, l'amour viendra après. Si tu te fais mettre enceinte par un maladroit, tu seras obligée d'arrêter tes études pour élever ton enfant, tout le monde te montrera du doigt et aucun homme n'acceptera de t'épouser. Réfléchis à tout ça, adopte une conduite responsable.

Il me sera difficile de ne pas faire une bêtise. Ce doit être formidable de se faire embrasser sur la bouche, comme Anouchka. « Rien qu'un petit flirt ». Elle dit exactement ça. J'y pense tout le temps. Pendant les cours, au lit, dans la rue. Mais suis-je assez jolie pour rêver de la sorte ? Parfois, je m'imagine que je suis Anouchka et que Charles-Henri, le fils de la menuiserie Bonetin, place de la Croix-Rousse, m'embrasse puis retire mon soutien-gorge. Personne ne peut soupçonner à quoi je pense, toute la journée. Les vieux ne peuvent pas comprendre et ma sœur est encore trop jeune pour ce genre de confidences. Ce que je peux me sentir seule alors, personne ne me comprend...

Rivka acheta à la pharmacie tout ce qu'une demoiselle devait posséder et confia le tout à sa fille, avec le mode d'emploi. Papa Yankel informé de la nouvelle, tint sa promesse. Au dessert, on sabla le champagne et dégusta les petits gâteaux. Puis on fit le silence parce que Jean Granmoujin allait parler à la TSF. Avant de s'installer sur le divan aux informations, Yankel lança à sa fille :

— Hanah, à partir de maintenant, attention aux garçons. Tu sais ce que ton père veut dire. Si tu te conduis mal, je te tue. Tu as compris ou tu n'as pas compris ?

— ...

— Réponds à ton père.

— Mais je ne sais pas quoi dire.

— Si, tu sais. Tu es une drôle, toi. Ton père voit tout. Une honnête fille ne pense pas aux garçons. Elle attend de trouver un mari. Il n'est pas question que tu cavales comme tes cousines. C'est moi qui te surveillerai maintenant. Ton père choisira tes amis et ne te laissera jamais seule avec eux. Fais-toi une belle situation, le mari viendra tout de suite après.

— Tu es d'accord avec ce que ton père te dit ?

— Ben...

— Il n'y a pas de ben ! Ici, c'est moi qui commande et tu feras ce que ton père te dit... On dit : oui papa.

— Oui papa...

— Mieux que ça, plus fort.

— Oui papa !

— Voilà comme on parle à son père. Viens m'embrasser.

Yankel avait raison de se méfier, les hommes étaient des êtres dangereux et malfaisants. Sarah, la grosse, — la pauvre — Sarah, comme Zozotte, avait fauté et se retrouvait enceinte. « Une véritable malédiction d'avoir des filles ! »

Guitel se lamentait. Le Saint-béni-soit-Il, avait-il un compte à régler avec elle ? Pourquoi ses filles se perdaient-elles, l'une après l'autre, avec des goyim. Si deux étaient tombées dans la honte, pourquoi les autres ne les suivraient-elles pas ?

— *Gevalt, gevalt,* avait-elle hurlé en apprenant la sinistre nouvelle, déshonneur ! Personne n'a pitié de moi, ni mon mari ni mes enfants. Et les clients, qu'est-ce qu'ils me veulent ? Il faut les prier pour les faire entrer dans mon stand ! Pourquoi, pourquoi ? Rivka, dis-moi franchement, est-ce que je suis King-Kong pour que personne ne veuille entrer dans mon barnum, est-ce que je ressemble à King-Kong ?

Rivka la rassura aussitôt sur ce point. Non, on ne pouvait pas la confondre avec le grand singe velu. Elle soupira, pas consolée pour autant. Pourquoi

Sarah-cabinet était-elle tombée dans la débauche ? Comment en était-elle arrivée là ? Comment ?

— Rivka est-ce que tu t'expliques une chose pareille ? Hanah, prends bien garde à toi, ma petite. Ça peut t'arriver comme à mes filles. Tu n'es pas au-dessus d'elles, crois-moi.

Guitel s'arrêta de parler et tamponna ses yeux bouffis par les larmes pathétiques que lui faisait verser son indigne engeance. Pour se réhydrater, elle accepta de boire un verre de thé brûlant, puis se mit en devoir de peler soigneusement une orange dont la parfaite et odorante spirale s'enroulait lentement autour de sa main.

— Rivka, Sarah-cabinet pou ! pou ! pou ! m'a joué un très sale tour. Je croyais qu'elle s'était fait une bonne situation, avec les bas qu'elle vendait sur les marchés. Elle me donnait un peu d'argent tous les mois, je la voyais déjà en train d'acheter son trousseau, en train de trouver un mari. Une fille grosse comme elle doit apporter quelque chose pour avoir un homme, bien sûr. Rivka, je ne me doutais vraiment de rien et pourtant, elle avait grossi. Je la regardais.

« Elle exagère vraiment, elle a encore pris quelques kilos. Maintenant qu'elle gagne de l'argent, elle le dépense dans les restaurants. Elle veut manger tout ce qu'elle peut se payer. » Voilà ce que j'ai pensé. Rivka, je m'étais trompée. J'avais envie de l'engueuler, de lui dire, Sarah ne te laisse pas aller, mais je ne l'ai pas fait parce qu'elle m'avait apporté un cadeau. Un fer à vapeur. C'est très cher. Tu ne fais pas de reproches à quelqu'un qui t'offre un fer à repasser pour la fête des Mères. Je n'ai pas dit un mot, j'ai attendu qu'elle se mette d'elle-même au régime. Mais figure-toi, Rivka, elle ne mangeait presque rien et elle continuait de grossir. J'ai commencé à avoir des doutes, à la questionner. Mais elle ne se laissait pas faire, elle m'envoyait balader. Elle m'a crié dessus, Rivka, elle m'a crié dessus, comme on n'ose pas le faire à sa mère. « Si je suis grosse, ça me regarde. T'occupe, je gagne ce que je mange. » Qu'est-ce qu'on peut répondre à ça, franchement, dis-moi ? Je lui ai dit : « Ecoute ma fille, c'est vrai tu gagnes ta vie, tu me paies une pension, tu as parfaitement le droit de devenir de plus en plus grosse, de plus en plus moche. Mais ne te plains pas, si tu ne trouves jamais à te marier. » Quelle idiote j'étais ! Elle a trouvé quelqu'un pour la mettre enceinte.

— Guitel, il arrive que les femmes obèses plaisent autant que les autres, parfois même plus. Les hommes ont des goûts souvent inexplicables, et puis Sarah n'a pas les traits ingrats...

— Rivka, le ventre de Sarah, qui n'arrêtait pas de pleurnicher dans les coins, poussait beaucoup plus que le reste. Alors, j'ai tout compris et je l'ai forcée à avouer.

— Pourquoi as-tu attendu si longtemps pour dire la vérité, pauvre imbécile ?

— « J'avais peur que le Papa me tue... »

— Rivka, elle est enceinte de six mois. Il n'y a vraiment plus rien à faire, n'est-ce pas...

— Non, Guitel, prépare-toi à être grand-mère.

Guitel ne pouvait entendre une pareille abomination. Elle pleurait, elle geignait. Tordait son mouchoir entre ses doigts potelés.

— Rivka, j'ai honte. Il n'y a jamais eu de bâtard — de *mamzer* — dans la famille. Jamais ! Si mon père voyait ça, il sortirait de sa tombe...

— Tu sais peut-être qui est le père, demanda Rivka à tout hasard.

Non, Guitel ne savait pas. Sarah restait obstinément muette sur ce point. Elle se moquait bien de faire du chagrin à sa mère. Si elle ne voulait rien dire, c'est qu'elle avait forcément tout à cacher.

Ce doit être un goy, Rivka, c'est pour ça qu'elle ne veut pas parler. Elle a honte.

— Pas sûr, Guitel, Léah est bien amoureuse de Dédé.

— Ne me parle pas de ce plombier. Celui-là ne mettra jamais les pieds dans ma maison. Jamais !

— Il s'est pourtant mieux tenu que les autres. Guitel, tu ne dois pas être raciste comme ça. Nous avons assez souffert pour ne pas nous conduire de cette façon. Cette histoire aurait pu arriver avec n'importe qui.

— Je ne permettrai pas que les voyous viennent se coucher dans le lit de mes filles !

Guitel criait, toute rouge, tandis que Rivka cherchait un moyen de la ramener au calme.

— Guitel, tout n'est pas si noir. Gratchok finira peut-être pas épouser Kahn, et les autres suivront le bon exemple.

Le visage de Guitel s'illumina en un instant. Elle redressa le nez, soupira, attendrie, apaisée.

— Kahn est un homme comme il faut. *Harouzema'*, heureusement. Il est beau, il est intelligent, il est professeur et il n'est pas goy. Une vraie merveille. Que Dieu me donne l'occasion, la joie de voir au moins une de mes filles mariée avec un homme comme lui. Un homme que je pourrai sans honte inviter à ma table.

— Guitel, sans être juif, Dédé peut sans doute faire un bon mari, et il aime ta fille.

— Rivka, arrête tout de suite. Je ne veux plus entendre des horreurs pareilles. Jamais il n'aura ma fille. Jamais. Guitel a dit.

— Tu es bornée !

— Je suis quoi ? Je suis quoi ? ! Rivka attends un

peu que Hanah soit en âge de faire des bêtises et on verra. Mon frère ne permettra pas ça. C'est un bon père, lui. Tu as eu bien de la chance de le rencontrer.

Le silence plana, lourd, sur le thé, les pelures d'orange et les petits gâteaux. Rivka se disait que sa belle-sœur était une grosse idiote. Guitel ruminait son malheur en triturant un bout de pain. Hanah vint alors s'asseoir bien en face d'elle et lâcha son venin.

— Tatan Guitel, si Kahn apprend que la grosse Sarah est enceinte, est-ce qu'il épousera quand même Gratchok ?

— Qu'est-ce qu'elle dit celle-là ? Qu'est-ce qu'elle dit ! Rivka, mes filles ont peut-être des malheurs, mais il n'y en pas une qui soit méchante comme Hanah et gauchère comme Dinah !

Rien ne pouvait plus venir à bout du terrible doute que Hanah avait semé dans le cerveau de Guitel. Aussi devint-elle féroce. Féroce et intraitable. Inaccessible à la pitié.

Sarah l'avait plongée dans la honte et le désespoir sans penser à l'avenir de ses sœurs. Elle n'avait qu'à payer maintenant. Finies la rigolade, les parties de jambes en l'air.

Punir, signifiait pour Guitel foutre sa fille à la porte, la bannir à jamais de la horde Blumenfeld.

— Qu'elle se débrouille avec *le salopard* qui lui a fait ça. Elle ne remettra jamais les pieds chez moi. Et l'enfant, je ne veux pas le connaître. Au moins sa sœur pourra faire un mariage propre.

Guitel déversa encore un torrent de larmes capable de noyer Rivka et ses filles, avant de se lever lourdement et de prendre congé.

Le salopard, personne ne connut jamais son identité. Sarah, gardant son secret, vint se réfugier chez Rivka et Yankel qui, pour les autres, avaient les idées larges. On apprêta à la hâte une réserve de tissus déla-brée pour accueillir la future mère éplorée et soli-taire. Hanah regardait sa cousine devenir aussi grosse qu'une tour et en concluait qu'il fallait certainement se méfier des garçons, comme le lui conseillait sa mère. Mais quel dommage de devoir, de son plein gré, renoncer à l'amour. Elle se sentait faible et sans volonté, presque soulagée de n'avoir pas encore su attirer les faveurs d'un petit ami.

— Maman, est-ce que tu me trouves jolie ?

— Au lieu de te *mystifriser* des heures entières devant la glace, tu ferais mieux d'étudier !

— Mais, maman réponds-moi ! Est-ce que tu me trouves jolie ?

— Absolument fantastique. Irrésistible. Va réviser ta composition d'anglais. Après, tu auras tout le temps pour penser à l'amour. Mais penses-y seulement, Hanah. Pour l'instant, ça devrait te suffire largement.

Sarah, devenue énorme, quitta l'entrepôt aux tissus pour s'en aller accoucher dans une maison maternelle gérée par des religieuses, la maison Sainte-Bernadette. Les nonnettes, qui avaient le cœur aussi sec que celui de Guitel, menaient la vie dure à leurs pensionnaires. Discipline stricte et regrets éternels. « Vous avez péché, disaient-elles, repentez-vous maintenant. Votre vie sur terre est foutue, alors pensez à votre salut, au rachat de votre âme. »

Puritain, intolérant à l'égard de sa femme et de ses filles, Yankel s'accordait, sans souci des contradictions, une multitude de passe-droits. Les femmes contemplées et demeurées inaccessibles lorsqu'il n'était qu'un pauvre ouvrier timide et mal vêtu, tombaient aujourd'hui sans faire de manières, dans ses bras. Il lui avait suffi de dépenser sans compter pour avoir accès au lit de ses maîtresses. Il portait maintenant des complets de bonne coupe, des cravates de soie, des chaussures de daim gris souris à semelles de crêpe et gants assortis, son regard semblait ténébreux derrière ses dernières lunettes à monture d'écaille, sa grosse voiture neuve achetée à crédit achevait de convaincre les hésitantes. Yankel était un homme comblé et lucide. Elles ne l'aimaient pas parce qu'il écrivait des poèmes et des articles dans sa langue maternelle, ni parce qu'il était un militant du parti ouvrier. Elles lui cédaient parce qu'il avait l'air d'un véritable capitaliste. Elles consentaient, et lui, après les avoir connues, cherchait aussitôt à en conquérir une autre. Toutes lui paraissaient séduisantes. Grosses, maigres, blondes, brunes, jeunes ou âgées. Il essayait, pour voir. Il se servit d'abord dans l'étroit périmètre de l'atelier, puis recula les limites de son territoire, ne se contentant plus des modestes hôtels de rencontre de la Croix-Rousse. Il commença d'écumer les boîtes de nuit, les cafés, les rues mal famées du centre de Lyon.

Samedi midi, il abandonnait ses vêtements de travail, et partait vers l'aventure, tiré à quatre épingles. Il rentrait fort tard de ses fêtes galantes, la bouche pleine de mensonges mal ficelés. Rivka, accroupie, en short, pour cirer le parquet sous les machines, l'écoutait sans répondre et sans illusions.

— Mais tu n'as pas l'air de me croire, grognait-il, agressif et démasqué.

— C'est vrai, je ne te crois plus, Yankel.

— Pourtant, tout ce que je te dis est vrai...

Ton père rentrait à la maison le samedi soir, avec des cheveux sur le col de son pardessus, et traînant après lui des vapeurs de parfum. Même pris en flagrant délit, il aurait continué de mentir. Il s'était donné pour principe de ne jamais avouer. Au début, j'ai beaucoup pleuré, mais à vrai dire, je n'ai même pas eu le temps de m'enfoncer dans le chagrin, parce que j'avais trop de travail et mes enfants à élever. Vous deux.

Je voulais vous éviter de mener une vie comme la mienne. Vous ne me compreniez pas. Surtout toi, Hanah. Me voir trimer jour et nuit te paraissait absolument naturel et il te semblait également évident que tu ne subirais jamais la même existence que ta mère. Dans une certaine mesure, tu as réussi, mais tu n'as rien de solide devant toi. La littérature ne te donne pas de quoi manger. Franchement, ça ne vaut pas le coup de s'enfermer des journées entières devant ta machine à écrire pour passer une fois tous les deux ans à la télévision et avoir ta photo dans le journal. Au bout de huit jours, tout est oublié, ton livre et le reste. Ma pauvre fille, tu ferais mieux de penser d'abord à te faire une vraie situation. Tu n'es plus toute jeune et tu ne sais jamais comment tu vas manger le lendemain. Si tu étais riche, tu aurais le temps d'écrire tous les livres que tu voudrais. Ne pense pas que je sois une brute inculte. J'aime les livres et c'est moi qui t'ai appris à les connaître, car tu étais rebelle, crois-moi. Tu ne voulais jamais lire, et quand je te forçais, tu n'y comprenais rien du tout. Moi je n'ai eu personne pour m'initier. J'ai commencé toute seule dans le grenier, pendant que mon père et ma belle-mère se tapaient dessus et ameutaient le quartier avec leurs hurlements. J'avais honte, je dévorais du papier. N'importe quoi, ce qui me tombait sous la main. Les vieux journaux, les livres que j'empruntais à la bibliothèque de l'école. Je ne pouvais rien m'acheter. Ensuite, j'ai surtout lu dans les trains et les autobus. J'emportais des recueils de poèmes que j'ouvrais le soir à l'hôtel, après avoir remis en ordre mon carnet de commandes. Transporter sur mes épaules des housses pleines de manteaux aux quatre coins de la France n'était pas rigolo. Alors les fredaines de ton père passaient au second plan.

Je n'avais d'ailleurs plus envie de faire l'amour. J'étais fatiguée, j'avais trop de soucis pour boucler mes fins de mois. Je me soumettais de temps en temps, lorsque Yankel se fâchait.

Je reconnaissais ses mensonges à sa manière de procéder. Lui qui était si gauche et brutal au commencement, devenait progressivement délicat et inventif. Je ne souffrais pas tant que ça. J'avais l'habitude d'être malheureuse depuis toujours. Ma vie était comme ça, pleine de douleur et de révolte inexprimées. J'avais mes filles, les livres que j'emportais en tournée, un mari infidèle et infantile, des dettes jamais complètement remboursées. J'avais devant moi une perspective d'années de travail sans fin. Il n'y avait pas d'autre univers. Le reste était inaccessible. Je ne m'imaginais pas qu'un jour, après le désespoir et la solitude, autre chose viendrait. J'ai refait ma vie, ma fille. Et je vis mieux, malgré ce que tu peux penser.

Yankel continua de mentir et de dissimuler. Il portait des vêtements de plus en plus chics, empruntait de l'argent à ses clients. Ne se sentait plus contraint de fournir des explications. Chaleureux et prodigue, il terminait, à la hâte, sa vie fugace et secrète.

Gratchok, devenue un parangon de vertu, espérait gagner la partie. Convaincre Kahn, malgré la conduite infâme de sa sœur, la frivolité de son père, la pauvreté de la famille, qu'elle était une jeune fille digne d'être épousée. Elle avait promis d'être docile. Elle apprendrait par cœur les livres d'histoire et de grammaire qu'il lui avait achetés. Elle parlerait le français sans faire de fautes, manierait le balai et le rouleau à pâtisserie, lui donnerait des enfants. Oui, des enfants. Pourtant, les grossesses abîmeraient son lisse corps de jeune fille. Le strieraient de vergetures hideuses, le déformeraient, l'avachiraient.

Gratchok ne voulait plus travailler dans un atelier de confection. Elle deviendrait une bourgeoise. Une dame élégante, comme celles qu'elle voyait au cinéma, entourées de bonnes et de bambins insupportables. Ne pas faire de faux pas, entretenir le désir insatisfait de Kahn, demeurait la tâche périlleuse de Gratchok. Kahn, elle le savait, hésitait encore à lier son sort à celui d'une pin-up pauvre et analphabète. Cependant, tandis qu'il atermoyait, il se consumait de concupiscence. Il imaginait les voluptés qui seraient les siennes lorsqu'il dirait oui à sa sculpturale fiancée. Il savait qu'il ne pouvait plus désormais se passer de Gratchok, mais il tardait à la présenter à sa respectable famille d'intellectuels. Il redoutait le visage navré de ses frères et de ses parents, lorsqu'ils verraient et surtout entendraient l'heureuse élue. Allait-elle leur vanter, dès qu'elle les rencontrerait, la perfection de son tour de poitrine, la beauté de ses cuisses, la fermeté de son ventre (à ses dires, dur comme une table) ? Que penseraient des professeurs en médecine d'une championne de houla-hop habituée des podiums de culturistes ? Il lui faisait la leçon : « Gratchok, lorsque tu rendras la première visite à ma famille, parle le moins possible, n'est-ce pas ? »

Conquérir une belle plante comme elle n'avait jamais vraiment fait partie de ses projets. Il était trop timide. Mais elle l'avait investi, et il avait espéré. Maintenant elle exigeait, pour se donner à lui, qu'il l'épouse.

Posséder ce beau corps doré et ferme, acheter une alliance. Pourquoi pas ? Gratchok et la blonde choucroute qu'elle avait sur la tête méritaient bien un sacrifice. Il offrit une bague de fiançailles, mais Gratchok, à moitié satisfaite, demeura inflexible. Elle ne consommerait qu'après avoir quitté la synagogue. Ce point n'était pas négociable. D'ailleurs, elle n'était pas privée. Elle n'avait pas du tout envie de faire l'amour avec son futur époux. Elle mourait de peur à l'idée d'être prise par un homme et avait les caresses et les baisers en horreur. Les hommes étaient obsédés par le sexe, même les professeurs d'université, elle s'en accommoderait, mais le plus tard serait le mieux. La bestialité, le désir lui répugnaient. Elle se sacrifierait pour devenir une femme respectable, Kahn pouvait bien affronter sa famille, afin de jouir dans la légalité.

Il tint tête à son père, à sa mère, à ses frères, à ses sœurs scandalisés. Courut les marchands de meubles avant de se présenter sous le dais nuptial. Gratchok jubilait. Kahn avait consenti à acheter des lits jumeaux, elle pourrait donc dormir tranquille. Kahn se disait en secret qu'il pourrait, à la rigueur, déflorer sa femme sur un lit de quatre-vingt-dix centimètres de large. Il ne restait plus qu'à trouver une belle robe blanche, à imprimer les faire-part et à les envoyer à tous les membres de la famille ébahis.

En 1956, les Russes écrasèrent sous les chenilles de leurs tanks les révoltés de Budapest. Rivka et Yankel se frappèrent le front. Pourquoi la patrie du socialisme faisait-elle entendre le crépitement des mitraillettes au peuple hongrois ? En principe, le mal venait exclusivement du capitalisme, l'idée que l'Union soviétique puisse également massacrer des populations innocentes leur semblait inouïe. En principe, le mal venait du colonialisme. La guerre d'Algérie le prouvait chaque jour. Rue Mercière, les ratonades succédaient aux cars de police qui évacuaient les morts et les blessés. A Lyon, on tolérait difficilement les bicots dans les autobus, on aurait préféré les voir tous retourner et crever dans leur Algérie maudite. Hanah ne comprenait plus. Où était le mal ? A Budapest, à New York ou à Alger ? Yankel ne pouvait plus répondre clairement à une pareille question, parce qu'il ne savait plus. Tout s'écroulait, Yankel avait des doutes. Dans le fond, la confession de Kravtchenko n'était peut-être pas un faux fabriqué par la CIA. Mais enfin, si les policiers du tsar avaient pu écrire le Protocole des Sages de Sion, pourquoi les Américains n'auraient-ils pas réussi à empuantir l'atmosphère avec de la fausse propagande ? D'accord, on pouvait discuter à perte de vue sur l'authenticité de *J'ai choisi la liberté*, mais on ne pouvait pas nier la réalité de l'intervention de Budapest. Les Hongrois étaient-ils tous des houligans à déporter en Sibérie ?

Au local de l'UJRE, on discutait ferme. Certains camarades prétendaient même que les photos des chars soviétiques à Budapest avaient été prises dans les fameux studios de cinéma de Hollywood.

Tout s'écroula. Yankel perdit son idéal, rendit sa carte au Parti Communiste Français et consacra ses jours aux plaisirs, à l'argent, à la sensualité. Il prétendait souvent, en guise d'excuse, qu'il ne lui restait plus beaucoup de temps à vivre.

Il ne se trompait pas.

Dans ses fugues et leurs ivresses, peut-être oublia-t-il qu'il était un fils de hassid, qu'il avait grandi dans la misère du ghetto et les espoirs du marxisme. Ou peut-être, ne l'oublia-t-il pas. Il disait, en ce temps de doute : « Si je suis devenu communiste, c'est parce que Dieu est opaque à son peuple et à ses créatures. L'holocauste était un génocide. Si le communisme est un mensonge, il n'y a plus rien. » Le futur s'annonçant noir et prometteur de nouveaux massacres, Yankel abandonna la morale et mourut. Bêtement. La carcasse de sa voiture encastrée sous un camion. Dieu envoyait à ses Juifs un nouveau cercueil. Pas de surprise.

Hanah hurla, épouvantée, puis se souvint qu'elle avait, quelques semaines auparavant, reconnu les stigmates de la mort sur le visage de son père. A cet instant, il ne se doutait de rien, l'innocent. N'avait-il pas rencontré sur une plage de la Méditerranée un célèbre écrivain de langue française ? Ils avaient devisé longuement au bord de l'eau, puis Yankel avait couru acheter tous ses livres. Il n'eut pas le temps de les ouvrir. On trouva sur lui un portefeuille bourré de gros billets qu'il venait d'emprunter et qui le firent passer pour un riche industriel.

Quel industriel ! Rivka, sans gémir, continua de payer la voiture achetée à crédit et remboursa les dettes accumulées par son époux. Hanah fouilla frénétiquement les papiers de Yankel pour y trouver son compte. Un message du défunt qu'il lui aurait spécialement dédié. Elle tomba pour finir sur une lettre anonyme contenant des menaces de mort, glissée entre les feuillets d'un manuscrit et libellée ainsi :

« Rosenfeld, tu as gagné la première manche. Gare à toi, tu n'auras pas la seconde. »

Rivka rangea sans commentaire la lettre que lui tendit Hanah et ne consentit jamais à revenir sur cette affaire. Sur la tombe de Yankel, elle fit graver — comme il l'aurait sans doute souhaité — Yankel Rosenfeld, écrivain yddish, enlevé trop jeune à l'affection des siens.

V

Au terme des sept jours de deuil rituel, Rivka quitta, flanquée de ses filles, le dortoir de Guitel qui continua à pleurer bruyamment son frère. Vêtue de noir, Rivka gardait ses larmes pour le secret de ses nuits solitaires.

Elles rentrèrent rue Duviard. Changèrent les draps dans le lit du mort, vidèrent les armoires remplies de ses coûteux vêtements. Trièrent costumes et chemises puis bouclèrent un grand paquet qu'elles expédièrent à l'oncle Schmuel de Buenos Aires. Seules les photos de Yankel demeurèrent sur le buffet de la salle à manger dans leur cadre de verre rose.

Quel air sombre il avait, ses yeux noirs transperçaient Hanah lorsqu'elle traversait la pièce. Quand elle était seule dans l'appartement, prise de terreur, elle retournait le portrait contre le mur. Mais il lui semblait que Yankel errait encore dans la maison et s'adressait à elle. Si elle entendait sonner, elle n'osait pas ouvrir de peur de le trouver face à elle, sur le paillasson. La morgue restitua du linge et un portefeuille tachés de sang. Rivka les fit disparaître et entreprit de ressusciter le Vêtement Parisien.

Elle devait d'abord remplacer Yankel « à la coupe ». Un Allemand quinquagénaire répondit à la petite annonce publiée dans *le Progrès*. Rivka le dévisagea sans aménité, mais elle n'avait pas le choix. Les mécaniciennes et les finisseuses attendaient du travail, les clients, après les condoléances, réclamaient les livraisons. Elle engagea à regret le Teuton qui avait l'air de savoir manier correctement une paire de ciseaux.

Qu'est-ce qu'il pouvait bien avoir foutu pendant la guerre, avec les Juifs, celui-là ?

Gehart jura qu'il avait toujours été témoin de Jéhovah, que la violence lui faisait horreur, qu'il avait endossé l'uniforme de la Wehrmacht sous la contrainte et par peur des représailles.

— Moi, jamais travaillé dans un camp de concentration, madame Rosenfeld. Moi, pas SS. Moi, toujours eu très peur, pendant la guerre. Moi jamais tiré avec un fusil sur des Juifs. Croye-moi, madame Rosenfeld, croye-moi, moi très peur, très malade pendant combat. Moi innocent. Moi jamais tué Juif, aucun. Vous pouve croire moi !

Rivka haussa les épaules et lui remit les patrons de la dernière collection. Un pas calme et pesant fit bientôt vibrer la table de coupe, celui de l'efficacité germanique. Mais Rivka n'était pas satisfaite, Gehart coupait des manteaux qui ressemblaient à des « Panzer Division ».

— Je n'habille pas des soldats ou des vaches, mais des femmes, Gehart ! Avez-vous déjà regardé une femme ?

— Si, si, madame Rosenfeld. Moi marié, moi enfants. Trois !

— Alors, coupez-moi des modèles féminins, légers, attrayants. Vous comprenez, oui ou non ? !

Elle s'approcha de lui, écœurée, pour lui suggérer une poche et un col de son cru. Alors Gehart commença à se sentir nerveux. Les arabesques, les pinces, les plis, les manches raglan de Rivka le paniquaient. En dehors des manteaux cuirassés, des tailleurs blindés en pure laine peignée, il ne savait rien faire. Il geignit en mâchonnant son dentier.

— Madame Rosenfeld, vous écoute moi. Faire modèle comme ça, pas classique, pas possible.

— Pas possible, pourquoi ? !

— Parce que je ne pouve pas ! Je ne pouve pas !

Il ponctua son désespoir de soupirs, puis gratta frénétiquement le fond de son pantalon. Rivka se mit à crier.

— Gehart, enlevez la main de votre pantalon, quand vous me parlez !

— Je ne pouve pas, je ne pouve pas !

Son visage vira au rouge de colère et d'humiliation. Il ne s'adaptait pas.

Rivka, Dinah et Hanah, qui ne pouvaient s'ôter de la tête qu'il était peut-être un exterminateur de Juifs à la retraite, le boudaient. Il demanda son congé. Accordé. Innocent ou coupable, Gehart quitta l'atelier en se grattant le cul, sans dire un mot d'adieu, sans un regard pour celles qui avaient osé mettre en doute sa foi dans la morale chrétienne et dans l'efficacité de la bonne coupe classique allemande.

Trois femmes silencieuses s'affairaient sous le portrait de l'homme disparu. Elles étaient abandonnées, infirmes de lui. Elles appréhendaient le dimanche, quand les machines au repos les plongeaient dans le silence. Elles s'efforçaient d'occuper le temps. Languides et ankylosées, elles n'avaient jamais terminé leur toilette avant midi. Faire la cuisine répugnait à Rivka. Les filles approuvaient et optaient pour un déjeuner *pas cher du tout* au premier snack-bar de la ville, le *Majestic*, où elles dévoraient, sous l'œil de la caissière, leurs invariables Francfort-frites. L'emploi du temps avait tacitement été établi une fois pour toutes. Self-service, cimetière, cinéma.

Déposer la gerbe de glaïeuls sur la tombe de Yankel constituait l'épisode le plus indigeste de l'interminable journée. Pour atteindre le cimetière, elles devaient traverser toute la ville, puis une banlieue industrielle et déserte. La nécropole grise, sans arbres, coincée entre les usines et la voie ferrée restait solitaire en cet hiver lugubre. Quelques veuves récentes la fréquentaient, les autres parents des morts ne se dérangeant que pour Kippour.

La guerre larvée entre Rivka et Guitel se matérialisa sur la tombe de Yankel. Le jour de l'enterrement, la sœur du mort avait écouté sans broncher les paroles du rabbin : « Dieu a donné, Dieu a repris, Dieu juge les péchés des Juifs », mais avait dû maîtriser sa fragile belle-sœur pour l'empêcher de répondre à l'homme du consistoire. Guitel, endeuillée, gardant sa foi intacte, déposait des cailloux sur la dalle de granit, mais Rikva révoltée, les remplaçait par d'imposants bouquets.

La gardienne du cimetière, veuve et folle, errait entre les tombes, un chiffon à la main en se lamentant.

Kh'bin meshugge oïf'n Kopf ! Je suis folle dans ma tête !

Lorsqu'elle avait terminé de passer le chiffon sur la tombe de Yankel, Rivka lui glissait un billet dans la main. C'était l'heure de faire la queue devant un cinéma. La nuit venue, elles regagnaient, silencieuses, l'appartement où personne ne les attendait.

Rivka préparait un dîner sommaire et « les filles » étudiaient, pour lui faire plaisir. Ou feignaient de le faire. Hanah ruminait, mais n'osait parler à sa mère. Elle imaginait les mots qu'elle lui dirait, lorsqu'elle en aurait le courage.

Maman, ai-je vraiment le droit de m'adresser à toi pour te dire ce que je brûle de te dire. Une fille a-t-elle le droit d'intervenir dans la vie sentimentale de sa mère ? Cela devrait pouvoir se faire, mais généralement, les choses ne se passent pas ainsi entre parents et enfants. Tu es notre mère, tu es ma mère et, comme tu le dis assez souvent, tu te crèves douze et parfois quinze heures par jour pour nous permettre de mener une existence à laquelle tu n'aurais jamais songé à notre âge. A notre âge, dis-tu, tu n'avais pas de draps à mettre dans ton lit et tu manquais encore de beaucoup d'autres choses considérées aujourd'hui comme tout à fait élémentaires par tous. C'est cet immense écart entre les conditions dans lesquelles nous avons, toi et moi, grandi qui creuse entre nous un fossé infranchissable. Bien sûr, j'ai honte et j'ai aussi le sentiment que jamais je ne pourrai égaler les prouesses d'énergie et d'intelligence qui t'ont permis, seule, de sortir de la misère noire. Le langage que tu tiens en parlant de moi me fait prendre conscience de mon irréparable nullité. « A ton âge, dis-tu, je travaillais déjà, je gagnais ma vie, je ne sollicitais pas mon père pour qu'il me donne de l'argent, je n'avais pour ainsi dire rien... » Reconnais que tes propos sont chargés de contradictions qui me déroutent. D'une part, tu m'encourages à profiter des fruits de ton travail en étudiant « pour me faire une bonne situation », et d'autre part, tu me reproches le confort que tu me donnes pour me permettre de faire ces études. J'exige trop, me reproches-tu. Je suis coquette, égoïste, indifférente à tes efforts, à tes souffrances. C'est inexact. Je réalise tes efforts, mais le bien-être que tu m'as jusqu'ici accordé, m'a justement rendue incapable d'accomplir les exploits que tu as pu réaliser à l'âge que j'ai aujourd'hui. Tu as toujours douté de mes capacités à sortir de ma médiocrité et je me suis généralement sentie en accord avec ton appréciation. Aussi, affolée à l'idée de me retrouver face, comme tu le dis si bien, aux réalités, j'ai exigé plus de ta part. Tu me protégeais, tu m'entretenais dans l'aisance et, en même temps, tu me le reprochais, sans pourtant m'enseigner vraiment la manière de t'égaler dans les arts où tu es réellement admirable. Je crains bien que, toute ma vie, les choses ne se perpétuent ainsi. Je ne serai sans doute pas le brillant médecin que tu souhaites me voir devenir, mais je ne pourrai non plus jamais me comparer à toi dans le domaine des affaires. L'art de mon père est-il plus facilement accessible ? Etait-il un véritable écrivain, ou un gentil amateur ? Tu sembles opter pour la deuxième solution, mais comme il t'a fait beaucoup de torts, peut-être n'es-tu pas tout à fait objective en ce qui concerne son talent. De toute manière, qu'il ait été bon auteur ou médiocre scribouilleur, me situer par rapport à lui est tout à fait impossible. Je vais t'expliquer pourquoi. S'il a été grand, je suis à jamais incapable de le surpasser, car mes moyens sont, comme tu me l'as toujours dit, insuffisants, s'il a été mauvais oserais-je vraiment devenir bonne — au prix d'énormes efforts — et abandonner et considérer mon père comme un artiste raté qui ignorait tout de lui-même. Ainsi, je ne puis être aussi douée que toi dans les domaines où tu excelles, et je ne puis non plus ni vaincre ni mépriser mon défunt père. Dans ces conditions, je ne puis que m'abandonner à l'instant en espérant qu'il sera le moins terrible possible. Pour parvenir à ce but, je me vois souvent contrainte de t'exploiter égoïstement, de m'en vouloir, de t'en vouloir. Il faut nous pardonner. Mais je voudrais revenir, maman, à mon père et à sa succession, même si ce sujet te paraît scabreux, voire même indécent.

C'est en te parlant de ta vie après la mort de Papa, que je compte aborder, sans m'en sentir vraiment le droit, ce que j'appelle un peu platement ta vie sentimentale. Je me demande d'abord si le moment du désespoir et du désarroi passé, tu ne songes pas à commencer une existence nouvelle avec un autre homme. Un homme, que cette fois-ci tu aurais choisi et aimé. Ne songe pas que je veuille signifier que tu n'as pas aimé notre père et que tu ne lui as pas accordé tous les égards qui lui étaient dus. Je pense, au contraire, que c'est toujours lui qui s'est trouvé en défaut par rapport à toi. Tu l'as aimé comme une jeune fille juive polonaise aimait son mari, depuis des siècles. Aujourd'hui, tu es une jeune, jolie femme qui conduit ses affaires avec une ardeur qui me comble de jalousie. Tu peux prétendre choisir un compagnon. Y songes-tu ? Y as-tu déjà songé, maman ? Toutes ces considérations me viennent à l'esprit, malgré le trou noir que la mort de Yankel a creusé dans mon cerveau, parce que la maison — sans homme — est d'une tristesse épouvantable. Convient-il vraiment que nous vivions, en plus du chagrin et des difficultés qui sont les tiennes, dans une totale désolation ? Je voudrais que tu réalises que l'absence de présence masculine dans l'appartement me rend la vie non seulement triste mais intolérable. Une maison sans homme est une malédiction. Bien sûr, n'importe lequel ne ferait pas l'affaire, je ne prétends pas me substituer à tes décisions, mais sache qu'entendre parfois le son d'une voix d'homme entre nos murs me remplirait d'une sorte de sérénité. Un homme ne se trouve pas sur commande et d'ailleurs, doit-on le chercher ? N'est-ce pas une sorte de Providence divine qui vous l'envoie ? Fasse donc que cette divine Providence m'entende et que quelqu'un vienne s'étendre auprès de toi, bien qu'au moment où j'écris ces mots, cette idée me soit également intolérable. Je n'ose imaginer le visage de celui qui succédera à Yankel, notre père. Je lui ferai, par principe la vie dure, justement parce que (au fond) je l'accepterai. Peut-être le comprendra-t-il et me le pardonnera-t-il.

Le premier hiver, si toutefois, elle y songea, Rivka n'osa pas. Elle demeura irréprochable et secrète. Elle disparut parfois sans donner d'explications, ignorant la tutelle morale que Hanah prétendait exercer sur elle. Hanah continuait d'espérer la venue de l'homme pour sa mère, mais aussi pour elle. Elle était en deuil de Yankel, mais elle voulait qu'enfin des bras virils la prennent, l'enlacent. Elle continuait d'errer, solitaire, dans les rues, d'envier les lycéennes précoces qui la devançaient dans les territoires inconnus de la sensualité et de l'amour.

Le petit ami tant espéré surgit au printemps comme une victoire, puisque Hanah le souffla sans vergogne à Anouchka. Et comment faire autrement pour le premier ?

Les gestes étaient venus maladroits et fougueux

au cinéma, un jeudi après-midi. Tandis que Charles-Henri, déjà rodé, la couvrait de baisers, elle feignait l'indifférence et regardait d'un œil distrait les volcans d'Haroun Tazieff vomir leur lave sanglante sur l'écran. Elle était en fait subjuguée. Elle se demandait avec terreur si elle aurait le courage de ne pas finir dans la honte, comme sa cousine Sarah. Heureusement, elle était au cinéma, rien de grave ne pouvait lui arriver. Et puis Dinah assise à sa droite, la lorgnait d'un air ironique. Elle était trop petite pour comprendre toutes ces choses, la pauvre !

Admiratifs et stupéfaits, tous les membres de la famille l'étaient sans exception. Gratchok avait réalisé le rêve de Guitel. Kahn allait épouser sa fille. Kahn dont tous les frères étaient docteurs et français depuis des générations. Pas de misérables fils d'émigrants polonais qui n'avaient jamais mis les pieds dans une école et qui écorchaient le français avec leur accent ridicule. Des vrais Français, des gens comme il faut, avec des bonnes manières et de l'éducation. Des Juifs invisibles — il fallait le savoir pour le croire — des Israélites. Guitel pavoisait. Kahn, qui avait donné sa parole, crevait d'angoisse. Il lui faudrait maintenant présenter la promise aux membres de sa tribu, un véritable tribunal. Quel cauchemar ! Pourtant, Gratchok avalait sans rechigner les recommandations et les leçons de son futur. Lorsqu'elle pénétrerait dans le salon familial, elle adopterait une attitude réservée et dirait gentiment bonjour à tout le monde. Ensuite, elle irait modestement s'asseoir à la place qu'on lui désignerait. Elle répondrait sobrement aux questions qu'on lui poserait, elle n'exprimerait aucune opinion sur des questions dépassant sa compétence (Kahn lui faisait confiance pour apprécier), elle ne ferait pas étalage de ses goûts déplorables et vulgaires pour le culturisme, le houla-hop, les concours de beauté, le bronzage, les boîtes de nuit. Elle resterait muette sur son éducation et sur ses études. Elle n'avouerait pas qu'elle venait de passer dix années à torcher ses petites sœurs et à doubler des manteaux dans un atelier de confection administré par des « polaks ». Elle se souviendrait qu'on dit aspirine et non pas aspérine, commissariat et non pas commissériat enfin et surtout, si l'occasion lui en était donnée, elle prononcerait correctement dégingandé et non pas déguingandé, comme elle en avait pris la fâcheuse habitude dans le dortoir de la rue Jacquard.

Les jours passaient vite, la date de l'épreuve approchait, Gratchok mourait de trac. Les noms communs, inconnus ou massacrés jusqu'ici, se mélangeaient dans sa mémoire, elle soupirait et commençait à renoncer, tout en feignant de se soumettre.

— Tatan Rivka, vraiment Kahn exagère. Il veut me faire faire des dictées maintenant. Hou ! Quelle horreur ! En plus il m'a acheté un livre d'histoire, comme à une gamine. Et tu sais de quoi il parle, son livre ? Des Grecs et des Romains. Ça m'énerve, mais ça m'énerve, tu ne peux pas savoir. Au début, je faisais semblant de travailler un peu, mais maintenant j'en ai marre, je n'apprends plus rien du tout parce que ça me rend dingo. En plus de tout ça, il veut que j'étudie l'anglais. Tu te rends compte ! Je sais déjà deux phrases, écoute un peu : *Aïe am a girl, hi iz a boï.* Quelle horreur, cet anglais ! J'ai honte rien que de l'écouter. Vivement qu'on aille à Mulhouse, parce que je commence à en avoir assez ! Il a peur de son frère qui est parodonte, un truc comme ça. Il croit que je vais tout savoir en un mois, il est complètement fou. Quand je pense qu'à la place de lire tous ces trucs qui m'embêtent, je pourrais tranquillement me faire bronzer à Lyon-Plage ! Avec mon bronze qui s'en va, je vais être blanche comme un cachet d'aspérine pour mon mariage. Zut, je me suis encore trompée, on dit aspirine. Tu te rends compte, il m'apprend aussi à cuisiner casher[1], à cause de sa mère. Même la Maman qui est pieuse, elle ne m'embête pas autant. En plus Tatan, tu ne seras peut-être pas contente, il a décidé que je ne travaillerai plus jamais dans un atelier de confection, parce que ça fait moche pour une femme de professeur. Je lui ai dit : « mais je vais drôlement m'ennuyer, si je ne travaille plus chez Rivka ! » Il m'a répondu qu'il me trouverait un tas d'occupations comme la bienfaisance et les études. Il peut toujours courir, je retournerai voir mes copains à Lyon-Plage. Il ne faut pas exagérer. Il m'interdit déjà de mettre les pieds dans les cafés de la rue de la Ré ! Mais qu'est-ce que je vais faire !

« Quand on a un mari et une mère fatiguée, on ne s'ennuie jamais. » Ça va être gai. Enfin pour le voyage de noces, il veut bien m'emmener faire une croisière. Mais même pour ça, on s'est déjà disputés. Tatan, quel vieux radin ! Tu ne sais pas ce qu'il voulait faire ? Tu ne devineras jamais. Il voulait prendre un transat sur le pont pour que ça lui coûte moins cher. Je croyais que j'allais tomber dans les pommes d'horreur ! Il s'en fout, les croisières ne l'intéressent pas, il préfère chercher dans son laboratoire à la faculté.

« Ecoute Kahn, je lui ai dit, écoute Kahn, vieux radin, il n'y a aucune raison pour que je passe mon

----

1. Casher. Cuisine préparée selon la loi juive.

voyage de noces sur le pont d'un bateau. » Alors il va prendre la classe touriste. On aura une cabine avec un lavabo. Est-ce que tu sais ce qu'il faut emporter quand on part en croisière ? Tatan dis-moi, est-ce que c'est vrai, il paraît qu'il n'y aura qu'un seul lit dans la cabine ?

— Ça se pourrait bien. Où est le problème ? Ce sera ton mari, après tout.

— Il faudra que je dorme avec lui et tout ?

— Comment et tout ? Tu ne vas pas jouer les vierges folles toute ta vie ?

Hanah survint qui lui assura qu'elle perdrait plusieurs litres de sang la première fois qu'elle serait possédée par son époux.

— Et tu ne pourras plus marcher pendant trois jours !

— Mauvaise, méchante ! Tu es la méchanceté incarnée, voilà ! En tout cas, toi tu n'épouseras jamais un docteur, bien fait ! Parce que tu es trop mal élevée. Je ne te raconterai plus jamais rien. A partir d'aujourd'hui, on est fâchées. C'est Kahn qui l'a décidé.

Sur les traces de Yankel, Hanah s'émancipa vite.

En sortant du lycée, elle n'allait plus sagement attendre l'autobus numéro treize. Elle filait tout droit rue de la Ré et faisait son entrée au *Milk Bar*, perchée sur ses talons aiguilles, les jambes entravées dans une jupe très collante, l'œil charbonneux et le cheveu haut crêpé en une monstrueuse pièce montée. Son cœur battait dès qu'elle entrait dans le café réservé aux mineurs, parce qu'on n'y servait aucun alcool. Charles-

Henri lui avait enseigné les rudiments du flirt, elle rêvait maintenant de rencontrer un « homme » selon ses vœux. Elle n'en remarqua aucun au *Milk Bar* où traînaient les garçons de bonne famille. Fascinée, Hanah les contemplait tout de même en se sentant vaguement honteuse d'elle-même. Habitant les beaux quartiers, ils ignoraient tout de la zone, de la Croix-Rousse. Hanah alla se promener rue d'Ainay, fief des grandes familles catholiques et boulevard des Belges, domaine des parvenus qui avaient le mauvais goût de montrer leur argent. Un vrai Lyonnais de souche n'affichait pas vulgairement sa prospérité. La discrétion, poussée jusqu'à l'obsession du secret, était la règle pour les parents des pâles crétins qui médusaient Hanah. Elle les écoutait parler, éberluée.

Lorsqu'ils partaient en villégiature, le chauffeur descendait *la jague* sur la côte pour ne pas attirer l'attention ou la convoitise des voisins. Les fils flanqués des *vieux*, suivaient le domestique dans l'austère traction onze chevaux jusqu'à la propriété familiale des hauteurs de Nice ou de Cannes. Les nouveaux riches se pressaient au bord des plages, les gens distingués les regardaient d'en haut, sous les pins parasols de leur domaine. Hanah ne savait, au fond, que penser de Régis Granmuinet, de Daniel Bardasse et de Henri-René Bocabeille. Elle avait le souffle coupé rien que de prononcer leur nom. Ils l'invitaient à la surprise-partie hebdomadaire du samedi qui se déroulait dans l'appartement de l'un des *vieux*, partis à la campagne pour le week-end.

Avant la fête, *les mecs*, agglutinés au zinc du *Milk Bar*, se cotisaient pour acheter des alcools, puis comptaient *les gonzesses*. Y en avait-il assez pour tout le monde ? On venait en ces lieux pour assouvir une semaine d'abstinence, en d'autres termes, pour peloter. Hanah admirait sans réserves les aptitudes multiples de ces étonnants garçons vêtus d'un pantalon gris et d'un blazer bleu marine. A dix-sept ou dix-huit ans, ils avaient rarement lu un livre jusqu'au bout, mais en revanche, ils excellaient dans l'art de la danse, du ski, de l'équitation. Certains criaient même sur tous les toits qu'ils avaient déjà *baisé une nénette*. Ils en connaissaient un rayon sur le sexe, on pouvait leur faire confiance. Avec eux, *les nanas* ne tombaient jamais enceintes. Malgré leur éloquence, Hanah ne se laissait pas convaincre. Tout en dansant enlacée à un minet blond qui explorait son anatomie, elle songeait aux malheurs de Zozotte et de Sarah qui avaient cédé. Se caresser en dansant dans la pénombre, d'accord. S'étendre, jamais. La station verticale restait la seule planche de salut, le seul rempart contre le déshonneur. Ces jeunes séducteurs aux bonnes manières fréquentaient les cours privés gérés par les jésuites ou les maristes de la colline de Fourvière. Hanah s'étonna que les prêtres en soutane, qui enseignaient le latin à leurs élèves les rendissent si téméraires. Comment des hommes d'église totalement chastes formaient-ils des générations d'adolescents désinvoltes, cyniques et sensuels ? Cette constatation, croyait Hanah, ne semblait s'appliquer qu'aux sujets du sexe mâle, parce que les jeunes filles des bonnes familles lyonnaises ne fréquentaient pas les *surboums* réservées à leurs frères et à leurs cousins. Elles ne participaient qu'à des sauteries mensuelles présidées par une marraine, une tante ou une maman qui garantissaient la pureté de la réunion. N'entrait pas qui voulait dans le sérail, il fallait avoir reçu un carton d'invitation pour avoir la permission de danser — en tout bien tout honneur — avec, peut-être, son futur époux. Pas de gestes ni de mots indécents, pas de baisers interminables, pas de mains baladeuses. On ne confondait pas les vraies demoiselles avec *les nanas à surboums. Les gonzesses du samedi* n'étaient destinées qu'à de joyeuses parties de jambes en l'air collectives que l'on pourrait se raconter toute la semaine, pendant les cours. « Je te recommande Françoise, c'est une baiseuse de première. Tu peux y aller, je te la passe. Pour moi, c'est terminé, une nana comme ça, finalement ça me dégoûte. »

Hanah écoutait, enregistrait, fortifiait sa décision de ne jamais consentir une parcelle de sa secrète personne à aucun de ses nouveaux amis, qu'au fond elle détestait. Ils n'étaient pas du même monde qu'elle, ceux qui disparaissaient l'hiver dans leur chalet de montagne, l'été sur la côte, qui montaient des chevaux anglais dans un club le dimanche matin, qui jouaient au tennis, aux cartes pendant les cours, pour terminer tôt ou tard leurs exploits scolaires en fac de médecine ou en fac de droit.

Hanah se rongeait les ongles. Réussirait-elle en juin la première partie du baccalauréat moderne, sans quoi elle deviendrait finisseuse dans l'atelier maternel. C'est du moins ce dont la menaçait Rivka, pour l'encourager à plancher sur les bacs blancs. Hanah voulait, bien sûr, faire plaisir à sa mère, tandis que ses copains ricanaient à l'idée de voir la tête *des vieux*, s'ils étaient recalés.

Vrai, Hanah les détestait, mais elle les enviait aussi. Les demeures des beaux quartiers lui coupaient le souffle. Montées d'escaliers garnies de tapis rouges, salons, chambres, salles de bains, cuisine, office, lingerie. Comment un appartement pouvait-il avoir sept ou huit pièces pour le profit de trois ou quatre personnes ? Les bonnes dormaient au septième dans les mansardes qui leur étaient réservées, mangeaient à l'office et servaient à table avec un tablier blanc et une coiffe assortie. Rien de commun avec Fleurine qui avait mangé à la table familiale et dormi dans la soupente, « sur la tête de ses patrons ». Hanah déserta soudain le *Milk*

Bar et ne se commit plus avec ses organisateurs de fêtes galantes.

Elle rêvait d'approcher des artistes semblables à ceux dont elle admirait les photos dans l'encyclopédie de la littérature française que lui avait offerte Rivka. Où rencontrerait-elle « les intellectuels » qui lui dévoileraient enfin ce monde confus, inaccessible et secret où elle ambitionnait d'être admise, avant même de le connaître.

Rivka fulminait. Hanah n'était-elle donc qu'une gamine égoïste, jouisseuse et irresponsable pour avoir entraîné sa petite sœur dans ses débauches ? Quoi, que venait-elle d'apprendre, quelles confidences avait-elle réussi à extorquer à Dinah au cours d'un interrogatoire serré ? Une honte, une véritable honte ! Que la grande ait passé son hiver à se faire peloter par des gamins idiots, passe encore, tant pis pour elle, si elle se faisait étendre à son examen, mais entraîner une « merdeuse » de douze ans dans des lieux où elle n'avait pas sa place frôlait l'inconscience. Même si Dinah ne s'était contentée que de danser, Rivka ne pouvait le tolérer. Un pareil laxisme devait être abandonné, elle allait mettre de l'ordre dans la vie de ses filles qui profitaient un peu trop de sa solitude.

Elle tonna et ordonna. Dinah l'angélique, l'innocente Dinah ne subirait plus la contagieuse dépravation de sa sœur aînée. Finis les surboums, le cinéma, les sorties. Dinah mènerait désormais le genre d'existence qui convenait à une gamine de son âge. Tomber dans les bras d'un garçon à douze ans, on n'avait encore jamais vu ça ! Ça ne se reproduirait plus, Dinah resterait à la maison ou accompagnerait sa mère, un point c'est tout. Si elle s'ennuyait, elle n'aurait qu'à lire, étudier ou venir aider à l'atelier. Rivka savait comment occuper le temps des demoiselles précoces et languides. Découper des échantillons en parfaits petits rectangles, les classer puis les coller soigneusement sur un catalogue, constituerait, à partir d'aujourd'hui, un passe-temps parfait pour « les poupées de luxe désœuvrées » qu'étaient devenues ses filles. Rivka modifia la constitution unilatéralement. Dorénavant, l'argent de poche hebdomadaire ne serait plus un dû, mais se gagnerait, précisément en fabriquant des catalogues d'échantillons pour les clients, le jeudi après-midi. Ces demoiselles seraient payées comme il convient pour ce modeste travail. Hanah serait tenue de rentrer à des heures décentes de ses stupides surprises-parties et de ne plus employer devant sa petite sœur le vocabulaire grossier et ridicule qui était devenu le sien depuis quelque temps.

Les mauvaises nouvelles tombèrent dans un silence hargneux pour Hanah, soumis pour Dinah. Hanah enrageait et ne songeait (pour provoquer sa mère) qu'à retrouver les stupides copains qu'elle s'apprêtait la veille à lâcher.

Elle fit une apparition remarquée au *Café de la Paix*, nouveau lieu de rendez-vous. On l'entoura aussitôt. Où était-elle passée avec sa petite sœur si mignonne, pendant tout ce temps ? Lisait-elle encore ces livres ennuyeux qu'elle avait la fâcheuse manie d'emporter partout, jusque dans les surprises-parties ? Voulait-elle être des leurs pour une fête très chic, en tout bien tout honneur, cette fois, chez Henri-René Bocabeille ? Il y aurait des filles de l'institution Notre-Dame. Hanah, qui avait peine à y croire, se sentit flattée et accepta du bout des lèvres.

Henri-René Bocabeille, 30, boulevard des Brotteaux, troisième étage. Vêtue de sa meilleure robe, l'œil encore plus charbonneux qu'à l'accoutumée, les cheveux crêpés, laqués, durs tel du béton, Hanah sonna à la porte. En attendant qu'on lui ouvre, elle admirait la rampe en fer forgé, les tapis, l'ascenseur, la porte de chêne aux heurtoirs de cuivre fraîchement astiqués. Une domestique en tablier blanc vint ouvrir et lui réclama le carton d'invitation qu'elle n'avait pas reçu. La bonne la dévisagea avec mépris, puis la pria d'attendre quelques instants. Hanah se dandinait, perplexe sur ses talons aiguilles, lorsque la maîtresse de maison en robe de cocktail survint à petits pas. Par la porte à deux battants du salon, Hanah écoutait les rires et les conversations que noyaient les accords d'une valse viennoise. Un valet en livrée passa, portant au bout de ses doigts gantés de blanc un plateau d'argent chargé de friandises. La dame examina Hanah et lui demanda, comme la domestique, de présenter son carton d'invitation.

— Je n'en ai pas reçu madame, j'ai été verbalement invitée...

— Je vois. Quel est votre nom, mon enfant ?

— Hanah Rosenfeld.

— Hanah Rosenfeld, vous dites. C'est étrange. Mais qui vous a conviée à venir, mademoiselle ?

— ... Henri-René Bocabeille.

— Vraiment ? Eh bien mademoiselle Rosenfeld, mon fils est un écervelé qui a commis une regrettable erreur, parce que, voyez-vous, nous ne recevons pas les Israélites.

La porte se referma sans bruit. Hanah avait le vertige en descendant les escaliers. Elle résistait à l'envie de pleurer. Quelque chose en elle devenait froid et dur. Elle avait envie de les tuer tous, mais savait qu'elle ne le ferait pas. Les rêves de Yankel et de Rivka n'avaient été que du vent. Guitel avait raison, pour ne pas se faire insulter par eux, il valait mieux laisser les goyim attendre au bas de l'escalier.

Garer sa limousine sur les traces encore fraîches de Yankel, périlleuse entreprise, cadeau empoisonné.

Hanah avait rêvé d'un homme pour Rivka, l'avait paré de toutes les vertus, mais ne souhaitait pas, au fond, connaître son visage ou l'accepter à dîner à leur table. Elle s'imaginait pouvoir faire passer un examen au prétendant et le renvoyer dans ses foyers, s'il ne faisait pas l'affaire. Hanah croyait à son bon goût, elle l'imposerait à sa mère. Mais Rivka qui n'envisageait pas tout à fait la question sous cet angle, le fit savoir aussitôt. Hanah se promenait librement avec ses grotesques petits amis, sa mère n'informerait pas cette « princesse fainéante » de ses intentions. Dont acte. Plus un mot sur le sujet. Silence et politesse, voilà ce que Rivka exigeait de sa progéniture révoltée. Les premières candidatures furent systématiquement repoussées. Les deux chipies jubilaient, lorsque les malheureux éconduits se retiraient vaincus et déconfits. Cependant, Hanah se plaisait à imaginer que Rivka, à l'instar de son défunt époux, avait des aventures fugaces dans les petits hôtels de la Croix-Rousse. A l'affût du moindre indice, elle conduisait des enquêtes maladroites, afin de surprendre en flagrant délit la trop discrète Rivka. Résultat : rien ou presque. Il y avait bien le nouveau coupeur, beau gosse et empressé, mais il était marié et presque illettré. Impossible que Rivka cédât à ses avances.

Mais un jour, l'impensable advint.

Un des messieurs remerciés dédaigneusement ne renonça pas pour autant et maintint ses prétentions. Les deux « princesses fainéantes » le connurent d'abord par les bristols blancs qui accompagnaient les grandioses bouquets qu'il faisait livrer rue Duviard, tous les samedis matin. La première fois, Rivka, gênée devant ses filles, déchira nerveusement l'enveloppe sans l'ouvrir et offrit la brassée de fleurs à la femme de ménage. La seconde, Hanah intervint vigoureusement pour sauver les douze roses *Baccara* et le poème manuscrit qui les accompagnait. Elle frétillait devant le vase encore vide.

— Maman, si tu ne veux pas du monsieur, tu peux tout de même accepter ses fleurs. Elles sont si belles, et le poème, donne-nous-le, on va bien rigoler.

Rivka consentit, pour les roses seulement. Par la suite, elle renonça à liquider les amoureuses offrandes hebdomadaires de l'entêté.

La virginité. Un capital essentiel pour se faire épouser. Non seulement essentiel, mais indispensable. Indispensable, un faible mot, un trop faible mot. La virginité, une condition nécessaire et suffisante pour convoler en justes noces avec un jeune homme de bonne famille, travailleur et honnête. Pas le moindre doute là-dessus, un garçon en âge de se marier, qui désire fonder un foyer, vérifie que sa future épouse est demeurée totalement chaste jusqu'à leur rencontre. Et c'est bien son droit, après tout. Un type bien

intentionné irait-il coucher dans son lit une traînée ?
Non. Il choisit du neuf, du solide, du propre.

Comment conserver ce précieux état, comment apparaître *encore comme ça*, telle Gratchok, jusqu'à l'aube de ses noces ?

Avec beaucoup de volonté, de jugeote, avec de l'astuce. En écoutant sa maman. Rivka ne plaisantait pas qui prodiguait sa énième leçon de vertu à son aînée trop excitée.

Ma fille, je suis certaine que tu désireras un jour te marier, ne me dis pas le contraire. Tu es comme les autres, même si tu te crois totalement originale. Je n'ai pas d'admiration particulière pour la virginité, mais les hommes si. En tout cas, ton père était comme ça. Il n'aurait pas toléré de trouver la porte ouverte par un autre, avant lui. Si tu ne veux pas te retrouver un beau matin dans la situation de Sarah, songe à t'arrêter, pendant qu'il est encore temps. Lorsque la bêtise est faite, il est trop tard. Ne lève pas les yeux au ciel. Je sais, je me répète, mais avec toi, on ne se répète jamais assez. Il faut une petite minute pour commettre l'irréparable, mais tout le restant de tes jours ne suffira pas à le réparer. Je ne suis pas une vieille « cathole » revêche et pudibonde, pas du tout. Je cherche uniquement à te rendre service, parce que je connais la vie. Une fille qui couche sans expérience — et c'est ton cas — se retrouve immédiatement enceinte. Tu m'entends, oui ou non ? Si tu cèdes, grande chèvre, tu tomberas comme les autres. Qu'est-ce que tu crois ? Les gamins de ton âge ne savent pas se contrôler et se moquent tout à fait des filles qu'ils laissent dans le pétrin. Ils prennent leur plaisir sans en donner, puis ils disparaissent. Tes petits amis parlent de faire l'amour, les pauvres ! Ils ne savent rien. A peine commencées, les choses sont déjà terminées. Tout s'apprend dans l'existence et tu as beaucoup de temps devant toi pour rencontrer un homme véritable. Aujourd'hui c'est encore trop tôt. Tu ne vas tomber que sur des merdeux.

Une chose encore. Si tu ne m'écoutes pas, tu sais ce qui te pend au nez. J'ai fait mon devoir, je t'ai prévenue, donc ne compte pas sur moi pour t'emmener en Suisse. Je n'en ai pas les moyens. A bon entendeur, salut. Les enfants, on rêve d'en avoir, quand on n'en a pas encore eu. Mais une fois qu'ils sont là, ce n'est pas du gâteau. Ta mère fera ce qu'elle pourra pour toi, jusqu'à ce qu'elle se promène assise dans un fauteuil à roulettes. Tu viendras le pousser, n'est-ce pas Hanah, égoïste ! Tu l'aimes ta vache à lait, hein ! Je vous aime toutes les deux, bien sûr, mais si c'était à refaire, tu entends, si c'était à refaire, espèce de petite abrutie écervelée, je ne vous referais pas. Là !

Question :

— Maman, alors c'est vrai. Si c'était à refaire, tu ne me referais pas ?

Réponse :

— Ma fille, oui c'est vrai. A cause de vous, j'ai supporté votre père qui m'a laissée trimer jour et nuit pendant quinze ans, parce qu'il se prenait pour le plus grand écrivain yddish vivant. A cause de vous, je rentre du travail pour que vous ne restiez pas seules. Je pourrais faire autre chose. Je continue de travailler comme une brute pour vous payer des études et des chaussures de chez Charles Jourdan. Parce que « les deux princesses » sont devenues difficiles. Maintenant, elles ont des goûts de luxe. Rien n'est assez beau, ni assez cher pour elles. Elles refusent de porter des vêtements ordinaires, elles exploitent leur mère sans scrupules. Ecoute-moi, princesse. Si tu as vraiment des goûts de luxe, apprends à les financer toi-même en travaillant. Ou bien épouse un millionnaire. Un dernier conseil, si tu veux te faire entretenir par un homme riche, tu as intérêt à te faire connaître vierge. Compris ? Pas de dot. Tu n'as pour toi que ton petit derrière que tu tortilles comme une excitée. Uses-en avec discernement. Mais une bonne situation vaut tous les maris du monde.

Voilà, j'ai fini.

Cours te perdre si tu veux, Hanah. Ta mère a fait son devoir. Ne viens pas pleurer dans ses bras, lorsqu'il sera trop tard. Amen.

Hanah. — Oui, maman. Je resterai vierge comme sainte Marie des Terreaux, rien que pour te faire plaisir.

Maman (très en colère). — Quand on a pondu une fille pareille, on n'a plus qu'à se foutre par la fenêtre.

Et Bergerat apparut. Et Rivka, bombardée d'attendrissants poèmes et de bouquets de fleurs, succomba.

Il s'appelait Marcel Bergerat et débarquait de Villefranche en Beaujolais. Jovial, exubérant, provincial et tendre avec ses amis, gais lurons de campagne ; amoureux émerveillé et timide avec Rivka ; méfiant devant Dinah, épouvanté par Hanah. Il circulait dans une antique traction avant grise et portait d'étonnants gilets de laine étriqués achetés par correspondance à la Manufacture d'Armes et de Cycles de Saint-Etienne. Sa moustache se tortillait sur des lèvres gourmandes et il roulait d'un air entendu des yeux parfaitement ronds au milieu d'un visage également circulaire. Il parlait peu, mais n'avait pas vraiment besoin de le faire. On le comprenait, de toute manière, autrement. Au commencement, il essaya, par la douceur, de se concilier les filles. Tâche ardue. Cette teigne de Hanah crachait sur tout, mordait et griffait. Dinah, avec un peu de patience, lui sembla susceptible de devenir plus comestible. Autant qu'il le put, il ignora l'aînée et séduisit la petite, plus souple et plus docile. Mais que lui voulait-elle, cette Hanah à moitié folle ? Et pourquoi le traitait-elle avec autant de mépris ? Parce qu'elle lisait ! En voilà une affaire ! Lui, la lecture l'ennuyait et le théâtre aussi, et toutes ces choses qu'on regroupait sous le générique « intellectuel ». Il ne se sentait nullement honteux pour autant.

Oui, il aimait le beaujolais, le pastis, la bonne chère, l'accordéon — celui d'Yvette Horner tout spécialement —, le camping, le jeu de boules, le football, les fêtes folkloriques, les farces et attrapes et les bals costumés. Il était prospère et peu avare de ses deniers. Si on le traitait gentiment, il se déclarait prêt à adoucir considérablement la vie des trois femmes esseulées. Avec de la douceur, il voulait bien s'habiller comme Rivka le suggérait, mais il ne pouvait supporter les mauvaises manières et la méchanceté de sa fille aînée.

Il essaya quelquefois d'intervenir timidement dans les homériques disputes qui déchiraient maintenant Hanah et sa mère, puis ne s'y risqua plus.

— Mais pour qui il se prend, celui-là ! Marcel, tu n'es pas mon père, heureusement d'ailleurs, alors, mêle-toi de ce qui te regarde. Compris !

Heureusement, oui il n'était pas le père. Car il aurait su comment répondre à une petite effrontée mal élevée de cette espèce. Il ne répondit pas et se contenta de consoler Rivka, après la bagarre. Parfois, il devait aussi supporter l'horrible gamine le dimanche après-midi, sans rien dire. Mais il avait le temps pour lui. Il aimait Rivka. La grande, avec le chemin qu'elle prenait, ne tarderait pas à quitter la maison d'une façon ou d'une autre. Quant à la petite, avec de la patience, il en ferait son affaire, elle n'était pas bien redoutable. Une fois l'aînée partie, ils pourraient toujours négocier un arrangement.

Bergerat rentra donc sous sa coquille et attendit sans trop de frayeur. Le temps allait lui donner raison plus tôt qu'il ne l'espérait.

Maman, ai-je vraiment le droit de m'adresser à toi pour te dire ce que je brûle de te dire. Une fille peut-elle se permettre de faire valoir son point de vue sur l'éducation que sa mère entend lui donner ? Si j'introduis cette question, c'est que, visiblement, je désire être consultée et que je ne le suis pas. Même si cette manière d'envisager nos rôles respectifs te paraît inhabituelle, elle me semble néanmoins susceptible d'apporter des solutions concrètes à nos éternels conflits. Sommes-nous réellement en total désaccord sur les perspectives qui s'ouvrent devant moi, ou utilises-tu les rancunes que tu as accumulées pour signifier la déception générale que suscite mon attitude à ton égard ? Es-tu vraiment choquée que je cherche à rencontrer des artistes ? Je ne puis tout à fait le croire, parce que toi et mon père n'avez justement cessé de m'inciter à parfaire et accroître mes connaissances dans le domaine de la culture. Toi-même as maintes fois insisté pour que je me mette à lire. Tu craignais, dis-tu, que je ne manifeste pas, en temps utile, un intérêt suffisant pour la littérature. Tu m'as rappelé un grand nombre de fois comment tu avais éveillé ma sensibilité artistique, en me lisant chaque jour un extrait des contes pour enfants de Kipling. « C'est grâce à moi que tu peux te montrer si prétentieuse, si cultivée ! De toi-même, tu n'aurais rien fait. Et souviens-toi, tu ne comprenais rien à ce que tu lisais, il fallait tout t'expliquer et tu posais, sans qu'on sache pourquoi, une foule de questions saugrenues qui prouvaient ton manque de maturité intellectuelle. »

De toutes tes réflexions que je rapporte, je déduis que, d'une part, tu m'engageais et me forçais presque à m'intéresser aux livres et que, d'autre part, tu méprisais mes maladroites tentatives pour réussir dans ce domaine.

Tu admirais les artistes, lorsque j'étais enfant. Tu fréquentais les salles de théâtre et de cinéma. Tu achetais des piles de livres à la fête de *l'Humanité.* Tu discourais sur le réalisme socialiste avec mon père et le tien. Tu emportais des recueils de poèmes dans les abominables tournées de vente au porte-à-porte que tu étais contrainte de faire pour nous entretenir. Tu m'as nourrie de toutes les valeurs que tu respectais et tu t'étonnes aujourd'hui que je manifeste le désir de rencontrer des artistes semblables à ceux que tu as toujours admirés. Et pourquoi ? Suis-je définitivement trop nulle pour prétendre un jour me passer de ta tutelle ? (sinon l'oublier). Je prétends maintenant avoir le droit de choisir mes lectures et mes amis. Les seconds te remplissent de mépris (ce qui signifie que tu me méprises également). Le lieu où je les rencontre t'épouvante. Parlons des premiers. Je te crois évidemment sincère, comme tout ce que j'ai dit plus haut t'en persuade. Je ne puis donc m'ôter de l'esprit que ton idée des artistes, et par conséquent de leurs œuvres, est totalement erronée. Tu te moques du respect que m'inspirent des titres inconnus, des comédiens jouant dans une petite salle où tu n'as jamais mis les pieds. Ils sont vêtus d'une façon que tu réprouves, ils n'ont pas de salaire. « Ils mènent une vie de fous. » Peut-être seront-ils un jour aussi célèbres que les artistes que tu vénères, et peut-être ceux-ci ont-ils, en leur temps, mené une existence qui ne recueillerait pas ton approbation. Pourquoi le *café du Caveau* serait-il un « lieu de perdition ? » Pourquoi le théâtre où je désire commencer à jouer n'est-il qu'un « ramassis de petits amateurs sans talent ? Et où devrais-je commencer, à ton avis ? A la Comédie-Française ? La réponse n'est, bien sûr, pas celle-ci. Tu penses que je ne devrais pas commencer du tout. Seuls t'intéressent mes résultats aux examens scolaires et ma chasteté. « Quand tu auras une situation, tu pourras faire tout ce que tu voudras. Même du théâtre, avec tes théâtreux. » Les choses se passent-elles ainsi ? Ne trouverai-je jamais grâce à tes yeux, qui me voient nulle perpétuellement.

Quelques semaines plus tard...

Maman Rivka. Tu avais raison, ma nullité est maintenant confirmée. Evidente. Mes arguments n'ont pas résisté à la réalité. Je suis tombée dans le piège et je n'en sortirai qu'avec ton aide. Imagine l'humiliation d'avouer mes erreurs. L'éducation ne sert à rien. Car j'entends déjà les cris que tu pousseras, lorsque tu entendras ma confession. Tu m'avais prévenue, tu m'avais tout expliqué, je ne tombais pas de la dernière pluie. Tout cela est vrai et je me suis comportée exactement comme une ignorante. Que déduire de cela ? Mes actes constituent-ils finalement une provocation qui t'est destinée ? Je ne sais. Suis-je capable de me nuire totalement, uniquement dans le but d'éprouver ta capacité de me réduire à néant ou de m'aimer ? Peut-être.

Tu m'avais donc dit : « Gare à toi ! » et « A ton âge on ne quitte pas sa culotte, si on n'est pas certaine de la remonter à temps. »

Je te cite. Jusqu'à ce jour, je t'ai écoutée et je ne me contraignais pas pour le faire. Méfiante j'étais, maman, méfiante, tu ne peux pas savoir ! Les petits jeunes gens à blazer ne constituaient pas une vraie menace pour moi. Même s'ils tentaient de me faire le grand jeu. Leur poitrine rose et sans poils ne me tentait pas du tout.

Alors comment suis-je tombée si bas ?

Mais à cause de toi !

Tu m'avais dit « Méfie-toi de tous ces merdeux qui ne savent rien faire et qui risquent seulement de te mettre enceinte. »

Je me suis méfiée, très bien. Mais m'avais-tu mise en garde contre les vrais hommes ? Ceux qui ont des poils partout et ont passé l'âge d'être qualifiés de merdeux ; non. Tu avais raison sur un point, *le Caveau* est effectivement un lieu de perdition, mais me l'as-tu dit assez explicitement ? Je cesse de me défendre, je suis de mauvaise foi. Mais tu m'aideras, Rivka, n'est-ce pas ? Tu viendras moucher mon nez et tout réparer. N'est-ce pas que tu viendras tout réparer ? Guitel a pu, pourquoi pas toi ?

Maman, je suis enceinte jusqu'aux yeux. Débarrasse-moi de ce lardon ! Si Yankel me voyait aussi enceinte — ça ne se voit pas encore, ça ne se voit pas du tout — si Yankel me voyait, il sortirait sa ceinture et m'achèverait avec. Aucun doute là-dessus. Mais il ne me verra jamais plus et tu n'as pas de ceinture. Tu n'as pas de couteau pour me tuer. Tu as de la voix pour me *crier dessus*, des yeux pour pleurer, de la rancune pour m'abandonner aux langes et aux biberons. De l'autorité pour me désigner la porte de sortie.

Tes clients, s'ils l'apprenaient, seraient outrés, n'est-ce pas Rivka ? Achèteraient-ils encore des manteaux et des tailleurs chez la mère d'une fille-mère ?

Jamais !

Tu dois donc m'aider sans tarder. Il y va de ta réputation. Avant qu'il ne soit trop tard. Dis oui...

Dis oui, et ne crie pas. Les voisins ne doivent pas savoir. Et puis en réfléchissant bien, ce n'est certainement pas ta faute. Tu as fait tout ce que tu pouvais pour éviter le pire.

C'est la faute de Papa. De Yankel. Tu vas tout comprendre. Et pardonner. Je n'ai pas spécialement le vice, ni le goût de la provocation dans la peau. Je cherche simplement un homme. Un papa.

Tout ce qui lui ressemble me cause une émotion que tu ne soupçonnes pas. Les souvenirs se battent dans ma tête pour anéantir ma volonté. Un simple détail peut m'être fatal. En d'autres termes, tout ce qui ressemble à mon papa, de près ou de loin, peut me corrompre. Je me contente de la plus anodine analogie. Comme un flic, je cherche des indices. C'est la raison pour laquelle je suis aujourd'hui dans le pétrin. Je crois lire dans ton regard, que tu n'approuves pas entièrement mon système d'explications. Il a pourtant quelque chose à voir avec une très respectable « science humaine ». Maman, as-tu déjà entendu parler de la psychanalyse et du docteur Freud ?

Pauvre idiote, dis-tu, je n'ai pas attendu d'avoir une imbécile de fille enceinte, pour entendre parler de Sigmund Freud. Moïche ne jurait que par lui. Mais ne pense pas chercher une excuse dans ses théories, avec moi, ça ne prend pas.

Rivka, je continue de m'expliquer, au risque de te déplaire.

Je suis un véritable chien policier du souvenir et je me contente de peu. Tout peut me servir d'alibi. Tu ne vois pas ? Attends, ne t'impatiente pas, je cherche un exemple qui marche à tous les coups. Enfin, presque à tous les coups. J'ai honte de te dire ce qui vient soudain traverser mon esprit.

Associez librement...

Non, je ne cherche pas à gagner du temps, je tente de rendre les choses absolument claires pour toi et pour moi. Maman, si tu ne veux pas m'aider, dis-le tout de suite et je vais me jeter dans le Rhône. Je vais me noyer dans le Rhône et tu n'entendras plus jamais parler de moi, sauf au cimetière. Le cimetière de la Mouche, je l'aime bien, bien qu'il soit trop juif. Trop triste, avec les usines qui l'enserrent et la voie ferrée. Je préférerais de loin le mont des Oliviers. *Har hazeitim*, tu vois ? Non. Quand on est mort, on est mort. Tu n'as pas assez d'argent pour faire transporter mon corps en Terre Sainte. Tu as déjà eu assez de morts dans ta vie, tu préfères que je te foute la paix avec mes plaisanteries de mauvais goût.

Soit. Je reviens donc à la psychanalyse, à ma petite enfance, à mon papa.

Lorsque j'étais enfant, certains détails m'ont frappée tout particulièrement. A cause de l'Œdipe. L'Œdipe, tu vois ? Non, je ne plaisante pas en un moment aussi tragique.

Comme tu le sais sans doute, Yankel est le premier homme que j'ai rencontré. Pour toi, un modeste coupeur, doublé d'un artiste trop prétentieux et d'un mauvais amant. A mes yeux, un modèle. Il est mort. Je n'ai pas eu l'occasion de réviser mon jugement.

Revenons-en aux hommes que je rencontre. Si celui qui se présente ne me rappelle en rien mon défunt père, tout danger est écarté. Mais si, en revanche,

Yankel déguisé en petit ami ou en tranche de foie de veau, montre le bout de l'oreille, je suis perdue.

Foie de veau ? Exactement, je ne plaisante pas, je ne perds pas la raison. Comme tout cela est clair ! Les systèmes d'explications, il n'y a que ça de vrai. Ils marchent à tous les coups, quand on sait s'en servir. Celui-là m'arrange bien aujourd'hui.

Les gens veulent que tout s'explique, expliquons donc. Et confidentiellement, maman, j'avoue n'être pas plus tentée par Marx que par Freud. Je suis généralement perplexe. Mais te souviens-tu que ton époux avait le chic pour dénaturer les chansons d'amour en chansons alimentaires ? Souviens-toi, je me souviens. André Claveau susurrait « fou de vous, je suis fou de vous » et Yankel approuvait « foie de veau, je suis foie de veau ». Etait-ce parce qu'il avait eu très faim chez les Polonais, ou parce que le français est une langue imprononçable ?

Il existe encore une autre raison pour que j'associe l'auteur de mes jours à un morceau de sanglante bidoche. Et c'est sa faute à lui. Entière. Il n'avait qu'à pas me forcer à lui faire cuire chaque semaine sa tranche de foie dégueulasse ! Le sang et aussi la chair arrachée à un animal à quatre pattes qui meuglait gentiment, avant qu'on lui ôte la vie m'inspirent de l'horreur. Yankel aimait-il les animaux vivants ? Je ne sais. Morts, c'est certain. Sans cela, il ne m'aurait jamais demandé d'aller lui acheter son hebdomadaire tranche de foie, pendant que tu n'étais pas là. Il préférait que nous soyons seuls, lui et moi, pour officier. Car sa manière t'aurait certainement fait pousser des hurlements indignés. A cause de la saleté de l'entreprise. Mais c'était précisément son caractère artisanal qui le ravissait. Je devais brandir au bout de ma fourchette la tranche gluante au-dessus de la flamme, afin qu'elle grille bien, comme en Pologne. Dans une poêle à frire, avec de la margarine, ça n'aurait en rien ressemblé à Radom. Le foie se balançant et maculant de sang la cuisinière, le foie grésillant lui rappelait les forêts de Pologne, le feu de bois, les antisémites. Papa ronronnait devant son foie avant de consommer, comme Léopold Bloom en attendant ses rognons. Je servais, il dégustait. Je nettoyais le carnage. En mastiquant il bougonnait, « Schlemazel, tu ne raconteras rien à ta mère, promis. Ton père t'interdit. Nettoie tout ça comme il faut. Tu comprends ou tu ne comprends pas ? »

Je frottais, je suais pour arracher le sang brûlé à l'émail. Je me taisais par peur des représailles.

Maman, tu dis que tu en as assez d'entendre des conneries sur mon pauvre père qui n'est plus là pour se défendre. L'accuserais-je ? Avec des débris de foie de veau et de psychanalyse ? Aucune justification, d'accord. Même si le père putatif de mon petit a un lien — à son corps défendant — avec toute cette histoire. Maman, je voulais juste avoir un artiste pour petit ami et j'ai plongé à cause de ce que je t'ai expliqué rapport à mon papa, rapport à l'art. Et me voilà foutue. La première fois était la bonne. Exactement comme tu avais prédit. Mais maman, dis-moi, comment fais-tu avec M. Bergerat ? Pourquoi ne m'as-tu rien dit là-dessus ? La dissuasion n'était pas suffisante, comme tu peux le constater.

Ne crie pas, maman ! Ne roule pas des yeux furieux, ne t'approche pas la main en l'air pour me frapper. Je me tais. Une fille doit respecter sa mère, penser à son travail et garder sa culotte tant qu'elle n'est pas mariée. C'est bon pour la santé et la réputation. Maman, si tu m'aides, tout ce que tu voudras, tu l'auras. Je t'obéirai totalement, je serai ta chose consentante, sauf sur un point. Les tampax. Tu as tort de croire que le pharmacien a une très mauvaise opinion de moi, parce que je lui achète une innocente petite boîte chaque mois. Une jeune personne qui utilise des tampax n'est pas, maman, à ses yeux, une traînée. Contrairement à ce que tu penses, il n'en parle pas à tout le quartier, il m'approuve. Maman, qu'est-ce que je vais devenir maintenant ?

— Est-ce que tu l'aimes, ton crétin du *Caveau* ?

— Non...

— Passons. Pauvre idiote. A-t-il de l'argent ? Qu'est-ce qu'il fait dans la vie ? Il travaille ?

— Oui, il a de l'argent. Beaucoup d'argent.

— Et où le prend-il ? Ce n'est pas un voyou, dis-moi !

— Presque. Il vend des trousseaux dégueulasses au porte-à-porte. Il a trois courtiers qui se baladent en 2 CV dans la campagne, et comme il n'a pas confiance en eux, il a toujours un revolver sur lui pour les impressionner. Autrement, ils partiraient avec la caisse.

— Un revolver. Où as-tu vu jouer ça ? Un revolver ! Tu n'es pas un peu mythomane ?

— C'est la vérité. Il a un revolver sous son oreiller, enveloppé dans une serviette éponge.

— Eh bien, tu n'as pas froid aux yeux, ma petite. Alors téléphone-lui à ton zèbre cultivé, à ton gangster et raconte-lui comme il a bien travaillé. Qu'il paie, je m'occupe du reste. Mais je te préviens, une fois cette affaire réglée, je te boucle jusqu'à ta majorité. Ta mère n'est pas ton souffre-douleur. Quand tu seras majeure, tu feras une douzaine d'enfants, si tu en as envie. Je ne viendrai pas les torcher. Tu croupiras dans la misère. Et ce sera bien fait pour toi.

Chut, Maman ne pleure pas. Je vais retrouver Charlie. Il me donnera l'argent. Et s'il ne veut pas, je me ferai sauter la tête avec son revolver. Je l'appelle tout de suite, Rivka, c'est comme si c'était fait. Tu ne seras ni grand-mère, ni belle-mère de gangster. Je serai dorénavant pure. Aussi immaculée que Gratchok. Inutile de me boucler. J'ai tout compris à la vie.

— Pauvre imbécile. Ce n'est pas le moment de plaisanter, tu risques ta vie et la prison. Ne parle à personne de cette histoire. Absolument à personne. Tu entends ce que je te dis, ou tu n'entends pas ?

Je saisis... Je me tais. Je trouve Charlie et l'argent. Ou alors, je me tue.

Charlie aurait bien épousé cette petite, mais elle ne voulait rien savoir. Aussi lui tendit-il de mauvaise grâce une enveloppe contenant la somme qu'il estimait utile pour l'intervention.

— Tu es bien sûre que tu ne veux pas de lui, Hanah. Réfléchis bien.

Rivka se demandait si en renonçant à son arme, Charlie, le vendeur de trousseaux, à vingt-cinq ans propriétaire de son appartement, ne ferait pas un gendre acceptable. Mais la gamine avait la tête dure et préférait risquer sa vie. Maintenant Charlie — qui l'avait fait exprès — la dégoûtait.

— Avec l'argent que tu m'apportes, ma fille, n'espère pas une clinique suisse. Ça ne va pas être drôle. Ça t'apprendra à vivre.

Hanah était prête à mourir, plutôt que d'exhiber un gros ventre dans les rues de Lyon. Même au *Caveau*, on l'aurait regardée d'un drôle d'air, si elle avait essayé de caser sa rotondité entre les banquettes de moleskine et le marbre des tables.

La veille de « l'opération », Rivka mouchait son nez et essuyait ses yeux voilés de larmes.

— Qu'est-ce que je vais devenir, Marcel, avec une

fille pareille ? Je vais me suicider, comme ça j'aurai enfin la paix.

Joignant le geste à la parole, elle courut vers la fenêtre, mais Marcel qui veillait l'attrapa à bras-le-corps et la maîtrisa. Rivka sanglotait interminablement. Hanah n'était pas encore rentrée du lycée à huit heures du soir. Où était-elle encore allée traîner, cette folle, à une heure pareille.

— Quand elle va rentrer, Marcel, je la tue ! Marcel aide-moi, fais quelque chose ! Cette gamine va me rendre folle !

— Et que veux-tu que je fasse ? Ce n'est pas ma fille. Si je lui dis quelque chose, elle va me sauter au visage. Ce n'est pas moi qui vais la mater.

Tandis que sa maman pleurait et se lamentait, tandis que Marcel la consolait, Hanah se terrait rue des Marronniers avec un nouvel amoureux. Une adresse encore inconnue de sa mère, croyait-elle. Celle du petit théâtre où elle avait assisté, éblouie, à la représentation de *la Moschetta* de Ruzzante. Le bergamasque l'avait séduite, le bergamasque lui avait lancé un regard significatif au dernier salut et l'attendait à la sortie. Comment résister à un aussi talentueux garçon ? Monsieur, voulait-elle lui dire, monsieur, si vous saviez comme ma situation est tragique. Voilà que je vous rencontre enfin. Vous êtes un merveilleux acteur, vous êtes beau, vous me plaisez, mais tout est impossible entre nous. J'ai gâché ma vie en cinq minutes avec le propriétaire d'une arme à feu et vous ne voudrez jamais de moi. Mon passé est inavouable. Surtout à mon âge. Moi aussi, je voudrais jouer la comédie, mais ma maman ne veut pas. Je lui ai fait de mauvaises surprises et la voilà aujourd'hui très remontée contre moi. Que faire, monsieur, que faire, surtout quand on ne peut rien vous confier ?

— Vous aimeriez faire du théâtre ?

— Oh oui !

— Revenez quand vous voudrez, l'après-midi. Je vous trouverai bien quelque chose à faire pour commencer. D'accord, vous reviendrez, n'est-ce pas ?

— C'est-à-dire que... ma mère n'est pas tout à fait persuadée que... Ça va être difficile !

— Ne vous inquiétez pas. J'irai la voir si elle rechigne !

— Ne vous imaginez pas cela, si elle savait à l'instant où je me trouve, elle viendrait me gifler devant vous, sans vous écouter. Je la fais beaucoup souffrir.

— Détrompez-vous. Je plais énormément aux mamans. Venez demain.

Hanah quitta subjuguée l'impasse du théâtre pour se trouver face à Bergerat et Rivka postés en planque dans la 11 CV.

Pas si bête Bergerat. « Rivka, avait-il dit, écoute, des théâtres miteux, il n'y en a pas trente-six. Allons voir du côté du *Caveau*. »

En chaussons et gilet de laine, Bergerat avait sorti sa voiture à dix heures du soir. Il ramènerait « la gamine » à la maison de gré ou de force. On ne pouvait pas laisser Rivka dépérir de la sorte, tout de même.

Quand Hanah, insouciante, apparut au bout de l'impasse, Bergerat descendit pesamment de sa limousine et fit face à « la gamine » sans rien dire. Elle se rendit, l'air lamentable et vaincu. On la fit asseoir sur la banquette arrière, sans lui adresser la parole et l'on roula vers les pentes de la Croix-Rousse.

A la maison, Rivka parla enfin.

— Ma fille, tu me désoles. Rien ne te servira donc jamais de leçon. Tu me forces à prendre aujourd'hui, après mûre réflexion, des décisions tout à fait désagréables. Bouclée ! Tu entends, je vais te boucler pour de bon. Je vais te faire enfermer. J'en ai assez de tes conneries... Plus qu'assez. Je ne veux plus être responsable d'une tordue comme toi. J'irai voir un juge pour enfants, quand ton affaire sera terminée, et je lui expliquerai la situation. Il s'occupera de toi. Terminés les sentiments. Tu crois que tu vas me jouer le cirque de l'avortement tous les mois ? Tu rigoles, ma fille, tu rigoles ! Moi, à ta place ma petite, je serais devant mon bureau en train de préparer mon examen et de regretter ce que j'ai fait. Mais mademoiselle court la prétentaine rue des Marronniers et je suis obligée de m'habiller à dix heures du soir pour essayer de la retrouver. Je te préviens, tout cela est terminé. Et Marcel va m'aider, si je n'y arrive pas toute seule. N'est-ce pas Marcel ?

— C'est que... Oui, ma chérie...

Hanah, prise au piège, se rua sur lui.

— Bergerat, boucle-la. Tu n'es pas mon père. Tu n'as aucun droit sur moi !

Bergerat s'éclipsa en soupirant et Rivka hurla que sa progéniture l'acculait au pire. Sans tuteur efficace, Hanah hériterait d'un nouveau père, le juge pour enfants.

Je vais me tirer avec le premier venu, murmura Hanah. Sinon, je me fous dans le Rhône. Je ne passerai jamais mes dimanches devant la télé entre Rivka et Bergerat.

— Ton nouveau petit ami le théâtreux ne m'a pas l'air sérieux. Et pourquoi le serait-il ? Ne roule pas des yeux de merlan frit. Ce n'est pas parce qu'il prétend faire du théâtre dans une impasse minable et qu'il habite très chic rue Boileau, qu'il va t'épouser. Mademoiselle est amoureuse une fois de plus et commence à rêver. Reviens sur terre, Hanah. Reviens vite. Sais-tu que tu as mauvaise réputation ? On t'a vue traîner et te faire peloter dans toutes les surprises-parties de la ville. Tu t'es fait mettre enceinte par Charlie, tu viens d'avorter, tu ne veux plus le revoir. Que fait mademoiselle quand ce pauvre garçon téléphone pour prendre des nouvelles ? Mademoiselle fait sa mijaurée et refuse de condescendre à répondre. Il te dégoûte. Tu ne pouvais pas t'en rendre compte avant, idiote. Tu m'aurais évité bien des emmerdements.

— Emmerdements ? ! C'est lui qui a payé et c'est moi qui souffre !

Elle est ridicule et sotte. Ridiculement sotte. Tant pis pour elle.

— Un ultime conseil, Hanah, ne parle jamais de cette histoire à qui que ce soit. Plusieurs raisons à cela. Premièrement, on pourrait nous dénoncer et nous finirions toutes les deux en prison. Deuxièmement, personne ne te plaindrait, on te mépriserait plutôt en silence. Et si tu penses avoir une chance avec ton théâtreux, ne lui raconte absolument rien. Comment s'appelle-t-il déjà, celui-là, avec un nom pareil ?

— Montagnol...

— Montagnol. Un type avec un nom comme ça et qui habite les quartiers élégants ne doit pas être spécialement compréhensif. Motus, Hanah. Compris ?

— Motus maman compris. Rien de rien, il ne saura jamais rien.

— Qu'elle est bête. Mais qu'elle est bête ! Et c'est moi qui l'ai faite. Mais qu'est-ce que tu fabriques, au juste, avec lui ?

— Maman, des choses très importantes ou qui promettent de l'être. Pour l'instant je vends les billets à la caisse, je place les spectateurs et ensuite, je fonce dans les coulisses et me transforme en habilleuse. Antoine m'a promis que je monterai sans tarder sur scène pour jouer un véritable rôle dans le prochain spectacle. Je sais déjà mon texte par cœur. C'est formidable.

— Ma fille, c'est formidablement idiot. Tu es formidablement, exceptionnellement stupide. Mettons une fois pour toutes les choses au point. Ouvre bien tes oreilles. Si je n'interviens pas immédiatement, tu seras dans trois jours la maîtresse de ce Montagnol. A moins que ce ne soit déjà fait. Prions Dieu qu'il n'y ait pas de conséquences. Si tu joues dans une pièce de théâtre, tu rentreras tous les soirs à deux heures du matin et tu échoueras à ton baccalauréat. Maman ne sera plus là pour casquer une année de plus. Maman ne veut plus. Maman dit non. *Non non non non non non, non non non non, non non non non !* Finie la rigolade. Si tu rentres encore une fois plus tard que huit heures du soir de ton maudit théâtre, je porte plainte contre ton Antoine pour détournement de mineure. Pas de haussement d'épaules, je le ferai sans aucune hésitation. Il prendra peur. Il laissera tomber. Avec toi, il faut toujours finir par employer les grands moyens.

— Mais maman ! J'ai promis de faire l'ouvreuse et l'habilleuse ce soir !

— Alors ce sera le dernier soir. Dis-lui bien ça. On n'a pas le droit de faire travailler un mineur sans le consentement de ses parents. Dis-le-lui bien avant que je n'expédie ma lettre au procureur de la République. Ma fille, c'est très mal de regarder sa mère avec un œil aussi méchant. On n'a qu'une seule mère dans sa vie. Rappelle-toi cela. Inutile de la détester.

Antoine Montagnol avait des principes. Il les énonçait clairement, sans la moindre honte et sans rire. Sa barbe raide et clairsemée séparait son visage triste de son cou jamais lavé. Et pourquoi se laver ? Quelle perte de temps ! Et l'on risquait d'attraper froid.

Les gens sales se lavent tout le temps, parce qu'ils en ont besoin. Mais moi, est-ce que je sens mauvais, vraiment ? Un « sale » bien entretenu n'est pas vraiment sale, expliquait-il à Hanah sidérée qui n'osait franchement lui avouer son opinion sur la question.

Hanah avait absorbé, jusqu'à en faire sa propre substance, les préceptes et commandements de Rivka, illustrés par une chanson qu'elle connaissait depuis son enfance.

> *Quand les maisons sont sales*
> *Les amoureux s'en vont*
> *Quand les maisons sont sales*
> *Les amoureux s'en vont*
> *Les amoureux s'en vont*
> *La destinée ohé ohé ohé ohé*
> *Les amoureux s'en vont*
> *La destinée ohé*

Est-ce qu'il sent la moindre odeur de saleté, s'interrogeait Hanah. Mais tout pue la pourriture ici. Tout. La scène, la salle, les loges, les toilettes. Les toilettes ou celles qu'on nommait telles par euphémisme, elle préférait les oublier tout de suite. Les cafards, les souris s'égaillaient dans les couloirs sombres, mourant en impasse et en caves terrifiantes sous la boutique du charcutier qui y jetait ses vieux os, pour ne pas avoir à marcher jusqu'à la poubelle. Comment choisir entre toutes ces odeurs si prenantes ? Dans ce concert de fragrances, Antoine-Lucien ne devait pas être le plus frappeur. Placé dans un autre contexte, que répondre à Antoine ? Pouvait-on le repérer à son odeur, dans le salon maternel ? Ses parents ne s'étaient jamais plaints de lui.

Comment pourrais-je lui parler d'hygiène, se demandait Hanah en détordant des vieux clous avec un petit marteau, pour que Montagnol les plante dans le nouveau décor, entièrement constitué de vieilles planches et de cageots ramassés dans l'impasse ?

— Ruzzante, c'est la misère de Naples, tu comprends, Hanah ? Ce matériau correspond exactement au lieu décrit dans la pièce. Nous allons jouer dans une sorte de petit bidonville. Le bidonville est mon décor préféré. Je vais recouvrir le plateau de la terre qui se trouve dans les caves.

— Mais dans les caves, il y a des rats, des cafards et des os pourris !

— Justement, c'est formidable. J'aimerais même qu'une souris vienne se promener entre mes jambes pendant les représentations. Les spectateurs croiraient que c'est fait exprès. J'amènerai des os pourris, pour les attirer un peu. Ne prends pas cet air dégoûté, les rues étaient au moins aussi dégueulasses que ça, au Moyen Age !

— Tu as sans doute raison, mais je trouve le théâtre suffisamment malpropre comme ça. Je voulais justement te faire une proposition complètement différente. Mais je n'ose plus en parler maintenant.

— Vas-y toujours.

— Eh bien voilà, on pourrait d'abord nettoyer le théâtre à fond et après, aller prendre un bain chez toi.

— Il faut voir. Pour le théâtre, il faut voir. Mais pour le bain, je ne dis pas non, si tu le prends avec moi.

— Oui, si tu prends une douche avant. Savonnée !

— Mais qu'est-ce qui lui prend ? Tu veux, en somme, que je me lave. Tu me trouves sale, Hanah, dis-le tout de suite.

— Ben oui...

Les longs cils battirent au-dessus des yeux verts. Antoine était soufflé par l'audace de Hanah.

— Hanah, pour te faire plaisir, je vais prendre une véritable douche savonnée et je vais changer de linge. Ça fait au moins deux mois que je n'ai pas mis les pieds dans la salle de bains.

L'aveu final de Hanah s'échappa de ses lèvres dans un cri.

— Je me douche et change de linge tous les jours !

— Pauvre petite, je te plains. Un jour, tu vas tomber gravement malade.

Les larmes montèrent aux yeux de Hanah. Il était sept heures et demie. Elle devait aller prendre l'autobus, pour être de retour à huit heures.

— Tu pleures ? Je me laverai tous les jours ! Veux-tu que nous allions au cinéma, puis au restaurant ?

Hanah pleura de plus belle. Le cinéma, le restaurant lui étaient désormais interdits. Antoine se baissa. Ses cheveux de hérisson poussiéreux frôlèrent les genoux de Hanah.

— Mexico, pourquoi pleures-tu ? Une jeune fille bien soignée ne renifle pas.

— Maman ne veut pas que je sorte le soir, avoua-t-elle dans un sanglot. Je dois rentrer tous les soirs à huit heures.

— Mexico, pourquoi est-elle si dure, ta maman ?

— Antoine, pourquoi Mexico ?

— Mexico, c'est la souris noire et blanche du dessin animé. Quand je t'ai vue la première fois, je me suis dit : voilà Mexico qui s'amène, je vais lui sauter dessus. Pourquoi ta maman est-elle si dure ?

Pourquoi est-elle si dure ?

Antoine-Lucien, tu ne le sauras jamais. J'ai promis. Et si je violais ma promesse, tout serait fini. Un Montagnol de la rue Boileau ne saurait tolérer une Hanah qui s'est fait mettre enceinte par un Charlie qui vend des trousseaux au porte-à-porte, avec son arme à feu. Silence, silence. Rivka a raison. Tu ne sauras jamais rien. Tu ne pourrais supporter. Tu me renverrais chez Charlie. J'apprendrais à tirer au P. 38, Une fille impure n'a rien à confesser. Une fille dévergondée et repentie obéit à sa maman. Tu ne sauras jamais rien.

— Moi, je vais lui téléphoner à ta mère. Elle ne résistera pas à mon charme. Elle me donnera tout de suite l'autorisation.

— Elle te raccrochera au nez. Oublie tout.

— Dans ce cas, demande-lui un rendez-vous. Dis-lui que je veux lui parler.

Dans ce cas, il veut lui parler. Dans ce cas, il veut lui parler ! Rivka, tu te rends compte, Antoine-Lucien Montagnol te demande un rendez-vous.

Je me sens comme un vermicelle, maman. Maman, est-ce que tu m'admires, est-ce que tu m'aimes au moins ?

Maman, j'ai allumé des bougies partout, j'ai mis un disque de musique classique pour faire plus romantique. Vu l'importance de l'événement. Maman, *mamele*, Rivka. Comment une telle métamorphose est-elle devenue possible ? Il y a quinze jours, je tremblais de fièvre au fond de mon lit. Je contemplais, en regrettant ma faute, les volutes mollassonnes de la tapisserie rose et défraîchie. Ma vie était foutue. Bonne pour l'atelier de confection. J'allais doubler des manteaux toute ma vie. Mais je m'étais trompée. La vie est différente. L'appartement transformé en chapelle te le démontrera. Maman, j'ai gagné le gros lot, et tu seras fière de moi. Grâce à toi, j'en conviens. J'ai observé la consigne du silence. J'ai caché mon inavouable passé.

J'ai joué les jeunes filles élevées au couvent. Je sais faire la révérence, la génuflexion et le signe de croix. « Je vous salue Marie pleine de grâces, le fruit de vos entrailles est béni ». Je n'ai rien dit au sujet du fruit maudit de mes entrailles. J'ai seulement confessé : « Ma maman qui travaille dans le vêtement, est très stricte au sujet de l'éducation. »

Pourquoi pas *Mamele* ? Et comment *Mamele* ? Et quand *Rivkele* ? Je détordais des vieux clous rouillés avec un marteau, pendant qu'il m'expliquait qu'il construisait un décor expressionniste avec des vrais rats et des vrais cafards. Il n'est pas tout à fait propre, mais il y tend maintenant. Il se nomme Antoine-Lucien Montagnol, tu le sais déjà. Il voulait m'emmener au restaurant et au cinéma. Alors, j'ai dit « ma maman veut que je rentre à la maison tous les soirs à huit heures ». C'est vrai. Absolument. Et j'ai pleuré. « Je vais lui téléphoner, lui parler. Pourquoi est-elle aussi dure ? » Je n'allais pas lui répondre : « ma maman a peur que je revienne une deuxième fois à la maison enceinte. »

Maman, mentir est merveilleux. C'est comme si on disait la vérité. Les gens vous croient. Et on peut y mettre de l'expression. Pendant qu'on parle, on se dit que les choses pourraient, avec un peu de chance, être telles qu'on les décrit. Au bout de trois jours, il a voulu savoir si j'avais demandé un rendez-vous pour lui à ma maman.

— Et pour quoi faire Antoine, et pour quoi faire ? C'est une femme déterminée qui ne cédera jamais.

Il m'a dit de lâcher mon marteau, on s'est lavé les mains, on est sortis du théâtre. La lumière m'aveuglait. Il fait si noir dans cette cave.

— On va au café, il faut que je te parle.

Le café s'appelait *la Brioche*. Je buvais du thé et je faisais semblant de fumer une cigarette, pour avoir une contenance décontractée.

— Tu ne sais pas ce qu'on va faire ?

— On va aller au cinéma, et ensuite au restaurant ! Mais ma maman ne veut toujours pas !

— Non, on va se marier.

Rivka, je n'ai rien d'autre à dire. Une reine je serai, quand je serai mariée ! Et tu m'aimeras cette fois au moins ?

Maman, j'avais allumé des bougies partout, j'avais mis un disque de musique classique sur l'électrophone, pour faire romantique.

Et tu es arrivée.

Rivka est arrivée, Bergerat à ses côtés, qui portait son gilet de laine gris, ses chaussures montantes à semelles de caoutchouc et à fermeture Eclair sur le devant. Rivka n'était pas une romantique. Elle détestait les bougies, la grande musique et les états d'âme. Elle voulait que sa maison et ses idées restent claires. Elle n'appréciait pas les lieder de Schubert, la pénombre. Mon air inspiré et dédaigneux. Alors, elle s'est aussitôt mise à crier.

— Mais alors quoi, il fait sombre comme dans une tombe ici ! Mais qu'est-ce que signifient toutes ces bougies allumées ? Il n'y a pas de panne de courant, que je sache. Ma fille, tu déménages. Eteins-moi ça tout de suite et coupe-moi cette musique, on ne s'entend plus. Nous ne sommes pas dans une église, avec tous ces miaulements. Regardez-la, avec ses poses ! Elle se croit tout à fait originale. Elle veut épater la galerie avec son cirque romantique. C'est la puberté, en somme ! Qu'est-ce que je ne dois pas endurer. Hanah, remets-moi tout en ordre, tout de suite. Ta mère rentre crevée du boulot et tu n'as même pas pensé à mettre le couvert. Tu prends ta mère pour une vache à lait, un porte-monnaie, un point c'est tout ! Ma fille ne sait faire qu'une seule chose, demander. Maman, donne-moi des sous ! Ah ! c'est facile de se prendre pour une intellectuelle, quand on parasite sa mère à longueur d'année.

« Marcel, je n'en peux plus. Je ne peux plus la supporter avec ses bougies et sa musique. Pourquoi est-ce que je n'ai pas fait une fille normale comme tout le monde ? Et voilà que la grande se met à contaminer la petite avec ses conneries. Vivement qu'elles soient toutes les deux élevées et qu'on n'en parle plus. Je me suis sacrifiée pour ces deux merdeuses, et elles m'ont foutu la vie en l'air. Quand elles seront parties, je pourrai enfin respirer.

Comme Rivka se laissait tomber dans un fauteuil pour pleurer, Bergerat m'a regardée d'un sale air. Je me suis dit : voilà c'est le moment. Le bon moment pour lui annoncer, que grâce à Antoine, j'allais quitter la maison, la délivrer pour toujours. Elle n'endurerait plus mes états d'âme, sa maison ne ressemblerait plus à une écurie, un dépotoir, une vraie honte.

— Maman, ne pleure pas, je dois te dire une chose très importante.

— Quoi, tu es encore enceinte ! Ne compte pas sur ta mère cette fois-ci. C'est fini, je ne veux plus te voir !

— Maman, je vais quitter la maison, parce que...

— Pas question, tant que tu es mineure je commande « Pas question ! »

— Maman, je vais me marier...

— Te marier, toi ? Quel est l'idiot qui veut d'une petite traînée comme toi ?

C'est à cet instant que j'ai failli devenir matricide ! *Une petite traînée comme toi.* Est-ce qu'on dit une chose pareille à sa fille, quand elle est amoureuse ! D'accord, on ne sort pas le couteau à viande, pour se venger des paroles blessantes prononcées par sa maman. Mais Bergerat veillait et m'a ôté des mains l'arme du futur crime. Et nous nous sommes tous mis à verser des larmes.

A ma pauvre maman qui pleurait, parce que j'avais eu ce geste blessant, j'ai demandé pardon. Elle a dit oui. Et « mais qui c'est, mon futur gendre ? Quel courage il a de prendre une cinglée comme toi. Dis-lui que je lui souhaite bien du plaisir. »

— Il veut te voir.

— Qu'il vienne. C'est le théâtreux, j'en suis sûre. Nous voilà beaux. Marcel, mon futur gendre se prend pour un artiste et ne gagne pas de quoi manger. Mariez-vous les petits. Mais ne comptez surtout pas sur maman pour vous entretenir. Dé-broui-llez-vous ! Rivka ne financera pas les prétentions artistiques de son gendre et de sa fille !

— Oui.

— Bon, dis-lui de venir. Je ferai tout ce que je pourrai pour vous aider.

VI

Les Montagnol. Des gens civilisés. Pas des brutes, des pauvres grimpant dans l'ombre leurs étages malodorants.

Les Montagnol habitent une blanche maison, dans une rue silencieuse. Lorsqu'on sonne, on entend à peine le timbre de la sonnerie. Une dame à chignon austère vient vous ouvrir et vous conduit dans un salon encombré de meubles anciens, de tapisseries et de tableaux.

La porte vitrée donne sur une salle à manger. La table est déjà dressée. Le balancier de l'horloge oscille dans sa boîte, Mme Montagnol respire à peine, le visage voilé par la poudre de riz. J'inspecte son tailleur strict et mal coupé, elle me dévisage sans rien dire. Consternée. Elle ne s'attendait pas à une pareille catastrophe. Mon visage se couvre-t-il de pustules et de sanies ? Mon regard fuit, s'accroche aux rideaux de batiste brodée (pas de voile tergal plein jour, comme chez Rivka), aux embrasses de soie, aux tentures. Elle examine, se racle la gorge. Elle va parler. Voix douce, elle susurre vraiment, croisant ses jambes lisses, joignant ses mains soignées.

Antoine, pourquoi m'as-tu abandonnée ?

Je suis seule face à Mme Montagnol qui t'a porté. Comment, je n'ose l'imaginer. Obéissez-vous, dans cet air feutré, aux lois de la nature ?

— Quel âge avez-vous, mon enfant ? Si je ne me trompe pas, vous vous appelez Hanah, n'est-ce pas ?

— J'ai dix-sept ans. Hanah Rosenfeld, exactement.

— Que faites-vous actuellement ?

— ... Heu... Je poursuis mes études...

Hi ! hi ! hi ! Habilleuse de théâtre, caissière, ouvreuse rue des Marronniers !

— Bien, très bien. Des études judicieusement choisies assurent un avenir confortable. Etudiez-vous le latin ?

— Non...

— Bon, tant pis. Mon fils Antoine m'a informée qu'il souhaite vous épouser. C'est la raison pour laquelle je vous ai conviée à venir dîner chez nous ce soir. Si vous devenez notre belle-fille, il faut dès aujourd'hui apprendre à nous connaître. Et pour régulariser la situation, il serait convenable d'organiser au plus tôt des fiançailles.

Des fiançailles ! Très chic, très chic ! J'aurai une bague, de la musique, des petites cousines.

— Oui, madame.

— Mais à vrai dire, les choses ne pressent pas. Il vous faut d'abord réfléchir. Ne pas prendre votre décision à la légère. Le mariage est une chose sérieuse, grave même. Vous y avez pensé, bien sûr... Dites-moi mon enfant, où êtes-vous née, et quelle est la profession de vos parents ?

Antoine, pourquoi m'as-tu abandonnée ? Tu ne lui as rien dit du tout !

— Je suis née en Suisse.

— En Suisse. Comme c'est charmant, comme c'est exquis ! Alors vous êtes suissesse ? C'est ce qui explique votre nom, sans aucun doute.

Mme Montagnol a, à cet instant, laissé échapper un soupir de soulagement. A cause de ses soupçons, qui devenaient moins lourds.

J'ai pensé : Ne te réjouis pas si vite. Le pire, ce que tu crains, est la vérité.

— Madame pas du tout suissesse, comme vous deviez l'espérer. Juive polonaise.

Déception. Horreur. Désespoir.

Elle fronce ses lèvres minces. Elle tortille ses fesses mal installées au bord du fauteuil crapaud.

— Mais que me dites-vous là ? ! Comment une telle chose est-elle possible ?

— Je suis née dans un camp de réfugiés, pendant l'Occupation. C'est ce qui pouvait arriver de mieux à un Juif, à cette époque-là.

— Qu'allez-vous penser ? France la douce n'est pas antisémite ! Vichy était, pendant la guerre, une ville tout à fait délicieuse. Tout y était si gai, si raffiné qu'on en oubliait, à vrai dire, ce qui se passait dans le reste de la France. Mon mari travaillait dans l'administration... Je dois vous avouer que j'ignorais tout de vos origines, mademoiselle. Mon fils a oublié de me dire que vous êtes israélite. Nous sommes catholiques pratiquants. Votre union pose un grave problème à notre conscience. Y avez-vous pensé ?

— Avez-vous songé que mon union avec Antoine puisse également me poser ce que vous appelez pudiquement des problèmes de conscience ? Mais naturellement, ça n'est pas le cas.

— Eh bien, nous aurons à reparler de tout cela

tout à l'heure en présence de mon fils. Et également, sans doute, avec vos parents que je souhaite rencontrer, afin qu'ils connaissent notre opinion dans cette affaire.

— Je n'ai que ma mère.

— Il me suffira de parler à madame votre mère.

Antoine, pourquoi m'as-tu abandonnée ?

Comme tu l'imagines sans difficultés, mon geste homicide, malgré ses apparences, n'en était pas un. Il est tout à fait exact que tu es en droit d'affirmer le contraire. En effet, que serait-il advenu si Marcel n'avait pas désarmé ma main ? Aurais-je foncé sur toi avec cet horrible couteau à découper la viande ? Je ne puis le croire, mais je le crains. Je le crains, car ce n'est pas la première tentation de violence irréparable, dont j'ai été l'objet. Il y a eu une première fois, mais cette première impulsion assassine ne te visait pas. Elle ne voulait qu'anéantir Dinah, dont l'existence même me persécutait. Tu me répondras qu'il n'y avait aucune raison à ce que je veuille tuer ma petite sœur, parce qu'elle était une enfant angélique et que tu nous traitais scrupuleusement de la même manière. Néanmoins, l'idée insidieuse que tu la préférais n'a cessé de devenir plus présente à mon esprit, plus obsédante. Me suis-je imaginé que j'étais la victime innocente d'une injustice, d'un préjudice ? Sans aucun doute. Je ne prétends pas que, consciemment, tu aies voulu cela. Mais ton attitude et celle de mon père laissaient entendre à tous, que Dinah m'était supé-

236

rieure. Ce que je ne pouvais endurer. La conscience de ma médiocrité, mon incapacité à m'améliorer, malgré mes efforts, me tourmentaient jour et nuit. Pourquoi tout lui est-il donné, pourquoi dois-je tout arracher à ma nature avare ? Comme je ne parvenais pas à répondre à ces questions, la voir et être la spectatrice affligée des satisfactions en tout genre qu'elle vous donnait, me faisait opter pour une solution radicale. L'élimination. Au moins, ne la verrai-je plus, me disais-je. Je me faisais aussi la réflexion que je ne la verrais peut-être plus jamais, mais que vous la regretteriez éternellement et me haïriez de même. Pour ces raisons, j'ai renoncé à mon projet meurtrier. Je n'ai même pas été sauvée par l'horreur que devait m'inspirer mon acte. La culpabilité n'est venue que plus tard, lancinante. Cet événement que tu as toujours ignoré a contribué à aggraver nos relations. Car sur qui pouvais-je me décharger de mon obsédant sentiment de culpabilité, si ce n'est sur toi ? Dinah, miraculeusement, restait pure à mes yeux. Et ignorant mes pensées ne m'en voulait pas. Comment s'étonner que, quinze années plus tard, je bondisse sur toi dans la même intention ? Je voulais te rendre à jamais responsable du malheur éternel et incurable qui était le mien. Mais avant sa naissance, les conditions étaient déjà réunies pour que la lumière du soleil me soit à jamais voilée. Ton entêtement incompréhensible à me faire ingurgiter des mets, que certes tu avais préparés avec soin, me révoltait. Pourquoi aurais-je dû te conforter dans ton sentiment d'être une mère exemplaire, en devenant l'enfant boursouflée de lait que tu désirais avoir ? Tu me faisais violence en tentant de m'y contraindre — y compris par la force physique — je te résistais en devenant l'opposé de ce que tu voulais me voir devenir. Ainsi, suis-je apparue progressivement cadavérique, faible, écœurée de moi-même. Privée de ton amour. Mon père me regardait avec une sorte de mépris affligé et furieux. Je ne pouvais tenir de lui en étant aussi désolante. A qui ressemblais-je alors ? Ni à toi ni à lui. Je ne pouvais être qu'un monstre, qu'une aberration chromosomique qui vous plongeait, pour toute votre vie, dans le désespoir. Comment croître dans une pareille perception de soi-même ? La venue de Dinah, fort appréciée par tout le monde, est venue confirmer toutes mes craintes et j'ai voulu la détruire. Mon père mourut. N'avais-je pas voulu sa mort ? Ne l'avais-je pas provoquée par quelque fluide mystérieux ? Je me sentis pourtant, bien que coupable, libérée. Sans lui, sans son impitoyable regard, je respirais enfin. Je sortis de l'horrible brume qui paralysait mon esprit. Je voulais me libérer de vous tous. Et cette entreprise continue toujours. Réalises-tu que mon désir d'échapper à ton métier, à ta maison, participait de cette immense tâche de libération qui te paraît si grotesque ? Comment ne l'as-tu pas compris, je ne sais. Mes efforts pour avoir un petit sentiment de mon existence persistent, et je m'y épuise. Dis-moi si de pareilles tentatives sont indignes d'un être humain. Dis-moi si, au lieu de te moquer de moi, tu n'aurais pas dû, au contraire, me conforter dans mes efforts, me convaincre de leur légitimité, de leur efficacité. L'ironie, la provocation, dont tu as usé et abusé envers moi, m'ont conduite aux portes de la folie meurtrière. Je sais, toutes ces paroles sincères peuvent te paraître à la fois abominables et injustes. Sans doute le sont-elles, et tu as toujours fait le maximum de ce que tu pouvais faire. Je me sens néanmoins fragile, inapte. Incapable de vivre en ce monde et de m'y faire tolérer d'une manière ou d'une autre. N'aurais-tu pas dû, malgré ma réelle médiocrité, me persuader que je pouvais bien faire et m'intégrer dans cette cage dans laquelle je suis contrainte de vivre ? Tu l'as voulu, me diras-tu. De toutes tes forces. Et nous ne nous sommes pas entendues, ni comprises. Et je me suis retrouvée ignoblement armée d'un couteau pour te faire Dieu sait quoi d'abominable et d'irréparable. Aussi, tolère que je me marie, que je me libère, même si probablement je me trompe. Sache que le fait qu'un homme demande à vivre à mes côtés me conforte dans l'idée que je suis, comme lui, un être humain. Cette idée m'est douce infiniment. Aussi ne m'abandonne pas dans cette tâche dérisoire et indispensable où je me suis naïvement engagée.

A vingt heures précises, les enfants Montagnol surgirent des chambres silencieuses où ils étaient bouclés et se présentèrent en bon ordre au salon. A vingt heures, Antoine sonna. A vingt heures, le père des cinq adolescents blonds à l'œil bleu entra et donna le signal de la migration vers la salle à manger, vers la table nappée de blanc. Huit couverts et seulement sept chaises. En silence, tout le monde dévisageait l'intruse qui tentait de comprendre pourquoi le grand dadais, d'environ dix-huit ans, qui lui faisait face, restait debout devant son assiette, sans manifester la moindre intention d'aller chercher une chaise. Personne ne s'intéressait à son cas. Il ne se préoccupait pas du sien.

Surgit alors Mme Montagnol, porteuse d'une soupière qui laissait échapper une odeur odieuse, détestée entre toutes, celle du lait. Le père Montagnol murmura brièvement.

— Antoine, passe-moi le pain, je te prie.

Sur ce, il entama le bénédicité. Puis Mme Montagnol entreprit de remplir les assiettes de l'écœurant breuvage. Hanah défaillait. Les vapeurs blanchâtres et déjà ridées à la périphérie de l'assiette, tourmentaient son estomac.

— Excusez-moi, s'il vous plaît, je ne prends jamais de lait, sous aucune forme.

— Comment, c'est de la soupe ! Elle est excellente. Goûtez-la, juste pour voir. Je l'ai moi-même préparée.

— Excusez-moi. C'est sans appel. Tout à fait impossible. Je n'avalerai jamais de lait.

— Vous avez été mal élevée, mon enfant ! Je vous le dis en face. Moi, je vous aurais fait manger tout ce qu'il y avait sur la table.

— Permettez-moi d'en douter.

Lorsque l'antique postérieur de la mère Montagnol toucha sa chaise, la tribu commença à ingurgiter sans broncher la soupe infâme.

Comme celui qui était privé de chaise, s'apprêtait à consommer debout, son père se tourna vers lui et lui demanda d'un ton las s'il consentait, maintenant, à demander pardon pour ses fautes. Non, il ne consentait pas. On mangea très léger, puis on passa au salon. La couvée Montagnol, Antoine excepté, fut renvoyée dans ses appartements, Hanah priée de s'asseoir, pour discuter.

— Mes enfants, dit le père, vous avez, je crois, l'intention de vous marier. Dans ce cas, je dois dès dimanche me rendre chez le Frère Fèvre qui s'occupera de la cérémonie religieuse.

Hanah s'agita sur son fauteuil. Alors, cet idiot d'Antoine n'avait donc rien dit ? Ou s'imaginait-il qu'il épouserait « une Israélite » à l'église ?

Antoine, si tu ne dis rien pour ma défense, je vais leur confier que je suis une vraie « youpine », comme ils les détestent.

— Monsieur, je suis absolument désolée. Il n'y aura aucune cérémonie religieuse, parce que je suis juive.

— Mais, Antoine, tu ne nous avais rien dit !

Le visage du père Montagnol se marbra de taches rouges. La nouvelle était rude, il en aurait pleuré.

Enfin Antoine parla. Il ne savait pas ce qu'était un Juif. De toute manière, il s'en foutait. Il voulait épouser Hanah, un point c'est tout.

— Dans ce cas, nous allons réfléchir, laissa tomber la Montagnol.

— Mais je suis majeur, remarqua innocemment Antoine.

Les Montagnol ne se donnèrent pas la peine de lui répondre, parce qu'ils délibéraient à voix basse. Et soudain, le verdict tomba :

— Mademoiselle. Nous avons envisagé la seule solution possible pour dénouer la situation que vous créez en entrant dans notre maison : la conversion.

— La quoi ?

— Nous pensons que vous devriez vous convertir au christianisme, pour pouvoir épouser notre fils.

— Je n'ai jamais envisagé de me convertir à quoi que ce soit.

— Vraiment ?

— Absolument.

Nouvelle conférence au sommet. Nouveaux conciliabules. Nouvelle conférence de presse.

— Pour faciliter les choses, accepteriez-vous de recevoir, sans vous convertir — le Père Fèvre fermerait les yeux — la bénédiction nuptiale en son église ?

— Pas davantage. Je ne vous demande pas de mettre les pieds à la synagogue. Je dois ajouter que cet aspect des choses ne concerne, à la rigueur, que votre fils. Car, pour ma part, je ne lui ai rien demandé.

— Mais ce n'est pas du tout la même chose. Rendez-vous compte que vous êtes israélite, tout de même !

— Je m'en rends compte et ne désire pas changer. Antoine, je crois que je vais vous quitter tous, pour retourner chez ma maman.

— Un instant, mademoiselle, je vous prie. Asseyez-vous, s'il vous plaît. Vous comprendrez aisément que votre arrivée dans une famille catholique et pratiquante pose un problème tragique, qu'il convient de résoudre de la meilleure manière. Est-il possible que nous rencontrions madame votre mère pour discuter avec elle, de l'opportunité de ce mariage ? Si notre fils est majeur, vous ne l'êtes pas et nous ignorons, à cette heure, l'opinion de madame votre mère sur cette pénible situation.

Les Montagnol se levèrent alors comme un seul homme et se retirèrent dans le silence sépulcral de leur chambre conjugale. Au fond du couloir à droite.

— Allons bon, voilà que mes parents retombent dans leurs bondieuseries.

— Qu'ils y restent, mais pourquoi vouloir m'entraîner dans leur perte ?

— Ne plaisante pas, mon oncle est évêque. Ils n'oseront jamais lui dire la vérité. Et puis, je crois bien que mon père était antisémite pendant la guerre. On dit antisémite, n'est-ce pas ? J'ai dû entendre des choses comme ça à Vichy, quand j'étais petit.

— Il n'y a pas de quoi se vanter. Tu ferais mieux maintenant de te chercher une autre épouse.

— Jamais. Hanah, je dois te dire quelque chose de triste. Mon papa, il était collabo, pendant la guerre. Un truc comme ça. Pas net. Qu'est-ce que je vais devenir ?

Poudrée, chapeautée, gantée, la Montagnol, suivie de son Albert, monta en se pinçant le nez les trois étages puants qui conduisaient à la modeste porte de Rivka Rosenfeld. Rien ne la surprenait vraiment. Elle s'était imaginé le pire. Elle savait que la Croix-Rousse était un repaire de besogneux sinon de Juifs. Non seulement l'escalier sentait atrocement mauvais, mais il n'était pas éclairé. Ce jour-là, aucune des rares ampoules couvertes de poussière et de toiles d'araignées ne consentait à fonctionner. Il faisait donc noir et un air frisquet courait sur les paliers ouverts à tous les vents. Elle montait sans rien dire — les murs ont des oreilles — Mme Montagnol, et son Albert derrière elle, qui ronchonnait dans l'obscurité malodorante des pauvres.

Tout en bas, dissimulé, comme si c'était nécessaire, sous l'escalier de la cave, Bergerat frissonnait et épiait. Il était bien là pour espionner ; pour entendre. Pas pour subir les soupirs des Montagnol. Pourquoi ne disaient-ils rien, ceux-là ? Le vin et la riche nourriture de Rivka les mettraient bien en verve. Il ne désespérait pas. Il avait une heure devant lui, au moins — les agapes, et la discussion sérieuse prendraient bien tout ce temps-là — pour aller s'en jeter un petit derrière la cravate au café d'en face. Pernod, Kir, bière, ballon de rouge ? Il verrait ça chez Mado. Malgré la promesse faite à Rivka, il ne monterait pas la garde sans défaillir, dans le noir et le pipi de chat. Les Montagnol, s'ils n'étaient pas d'accord pour que leur petit épouse une

Juive, ne le diraient pas sur le paillasson et ne dédaigneraient pas le roasted beef. Sage Marcel !

Sage Marcel Bergerat qui se donna une heure, montre en main, pour se réchauffer et écluser tranquillement chez Mado. Il traversa la rue, poussa la porte du troquet, s'accouda au comptoir et commença par un Ricard. Quelques autres lui succédèrent, qu'il engloutit avec mélancolie, muet dans le vacarme et jetant de temps à autre un coup d'œil aux fenêtres du troisième.

Rivka lui avait dit :

— Ecoute, Marcel, ces Montagnol doivent être terribles. Ils me prennent, pour une veuve, autant leur faire plaisir. Je les recevrai seule avec les gamines, toi, tu écouteras ce qu'ils diront dans l'escalier. Tu ne sais pas ce qu'ils ont fait ? Ils ont demandé à la gamine d'aller à l'église. Ils peuvent se l'accrocher. Ils n'auront rien du tout. Pour une fois, je suis d'accord avec ma fille. S'ils veulent absolument une chrétienne, Lyon en est rempli, ils trouveront facilement.

Mado ne se donnait pas la peine de laver les verres vides qui s'accumulaient sur le comptoir. Aussi Bergerat les contemplait-il avec tendresse, sans pour autant perdre conscience de l'importance de sa mission. Il ferait son rapport sérieusement, comme Rivka le souhaitait. Marier la gamine, il n'était pas contre. Ça lui ferait du bien à cette petite fille mal élevée. Ça lui mettrait du plomb dans la cervelle. Et Rivka pourrait enfin vivre au calme. Plus de disputes, plus de cris, plus de larmes au troisième étage. Le paradis. Rivka s'occuperait enfin de lui, les choses dureraient ce qu'elles dureraient. Il n'en donnait pas cher, Bergerat, de ce mariage à la noix. Pas un clou. Comment ce pauvre garçon parviendrait-il à entretenir Hanah pourrie par sa mère ? Elle le quitterait avant qu'il ait pu comprendre pourquoi. Mais en attendant, Marcel vivrait calmement entre Dinah et Rivka. Il achèterait un beau trousseau à la grande, pour qu'elle lui foute la paix à lui et à sa maman. Tout compte fait, oui, il était pour ce mariage.

Comme il entamait son huitième Ricard, il constata qu'il était l'heure. Il jeta un billet sur le zinc, n'attendit pas la monnaie et traversa la rue à peine éclairée, à grands pas. Comme il regagnait sa cachette, la porte du troisième étage claqua, les Montagnol descendaient et parlaient.

— Mon Dieu, quelle soirée épouvantable ! Albert, je m'en souviendrai. Mais je crois que je me suis suffisamment fait comprendre, qu'en penses-tu ? Tu ne réponds pas ? Ecoute-moi, Albert. Jamais ce mariage n'aura lieu. Ils sont vulgaires, ces Juifs, c'est terrible. Présenter ces gens à notre famille est tout à fait inimaginable. Et puis, je suis certaine maintenant que cette petite poule n'en est pas à son premier coup. J'ai fait mon enquête, tu sais. Albert, ma résolution est prise. Jamais, tu entends, jamais des Juifs n'entreront dans notre famille. Cette fille, cette traînée, si elle revient jamais chez nous, je la fous à la porte à la première occasion.

Bergerat les laissa sortir de l'immeuble et traîna ses charentaises jusqu'au troisième étage. Dans la cuisine en révolution, Rivka et la gamine réconciliées faisaient la vaisselle.

— Alors, qu'est-ce qu'ils ont dit ?

— Beauf, j'sais pas. En tout cas, ce n'est pas positif. Pas la peine de vous bercer d'illusions. Ils ne veulent pas de la gamine. Vous voyez ce que je veux dire ?

— Tu ne veux rien nous raconter de plus, Bergerat ?

Hanah lui aurait presque fait la bise, pour en savoir plus.

— Ben non... Il ne vaut mieux pas. Je vous ai dit l'essentiel. Pas la peine de rentrer dans le détail. Vous me comprenez quoi...

— On comprend.

Aucun doute, le Château de la mère Tavelle ferait l'affaire. Maison bourgeoise du XIXe siècle remise à neuf avec le mauvais goût des putes à la retraite. Pas de quoi avoir honte, oui la mère Tavelle avait tapiné, trimé le long de la nationale Lyon-Grenoble pour revenir, vingt ans plus tard, occuper, triomphante, la vaste maison désaffectée du dernier hobereau du village où elle avait autrefois travaillé comme fille de ferme. Labeur accompli, elle était revenue au village avec sa petite famille, prête à se retrousser les manches. Ils étaient unanimes à vouloir travailler — sa fille âgée de trente ans, son mari, l'amant qu'elle partageait avec sa progéniture — pour ouvrir les portes de l'hôtel trois étoiles, chic, luxe, bien fréquenté, dont ils rêvaient depuis toujours.

Faire reluire les sols, habiller les murs à moulures et pâtisseries d'innocents poulbots multicolores, recouvrir les lits de couettes en nylon fleuri, meubler les salles de bains de vasques rose bonbon et de baignoires assorties ne constituait pas, à leurs yeux, la partie la plus ambitieuse de l'entreprise. Le décor ne suf-

fisait pas pour fixer la clientèle. Le client devait partir le cœur débordant de gratitude pour l'hôtesse,
l'estomac plein de bien-être et de désir encore inas-
souvis. Dans ces conditions, il reviendrait pour tenter
de se rassasier. Verdure, piscine, tennis, moquettes
chamarrées, bidets à jet ascendant, le château émer-
geait d'un bouquet d'arbres respectables et dominait
une mer de douces collines qui descendaient ventrues
de vignes, jusqu'à la Saône.

Velours sombre du parc, tuiles roses, portail vert
pomme grand ouvert, salle à manger néo-gothique
acquise aux Galeries Lafayette, avaient emporté l'adhé-
sion enthousiaste de Rivka et de son gros Marcel. Ils
y célébreraient la noce de la gamine. Les Montagnol
verraient par quel luxe les Rosenfeld sauraient les
épater. Pour ce qui était des noces, justement la mère
Tavelle en connaissait un rayon. On pouvait se fier à
elle. Tout serait absolument extra. La cuisine, le service, la vaisselle, la décoration de la salle. On lui en
dirait des nouvelles. Rapport qualité-prix, elle était
assurément imbattable.

Le matin du mariage, maman Tavelle courait très
excitée avec sa fille autour de la table nuptiale suivie
de l'Amant des deux qui roulait ses gros yeux sots,
approuvait silencieusement, émerveillé par les fastes
de la nappe, la belle ordonnance des serviettes pliées
en cocottes débonnaires sur les assiettes, les bouteil-
les de beaujolais rosé et rouge alignées au cordeau
entre deux rangées d'œillets blancs ornementés d'as-
paragus. Le mari aux fourneaux touillait la sauce de
ses casseroles, les invités n'allaient plus tarder.

— Ils vont en faire une tête, ces Montagnol. Ils
vont voir de quel bois je me chauffe, ces radins, ces
antisémites, s'ils se décident à venir.

Car en fait, on ne savait pas bien à quoi s'en tenir.
Les Montagnol, après avoir feint d'oublier les insul-

tes qu'ils avaient prodiguées à Hanah, avaient vaguement promis de passer. Ils n'avaient pas mis un seul sou dans cette affaire, répétant bien haut que le mélange du sang chrétien et du sang juif était une malpropre calamité. Ils arrivèrent pourtant les derniers.

Albert, dans un complet prince-de-galles trop court, aux épaules débordantes, Léone-Marie guindée et légèrement honteuse d'avoir, pour la circonstance, revêtu le tailleur que Rivka avait jeté pour elle sur la table de coupe, en dernière minute. Oui, la Montagnol était venue, sans gêne, commander son tailleur de mariage chez Rivka, qui avait bien envie de la renvoyer sur le palier. Cette pieuse femme, suave victoire, portait une jupe et une veste signées le Vêtement Parisien.

Raides et compassés en une muette désapprobation, ils apparurent, jetant la glace parmi les paysans du Beaujolais et les Juifs polonais qui faisaient grand bruit dans les salons. Ils avaient déjà beaucoup bu avant de passer à table. Le gros Marcel y veillait personnellement. Bergerat s'était juré de saouler les Montagnol, Rivka de les étouffer avec la langouste et la crème chantilly qui nappait, dans les coupes de cristal, les fraises finales « du jardin ».

Hanah, effarée par les rires et les cris, errait pâle et squelettique au milieu des convives. Pour la faire belle, Rivka s'était surpassée. Robe « le Vêtement Parisien », spencer « le Vêtement Parisien ». Une vraie merveille, une vraie gravure de mode, avec son chapeau melon en paille blanc, affublé d'un court voile de nylon, pour faire plus mariée.

Tout le monde était là.

Les Montagnol. Et le gros Marcel avec tous ses amis de Pommiers. Le Farouk, le Bazanne, le Mineret, la Minerette, le Biquet, sa Biquette, enfin le Bracelet dégingandé et solitaire, déjà passablement ivre. Rivka, qui ne savait plus comment accueillir leurs fous rires et leurs plaisanteries salaces, se faufila jusqu'à Marcel pour le supplier de se tenir « comme-il-faut-devant-les-Montagnol ».

— Mais on est là pour rigoler, Rivka ! On ne marie pas la gamine tous les jours, hein ! C'est la petite Hanah qui va bien s'amuser ce soir. Nous on boit, pour fêter ça comme il faut. Hanah, Hanah qu'est-ce que tu as fait de ton Antoine ? Antoine, ne laisse pas la mariée toute seule, sinon on va s'en occuper. Quoiqu'elle soit un peu maigrelette à notre goût, pas vrai !

Marcel et Farouk, président du club des Cent Kilos ne tenaient déjà plus bien sur leurs pattes. Heureusement Mme Tavelle sur son trente et un, battit le rappel de ses pensionnaires qui passèrent à table en se bousculant.

Tatan Guitel, somptueusement fleurie de la robe et du chapeau, alourdie de ses dix enfants et suivie d'Yzy, privé pour ce long jour de sa Marie-Vache, se casa difficilement sur la chaise un peu trop modeste pour ses majestueuses fesses. Les gars du Beaujolais se groupèrent pour continuer à boire et à rigoler ensemble. Les Montagnol, consternés, se laissèrent choir sur leur siège, en regardant par en dessous. Partager un repas avec des gens aussi vulgaires... C'était donc ça la famille de cette petite youpine. Pire qu'ils n'avaient pu supposer.

Mais voici que la mère Tavelle avança en cortège, suivie de sa fille et de l'Amant des deux, proclamant :

— Les petits poulets, voilà la langouste !

Un sourire compassé erra et mourut sur les lèvres des deux Montagnol.

— Ça c'est de la langouste ! Ça c'est de la mayonnaise ! Vous m'en direz des nouvelles, mes petits canards. La cuillère tient tout debout dedans. Goûtez-moi ça les amoureux et avalez vite, parce que ce n'est pas fini. Avec tout ce que je vous ai tortoré, on finira pas avant ce soir. Madame Rivka, qu'est-ce que vous en dites ? Je vous l'ai bien arrangée, votre gamine. On peut dire qu'elle s'en souviendra, pas vrai. C'est moi qui le dis. Allez Raymonde — c'était sa fille —, tu sers une partie de la table et moi l'autre. Toi Gaston — c'était l'amant des deux —, tu cours à la cuisine secouer les puces au Georges — c'était le mari —. Dis-lui de baisser le feu sous les volailles, sans ça tout va attacher, grouille !

Elle servit d'abord Guitel pomponnée de rose et le front constellé d'accroche-cœurs, sous son chapeau assorti. Guitel, qui causait aimablement avec Léone-Marie Montagnol — quelle surprise, elles étaient d'accord ! — Guitel geignait et soupirait. Léone-Marie susurrait.

— Alors vous partagez mon opinion, madame. Cette union est une évidente mésalliance, n'est-ce pas ?

— Mais oui-*voï* ! Une grande malheur, madame. Une grande malheur ! Si ma frère, elle était encore vivante pour voir son fille mariée avec un goy, des larmes il verserait, comme moi, madame. C'est pourtant vrai. Hanah nous a fait ça...

— Hélas oui, il faut bien l'admettre. Mais croyez-moi, les choses ne dureront pas longtemps. C'est en tout cas mon avis.

— Dieu, il vous entende madame. Dieu, entends-la !

Le gros Marcel se marrait, tout pâle, tant il avait bu et Farouk, à côté de lui, pouffait en virant au rouge violacé.

— Oh ! Ouh là là ! Dis-moi le Gros, je me sens tout chose. Je ne sais pas ce qui m'arrive. J'ai sûrement trop bu, parce que je crois que je vais faire pipi dans ma culotte ! Hé le Gros, aide-moi à me lever, sinon je vais inonder mes beaux souliers. Oh là là, vite, vite, je sens que je ne vais pas pouvoir me retenir. Mon Dieu ! C'est trop tard. Ben voilà... Ce n'est pas ma faute, mes reins ont lâché. Le Gros qu'est-ce que je dois faire maintenant, j'ai plein de pipi dans mes chaussettes...

Rivka l'aurait tué. Hanah ricanait en fixant les Montagnol qui feignaient de n'avoir rien entendu.

Rivka quitta la table pour aider Marcel à évacuer Farouk vers les toilettes. On entendait ses pieds clapoter dans ses chaussures trempées. Le Gros, roulant des yeux de bœuf, sortit bien droit, sans rien dire.

Intraitable Rivka. Aidée de Marcel, elle enferma le Farouk dans une chambre de l'hôtel prêtée par Mme Tavelle, hilare, et garda la clef sur elle. Farouk avait déshonoré Rivka, il resterait où il se trouvait, jusqu'à la fin. Farouk pleurait, ivre mort et suppliait : « Soyez chics, les mecs. Je ne me sens pas bien. Voilà que j'ai envie de vomir maintenant. Tatan Rivka, on passe l'éponge, allez ouvrez-moi ! Ouvre-moi, que je leur chante *Catherinette a les pieds petits-ton !* » En retournant à la salle à manger, le Gros promit de respecter les consignes de Rivka. Ou bien il se tenait correctement devant les Montagnol, ou bien elle l'enfermerait aussi. Il retourna s'asseoir raide, l'œil fixe et brillant, tandis que la mère Tavelle brandissant un quart de pintade tombait en arrêt devant Albert Montagnol.

— Ça alors, mais ça alors, mais c'est formidable, ça alors ! Dites, vous me rappelez quelqu'un. Je suis sûre que je vous ai déjà vu quelque part. Ne me dites pas non, les visages, je m'en souviens. Attendez un peu, ça va me revenir. C'est formidable, vous savez, je n'oublie jamais les gens, jamais. J'ai dû vous voir plusieurs fois. Attendez, attendez, je vais vous le dire. Voilà que ça me revient.

Montagnol Albert rajusta ses lunettes, desserra le nœud de sa cravate en murmurant qu'elle faisait erreur, sans aucun doute. Qu'ils n'avaient vraiment aucune raison de s'être rencontrés où que ce soit.

— Mais si mon vieux ! Mais si, j'ai une mémoire d'éléphant. Ah, mais il ne faut pas me dire non, quand c'est oui ! Je vais tout te dire, puisque c'est comme ça, attends un peu. Ça y est, ça y est. Je revois tout ! Eh ben mon colon, on peut dire que tu t'en payais de belles du côté de Grenoble, il y a quelques années. Petit coquin ! Tu t'en es payé de bonnes ! Tu voulais toujours la Paulette. Quel polisson, celui-là. Je savais bien que je t'avais vu quelque part. Les hommes sont tous les mêmes, allez. Il n'y a que la partie de jambes en l'air qui les intéresse !

Rivka laboura les côtes de Hanah de coups de coudes triomphants. Albert but sa honte, sans plus rien dire, fixant, le regard vide, son assiette et la volaille qui y gisait. Soudain, Léone-Marie, hoquetante, se leva, puis marcha vacillante et silencieuse vers la porte de la salle à manger entraînant dans un sillage de murmures et de rires étouffés, son offense et son mari défait.

16 janvier 1982.

ACHEVÉ D'IMPRIMER LE
20 JUILLET 1982, SUR
LES PRESSES DE LA
SIMPED A ÉVREUX POUR
JULLIARD, ÉDITEUR A
PARIS

Numéro d'édition : 4 661
Numéro d'impression : 7 152
Dépôt légal : septembre 1982